KB203515

도망치듯 사랑을 말한다면

서문

이 책은 사랑이 무엇인지 선언하지 않는다. 또한, 사랑의
행위에 대해 구구절절 나열하지도 않는다. 이유는 두 가지다.
　　첫째, 일평생 남자로 편히 살아온 주제에 사랑의 정의를
내리는 꼴은 같잖다. 둘째, 사랑의 행위는 글로 쓸수록
구체적인 거짓말이 된다. 이에 혹시나 타인의 사랑을 세세히
엿보고 싶었던 독자님께는 미리 사과의 말씀을 드린다.
　　그렇다고 이 책의 제목이 내용과 전혀 관련 없는 것은
아니다. 오래전부터 나는 사랑을 글로 쓰지 못하는 사람이라
여기며 살았다. 내가 쓴 문장에는 주로 분노나 증오, 세상에
대한 탄식이 묻어있었다. 그러나 지난 몇 년간 일주일에 한

편씩 이메일로 독자님께 글을 보내면 돌아오는, 내가 받기에 차마 과분한 사랑들이 있었다. 나는 사랑을 말하지 않았는데 독자님들은 왜 사랑을 주는 건지 의아했다.

그러다 어느 한 사건 때문에, 이 책의 185쪽에 수록된 글처럼 나는 지금껏 나만의 방식으로 사랑을 말하고 있다는 걸 깨달았다. 나를 둘러싼 이 세계와 사람들, 내가 먹고 살 수 있게 만드는 일을 온 마음으로 사랑하기에 분노하고 화내고 울었던 것이다. 미움도 때로는 사랑이라 했던가. 그동안 쓴 글들을 가만히 읽고 있으니 존재로부터 도망치듯이 사랑을 말하던 날들이 보였다.

매주 한 편씩 구독자님께 보낸 글 중 그나마 덜 창피한 것들만 골라 이 책으로 다듬었다. 대부분 「희석된 일주일」이라는 연재명으로 발송된 글이다. 어떤 글은 정확한 시기를 가늠할 수 있고, 또 어떤 글은 시간의 흐름과 전혀 관계없을 수도 있다. 저자가 언제 글을 썼는지 독자님께서 알 수 있도록 글의 끝에 원고 발송 날짜를 명시했고, 세월에 따라 덧붙여야 할 문장이 있을 땐 간단히 추가했다.

이 책의 장르는 굳이 따지자면 에세이다. 그렇지만 책 속에 기록된 모든 이야기를 소설처럼 읽는다면 소설책이 될 수도 있겠다. 나는 진실되게 썼다고 생각했으나, 읽는 이에 따라 그 진실이 허구처럼 느껴진다면 어쩔 수 없다. 내 손을 떠난 글은 앞으로 온전히 독자의 것이니 말이다.

서문을 되도록 짧게 쓰자고 결심했는데 실패했다. 이것도 너무 길다. 본문을 읽기도 전에 질릴 수 있으니 여기서 줄인다.

끝.

목차

편집 안내

이 책은 세 개의 챕터로 구분돼 있습니다.
순서대로 읽으셔도 좋고, 궁금한 챕터부터 읽으셔도 좋습니다.

1. 친구 없는 사람

2. 와르르 월드

3. 즐겁고 궁핍한 일

1. 친구 없는 사람

나를 향해 별안간 욕지거리를 내뱉는 이를 두고
"푸하하" 웃을 수 있는 사람이 되고 싶었고, 마침내
그렇게 되었다. (…)

　부족한 상태를 좋아하는 건 아니지만, 그렇다고
인정하고 싶지 않은 것도 아니다. 30대에
접어들면서부터 정말로 오는 사람 막지 않고, 가는
사람 붙잡지 않는 상태가 됐다. 어린시절을 추억할,
오랜 친구가 없는 사람. 그게 나 아닌가 한다.

수습시민

나를 향해 별안간 욕지거리를 내뱉는 이를 두고 "푸하하"
웃을 수 있는 사람이 되고 싶었고, 마침내 그렇게 되었다.
그러나 단단해지거나 성장한 것은 아니다. 뒤돌아서서 여러 번
곱씹고, 마트에서 장을 보다가도 혼자 속으로 저주를 내린다.
시간이 조금 지나 겨우 잊다가도 비슷한 상황을 만나면 다시
떠올린다. 그렇게 나는 용서하지 않는 사람들을 가득 안고
살아간다.

　한 번은 그런 생각을 한 적 있다. 나도 크고 작은 죄를
짓고 살아왔을 텐데, 누군가를 미워하고 용서하지 않을 자격이
내게 있는 걸까. 이 마음으로 두런두런 모두를 포용해보려고

자주 노력해봤다. 역시나 끝은 실패였다. 너도 내가 미우니 나도 너를 미워하련다. 이게 내게 더 맞는 방식이라는 걸 매일 엎치락뒤치락하며 깨닫는다. 그래서일까. 모두에게 애정을 베푸는 사람들을 보면 항상 멀찌감치 떨어져 걷고 싶어진다.

부족한 상태를 좋아하는 건 아니지만, 그렇다고 인정하고 싶지 않은 것도 아니다. 30대에 접어들면서부터 정말로 오는 사람 막지 않고, 가는 사람 붙잡지 않는 상태가 됐다. 어린시절을 기억할, 오랜 친구가 없는 사람. 그게 나 아닌가 한다. 여기까지만 보면 약간의 사회성 결핍으로 보일 수도 있겠다. 하지만 바깥에선 되도록 바른 자세로 있다가 돌아오는 편이라, 내 앞에서 대놓고 수군거리는 사람은 아직 보지 못했다. 욕지거리를 내뱉는 사람에게 "푸하하" 웃는 것처럼, 30년 치 경험치로 사람 행세는 하고 사는 것 같다.

얼마 전 누군가에게 연락할 일이 있어서 카카오톡 친구 목록 스크롤을 내리다가, 오래전 인연을 끊은 동성 친구 프로필이 눈에 박혔다. 화사한 웨딩사진. 결혼했구나. 회사 회식 후에 아는 형이랑 종종 성매매한다던 너도 결혼이라는 걸 하는구나. 다 이런 식이겠지. 잠깐 생각하고 필요한 일을 계속했다.

30대 중반을 넘기면 청첩장이 밀려오는 시기라고 한다. 그러나 내가 받은 마지막 청첩장은 스물아홉 때였다. 굳이 붙잡던 관계를 다 놓고 나니 청첩장 같은 건 오지 않는다.

그동안 드나들었던 결혼식은 모두 애인의 친구들 결혼식이다. 축하합니다. 잘 살아요. 또 뵐게요. 잘 지내세요. 몇십 년 지기 차별주의자들에게 돌아갈 뻔한 축의금을 애인의 친구들 결혼식에 다 쏟고 온다. 차라리 잘 된 거라고 해야 할까.

나는 스스로를 '수습시민'이라 여긴다. 수습사원, 수습기자, 수습디자이너 등 우리 주변엔 수많은 '수습'이 있다. 수습에게 주어진 과제는 기대와 평가를 충족해 조직의 온전한 구성원으로 인정받는 것. 그런 의미에서 내가 수습시민 같다고 자주 생각한다. 한국 사회가 '시민'으로서 갖춰야 한다고 강조하는 것들이 내겐 없기 때문이다.

'수습' 상태의 '시민'이라는 뜻을 보고 누군가는 이렇게 생각할 수도 있다. 한국에서 남성으로 태어난 것 자체가 일등시민을 뜻하는데, 어떻게 수습 상태라고 할 수 있느냐고. 맞는 말이다. 한국뿐만 아니라 지구 전체가 남성을 일등시민으로 받들어주니까. 하지만 한국 남자의 성권력을 인정하는 것과, 이 사회가 나에게 기대하는 것을 충족시키지 못하겠다고 선언하는 것은 별개의 갈래로 다룰 수 있다.

20대에 연애해서 30대에 양가 부모님 상견례 후 날짜를 조율하고, 신부와 신랑에겐 "예"라는 말만 허용하는 결혼식장에서 누군지도 모르는 사람들에게까지 축하를 받은 뒤, 적당한 집을 대출 끼고 구입해서 한 아이의 출생을 꿈꾸고, 아이가 태어나면 교육환경이 괜찮은 곳으로 이사 가고, 이사한 집의 부동산 가격 상승을 꿈꾸고, 부동산이 오르면 아이를 하나 더 계획하고, 그러는 동안 정부가 요구하는 연금과 세금을 꼬박꼬박 납부하며 대출도 잘 상환하는 등.

소위 '생애 모델'이라 불리는 시스템부터 나는 지킬 수 없고, 지킬 생각도 딱히 하고 있지 않다. 이 시스템을 부정하는 나는 정부가 규정하는 '보통의 30대 시민'으로 인식되지 않을 것이다. 그런 의미에서 나는 앞으로도 계속 수습시민으로 남아있을 수밖에 없다. 슬프지도 기쁘지도 않다. 집안에 친일파 조상이나 군부 독재 부역자 하나라도 있었으면 금방 수습 딱지를 떼어내고 살았겠지만, 사회를 좀먹는 존재로 연명하는 것보다는 이게 낫다.

책의 시작을 이토록 사소한 이야기로 해보고 싶었다. 너무 개인적인 이야기처럼 보일 수도 있지만, 지금까지 읽으면서 당신의 머릿속에 떠오른 사람이 몇 명 있을 것이다. 그러니 이 개인적인 이야기들은 사실 형태만 달리한 우리 대부분의 이야기 아닐까. 아무도 찾지 않는 깊은 산 속에서 평생 홀로 생존하지 않는 이상 우리는 늘 서로의 파장 안에 들어와 있다. 각자의 파장과 꼭 맞는 글을 이 책에서 당신이 찾아낸다면, 책의 운명은 그것으로 충분하다.

이 책의 운명을 지금부터 당신께 맡긴다.

2023. 03. 17.

잃을 것 없는 비정상

사람이나 동물에 관해서, 혹은 사물이나 현상에 관해서 무언갈 이야기할 때 '정상적'이라는 표현을 되도록 쓰지 않으려 한다. 그럼에도 나도 모르게 튀어나올 때마다 마음이 덜컹 내려앉는다. 언제부터였는지는 정확하지 않지만, 아무래도 내가 살고 있는 가정이 남들이 말하는 '정상적' 범주에 들지 않을 때부터였지 않을까.

'정상적'의 사전적 정의에는 이해하기 어려운 지점이 있다. '상태가 특별한 변동이나 탈이 없이 제대로인 것'인데, 기준 자체가 모호하다. 특별한 변동이나 탈은 어떤 상태인 것인지, 제대로라는 것은 또 어떤 상태인지 드러나 있지 않다. 이에

대체로 '정상적인 무엇'을 말하는 사람들은 '소수의 경우는
제외하고 가장 많이 눈에 띄는 상태'를 기본값으로 삼는다.
정상적인 사람, 정상적인 가정환경, 정상적인 물건, 정상적인
연애, 정상적인 성격, 취향, 사고방식, 외모, 옷차림 등. 본인이
보고 듣고 느낀 세계 안에서 보편적으로 행하는 것들에
'정상적'이라는 칭호를 부여한다. 부여한다는 표현이 정확할
것이다. 무언가에 대해 정상적이다 비정상적이다 툭 내뱉는
사람에겐 호명할 권력이 있다.

　　이런 구분에는 혐오의 정서도 깔려 있다. 보기 싫은 것들,
불편한 것들, 보편의 경우와 어긋나서 신경 쓰이는 것들을
비정상적인 대상으로 밀어 넣고 혐오한다. 나의 경우에 한해
비정상으로 분류되는 것에는 '동거'가 있겠다. 남자인 나조차
어떤 공적인 자리에서 결혼은 안 했고 애인과 동거 중이라고
하면, 바뀌는 눈빛을 볼 때가 많다. 나이나 성별과 관계없이
열에 다섯 정도는 '헉'하는 표정을 보낸다. 그런 사람들은
꼭 이유를 묻기도 한다. 자신의 기준에서 정상적이지 않기
때문에 근거가 필요한 셈이다. 어차피 솔직한 이유를 말해도
납득하지 않을 사람들이라는 걸 알아서 간단하게 답한다.
"돈이 없어요."

　　살짝 의아할 수도 있다. 요즘은 가정 형태가 다양하고,
동거에 대한 보수적인 시선도 옅어지지 않았느냐고 할 것이다.
하지만 온라인 세상이나 미디어와 달리 현실은 꽤 각박하다.

한번은 내가 애인과 동거 중이라는 걸 모르는 사람들로 가득한 자리가 있었다. 그 자리에서 늘 의견 주도권을 쥐고 있던 사람이 농담 섞어 이렇게 말했다. "아니 솔직히 동거만 몇 년 하는 사람들 보면 분명히 무슨 문제 있다고 생각 안 해요? 약간 비정상적이잖아. 나만 그런가?" 놀랍게도 주변에 있던 사람들 중 고개를 끄덕이는 이가 많았다. 그 광경을 보면서 나는 혼자 속으로 '오호... 나는 이렇게 또 비정상적인 인간' 하며 씁쓸하게 웃었다.

얼마 전 아이돌 문화에 대해 비평하는 영상을 보고 있는데, 또 한 번 정상과 비정상이 등장해서 놀랐다. 거칠게 요약하자면, 4세대 아이돌 팬들은 아티스트의 가정 환경까지 완벽한 걸 선호한다고 한다. 어머니나 아버지와 나눈 다정한 메시지 캡처 화면, 가족끼리 나눈 손편지, 유복한 가정 환경을 증명하는 여러 사진들을 미디어로 노출시킬수록 인기가 올라간다고 한다. 궁핍한 어린 시절을 이겨내며 아이돌 스타가 되는 걸 봐왔던 밀레니얼 세대에겐 외딴섬 같은 이야기. 이젠 아이돌의 가정환경까지 매끄러워야 하는 세상에서 나 혼자 너무 뒤떨어진 느낌이 들었다.

비평가는 "정상적 가정에서 자란 완벽한 아티스트가 Z세대의 롤모델처럼 여겨진다"라고 했다. 물론 나는 해당 비평가가 '정상적'이라는 단어를 자기도 모르게 꺼냈다는 걸 안다. 하지만 어쨌든 다정다감한 가정이 정상이고, 그 외에는 비정상으로 분류된 건 사실이다. 논란 없이 지나간 걸 보면 그 발언에 수긍하는 사람도 많다는 뜻 아닐까. 화목해야 정상, 나머지는 비정상.

그러나 자세히 살펴보면 정상적으로 분류되는 사람들은 꼭 어딘가 망가져 있다. 스스로를 착취하며 산다고 해야 할까. 정상성에 미쳐서, 그 좁디좁은 울타리 안에 기어코 들어가려고 애쓰는 사람들을 자주 본다. 어떻게든 좋은 성적을 내서 부러움을 사고 싶어 하는 사람들. 특정 나이에 반드시 취업을 해야 하고, 끝내주는 결혼식장에서 결혼해야 하고, 집과 차를 중산층 수준으로 맞춰야 하고, 출산 후 학군 좋은 곳으로 이사해야 하는 등 자신을 평가 대상에 올린 채 살아간다.

결국 속 편하게 사는 사람들은 오히려 비정상으로 분류된 사람들이다. 그러거나 말거나 내 할 일 알아서, 내가 하고 싶은 대로, 내가 만족할 만큼 이루며 사는 사람들은 대체로 둥글둥글하다. 정상성에 대한 시샘이 없으니 스스로를 깎을 필요도 없다. 그런 둥그런 사람들에게 "너 지금 그렇게 있으면 안 돼, 너 지금 준비 안 하면 안 돼, 너 이러다 실패한 인생 살 수도 있어" 등의 쓸모없는 말을 옆에서 조잘거리는 사람들을 관찰하면 재밌다. 자신이 빠진 구렁텅이에 상대방도 넣고 싶어서 안달 난 모습이 선명하기 때문에.

아마도 나는 영원히 그 '비정상적인 쪽'으로 살 것 같다. 앞서 나열한 정상성에 나를 대입하자마자 너무 어색해서 웃음이 날 정도였으니 말이다. 집을 구하거나 병원을 드나들어야 하는 특수한 상황 때문에 결혼을 선택해야 할 때가 오긴 하겠지만(한국에서 생활동반자법 통과는 언감생심이니까), 그 선택도 결국 정상성에 들기 위한 노력은 되지 않을 것이다. 어차피 정상성에 들기 위해 결혼을 해봤자 그 뒤에 또 다른 검열이 시작될 게 뻔하다. 결혼했으니 애는 안 낳냐, 하나 낳았으니 둘은 계획이 없냐, 저쪽 학군이 좋은데 왜 그리로 안 가느냐 등 약속된 체크리스트가 기다리고 있다. '비정상적인' 결혼을 꿈꾸는 중이다.

그래서인지 마음이 가거나 가까이 지내는 사람들도 다 '비정상적인' 사람들이다. 뭐랄까. 주인공 말고 주인공 친구의 친구 같은 사람들. 주인공이 세상을 구한다며 싸우고 부서지고 죽을 뻔하는 걸 멀리서 바라보며 "야 쟤 봐라, 저렇게 열심이네" 하고 각자 싸 온 도시락들을 꺼내는 쪽이라고 해야 할까.

앞으로도 둥글둥글한 사람들이랑 둥그렇게 앉아서 소풍 다니듯 살려고 노력할 것이다. 피 튀기는 울타리는 그들만의 리그로 남겨두고 싶다.

비정상으로 살면 잃을 게 없다.

2023. 09. 22.

장마와 리베라와 책갈피

일주일 내내 장마가 이어질 거라던 일기예보와 달리 이틀
만에 비가 그친 저녁이었다. 허리를 다친 애인은 좋아하던
운동을 오래도록 하지 못해 답답해했다. 마침 비도 그쳤고,
우리는 바닥이 매끈한 대형마트 안에서 걷기 운동 겸 이것저것
구경하기로 했다.

　　장을 볼 목적은 없었고, 단순히 구경만 하려고 했던
우리였지만 역시나 또 이것저것 사버렸다. 이럴 때 사는
것들은 대개 자질구레하다. 김치맛 김부각, 플라스틱 괄사,
바닐라맛과 딸기맛의 웨하스, 뜬금없는 오징어젓갈 같은
것들이 바구니에 담긴다. 마트에 올 때마다 꼭 챙기던

장바구니도 없어 20리터짜리 종량제 봉투를 하나 사서 모조리 담았다.

계산을 마치고 출구가 가까워질수록 팔에 오스스 소름이 돋았다. 춥고 축축한 공기가 자꾸 들어오고 있었다. 설마... 했던 짐작은 역시나. 하늘에 구멍이라도 난 듯 비가 쏟아지고 있었고, 도로에 물이 들어차 있었다. 차가 지나갈 때마다 파도를 만들어 낼 정도의 폭우가 눈앞을 채웠다. 우리는 너무 황당해서 한참을 웃었다.

우산도 없이 나온 탓에 택시를 불러야 했는데, 콜택시는 아무런 응답이 없었다. 당연했다. 저녁 시간에 갑작스러운 폭우라면 누구든 빠르게 택시를 낚아챘을 것이다. 어쩔 수 없이 거리에서 택시를 잡아야 했다. 허리가 좋지 않은 사람을 비가 들이치지 않는 벤치에 앉히고, 나는 지나가는 택시를 붙잡으러 나갔다. 비가 금세 머리칼을 다 적시기 시작했다.

빗길에 서 있으니 잊었던 기억이 떠올랐다. 초등학교 저학년 때까지 내가 살던 해운대에는 '리베라'라는 백화점이 있었다. 지금은 아마 '세이브존'이라는 이름으로 바뀌었을 것이다. 자가용이 없던 엄마는 나를 데리고 택시를 불러 리베라 백화점으로 향할 때가 가끔 있었다. 친부가 온 집안을 부도내기 직전이라 퍽 여유롭게 살았던 시절. 친부는 주말마다 전국 곳곳으로 놀러 가기 바빴기에 나의 주말은 늘 엄마나 친구들과 함께였다.

폭우 속에서 택시를 잡고 있으니 그때의 엄마 뒷모습이 떠올랐다. 리베라 백화점에서 실컷 구경하고 나온 어느 날, 나와 엄마는 갑작스러운 비를 맞이해야 했다. 백화점 입구 구석에서 30분을 기다려도 비는 그치지 않았다. 1990년대 중후반의 부산이었으니 지금처럼 일회용 우산을 쉽게 팔지 않고, 편의점 개념도 흔하지 않았다. 멈추지 않는 비를 가만히 보던 엄마는 내게 실내 벤치에 앉아 있으라고 했다. 그렇게 길거리로 나간 엄마는 열심히 택시를 잡았다.

너무 오래전 기억이라 정확한 시간은 기억나지 않지만, 겨우 잡은 택시로 뛰어 들어갔을 땐 엄마의 머리카락에서 물이 흐르고 있었다. 그렇게 집에 도착한 우리는 얼른 씻고 백화점에서 산 빵을 먹으며 텔레비전을 보다 낮잠을 한참 잤다. 지금 가만히 돌이켜보며 시기를 맞춰보니 엄마가 동생을 임신했던 때다. 여름 장마를 실컷 맞은 세 사람만 마침내 오늘날 가족으로 남고, 친부는 홀로 죽었다는 것은 아이러니한 일이다.

그때의 엄마처럼 빗속에서 택시를 부르고 있으니 이상하게 기뻤다. 콜택시도 잡히지 않는 마당에 길거리에서 택시가 과연 잡힐까 싶었지만, 근거 없는 자신감도 있었다. 그러자 거짓말처럼 '빈차' LED 판이 선명한 택시가 가까이 다가왔다. 발목까지 차오른 도로에 발을 담그고 애인을

불렀다. 잠깐의 거리지만 그도 폭삭 젖은 채 우리는 택시를
타고 집으로 향했다. 평소라면 웃지 않았을 택시 기사님의
아저씨스러운 농담에 그날은 나도 피식 웃었다. 기사님은
애인에게 말했다.

"아가씨! 주머니에 돌 하나씩 꼭 넣고 집으로 가이소.
떠내려가면 큰일납니데이."

리베라 백화점에서 돌아왔을 때처럼 빵은 먹지 않지만,
한참을 낄낄거렸다. 우산 없이 비를 쫄딱 맞은 게 언제였는지
기억도 안 난다며 이게 뭐냐고 웃었다. 그래도 김부각과
오징어젓갈은 지켰다고 농담하며 옷가지를 빨래통에 넣었다.

시간에도 책갈피를 꽂을 수 있다면 나는 이런 순간에
자주 꽂아두고 싶다. 큰 성공과 성취 같은 페이지는 굳이
책갈피를 꽂아두지 않아도 기억하기 쉽다. 하지만 이렇게
작은 일로 잔잔하고 오래 웃는 날은 일부러라도 기록해 두지
않으면 어느 날 갑자기 잊기 마련이다.

다음 날 아침, 언제 그랬냐는 듯 하늘은 맑았다. 점심을
먹고 나니 해까지 떠서 서둘러 어제 넣었던 빨래를 다 돌렸다.
뉴스를 찾아보니 내가 사는 지역엔 어제 하루 동안 한 달 치
비가 내렸다고 한다. 한 달 치의 폭우가 휩쓸고 갔는데도
거리는 멀쩡하다. 혹시나 싶어 걱정했던 동네 고양이 무리도
늘 나오던 시각에 어슬렁거리며 밥을 먹고 있었다. 모두는
아니겠지만, 다행히도 대부분은 무사했다.

빗속에서 택시를 잡아채야 했던 것도, 물이 뚝뚝 떨어진 채로 집으로 돌아왔던 것도 혼자 겪었으면 억울하고 분할 일. 더불어 살아갈 사람이 있다는 게 새삼 다행이라는 생각이 들었던 올해 첫 장마. 아무런 특별할 것 없던 일을 책갈피 꽂듯 여기에 남기고 싶었다.

2023. 06. 30.

무딘 칼이 되고 싶어

대체로 화가 나 있고, 신경질적이며, 피로한 상태. 요즘을
살아가는 한국인을 요약하면 앞 문장과 같지 않을까.
경상도에 살고 있어 특히나 더 그렇게 느끼는 걸지도
모르지만, 지역과 관계없이 사람들이 뾰족한 상태로
돌아다닌다. 뭉툭하고 물렁한 사람들은 길만 걸어도 별안간
터질 때가 많다.

　　얼마 전 상속 포기에 관한 법률 절차를 알아보려고 법률
공단에 상담을 예약했다. 막대한 유산이 존재하고, 이를
사회에 환원하기 위한 절차라면 참으로 뿌듯하겠지만, 전혀
아니다. 친부가 사망하면서 남긴 어마어마한 국세 체납금과

각종 빚, 병원비를 떠안지 않으려면 상속을 포기해야 했다. 이 과정에서 혹시나 상속 포기가 거절되는 경우는 없을까 해서 공단을 향했다.

기다리던 시내버스에 올라타자마자 버스는 속력을 내기 시작했다. 겨우 손잡이를 붙잡았기에 망정이지 하마터면 맨 뒷좌석까지 굴러갈 뻔했다. 얼른 교통카드를 찍고 가장 가까운 자리에 앉았다. 좀 진정되고 나서 버스 기사님을 유심히 관찰했다. 정류장에 사람이 기다리고 있거나, 하차벨이 울려 정류장에 멈춰야 할 때마다 시발시발 욕을 하고 있었다. 어이가 없어서 순간 나는 버스가 정류장에 정차하는 게 위법인가 싶었다.

버스는 정류장에서 기다리던 승객과 최소 5m 멀찍이 정차한 후 입구 문을 열었다. 노인이 많은 동네라 승객들은 하나같이 뒤뚱거리며 급하게 버스에 올라탄 후 무릎을 부여잡았다. 그리고 다시 급출발. 또 멀찍이 정차. 또 급출발. 또 시발시발. 화장실이 급해서 식은땀이라도 흘리나 싶어 기사님을 자세히 봤다. 그제야 앞차와의 간격이 실시간으로 중계되는 화면을, 연신 확인하는 모습이 보였다.

버스 기사의 노동 환경을 제대로 알지는 못하지만 그럼에도 어렴풋이 '배차 시간'을 지키지 않으면 인사고과에 반영된다는 사실은 알고 있다. 아마도 기사님은 배차 시간을 지키지 못할 것 같아서 이미 잔뜩 예민해진 것 같았다. 사람이 극도로 예민해지면 합리적인 판단이 불가하다. 정류장에 제대로 정차해야 승객 탑승 시간이 오히려 줄어든다는 것, 급정거 급출발을 반복하면 겁먹은 승객이 하차를 천천히 한다는 것 등을 생각하지 못했을 것이다. 이 과정에서 각자의 사정을 모르는 기사와 승객은 서로에게 혐오를 품고 있을 수밖에 없다.

승객의 안전을 위협하는 행위에 정당성을 부여할 수는 없다. 그러나 조금만 더 위쪽으로 시선을 옮겨보면, 애초에 배차 시간을 빡세게 잡은 건 기사를 고용한 고용주들이다. 최소 임금으로 최대 효율을 뽑아먹으려는 파렴치한들이 승객 안전과 기사의 노동 환경을 고려하지 않은 결과다. 말도 안 되는 노동 환경을 구성한 뒤 착취에 가깝게 회사를 운영하면서, 기사 뒤에 쏙 숨은 고용주들. 그들은 기사와 승객이 서로 으르렁거리는 동안 팔자 좋게 돈 쓸 곳을 찾으러 다닐 뿐이다.

한국인을 대체로 화가 나 있고, 신경질적이며, 피로한 상태로 만든 건 결국 버스 회사 고용주처럼 저 먼 곳에서 계급적 혜택을 누리며 사는 사람들일 것이다. 사람이 어떻게 그럴 수 있나 싶을 정도로 매정하게 임금을 후려치고, 자신의 이익이 단 한 톨이라도 줄어들면 눈이 뒤집히는 사람들. 기사와 승객이 다투게 만들고, 노동자와 노동자가 다투게 만들고, 매장 직원과 손님이 다투게 만들며 호의호식하는 사람들. 그들은 우리를 궁지로 몰아넣은 채 말한다. "왜 저렇게 아등바등 사는 거야?"

버스에 실려 가는 동안 계속 불쾌했던 것은 맞다. 다만, 요즘은 나를 불쾌하게 만들었던 사람의 '어쩔 수 없음' 같은 것들을 생각해 보기도 한다. 그리고 상상한다. 아주 개인적인 모습들을. 배차 시간을 겨우 지켜냈다는 사실만으로 안도할 모습, 인사고과에 흠집 잡힐 일이 없어 다행이라 생각하는 모습, 집으로 돌아가 저녁을 먹고 내일도 배차 시간을 지켜야 한다는 부담감 속에 잠드는 모습, 이토록 쫓기듯 살게 만든 자신의 고용주를 떠올리는 모습 등.

그러면 어느새 기사님도 나도 팍팍하게 먹고 사는 사람 중 하나라는 사실을 깨닫는다. 괜히 나랑 똑같은 사람을 붙잡고 미워하고 있었나 싶어 민망해진다. 나 또한 그 '어쩔 수 없음' 때문에 누군가에게 매우 불쾌한 사람일 텐데. 우리가 서로를 불쾌하게 여기는 건 비단 우리만의 잘못은 아닐 텐데. 날카롭게 갈면 갈수록 언젠가는 닳아 없어지는 칼처럼, 늘 누군가를 찌를 기세로 뾰족함을 유지해 봤자 소모되는 건 결국 나라는 사실을 알면서도 바꾸기 어렵다.

어제는 운동 후 집으로 돌아가는 길에 횡단보도를 건너는데 한 자동차가 왼쪽에서 급정거했다. 스키드마크가 남을 정도로 "끼익!" 소리를 내며 멈췄다. 운전석에는 담배를 물고 멍하게 날 바라보는 중년 남자가 있었다. 사람이 많이

다니지 않는 거리라서 아마 신호를 무시하려던 거겠지. '너 오늘 잘 걸렸다' 싶어 한마디 하려는데, 창문이 내려가더니 운전자가 힘껏 내 쪽으로 몸을 빼고 말했다.

"아이고 미안합니데이! 급하게 간다고 못봤어예!"

그제야 차에 붙은 청소대행업체 문구가 눈에 들어왔다. 밤 9시. 아마도 마지막 청소를 끝내고 빨리 집으로 돌아가고 싶었거나, 텅 빈 건물을 심야에 청소하러 가는 것이었겠지. 그런 생각이 퍼뜩 들자마자 나도 한 손을 들고 괜찮다는 표시를 보냈다.

그리고 집에 도착할 때쯤 다시 생각했다. 다들 이렇게 열심히 사는데, 이렇게까지 열심히 살아야 할 일인가. 좀 적당히 살아도 괜찮은 세상일 수는 없을까. 나는 언제쯤 예쁜 카페에서 디저트 시키면 나오는 칼처럼 아무것도 썰어내지 못할 정도로 무뎌질까.

어렵다. 어려운 일이다.

2024. 08. 16.

서늘한 여름에

시집 『여름 외투』(김은지, 문학동네, 2023)를 샀다. 시집을 살 때
나름의 순서가 있다. 시인의 말, 시집의 첫 시, 표제작 순으로
읽는다. 표제작이 없는 시집은 책 중앙을 대충 펼쳤을 때
나오는 시, 맨 끝에 문을 닫는 시를 차례대로 읽는다. 여기까지
왔을 때 마음에 들면 산다. 『여름 외투』는 표제작이 있었다.
표제작 한 편만 소장해도 충분할 정도로 좋았다.

　　시인은 말한다. 여름 외투 같은 시를 쓰고 싶다고. 한여름
차가운 냉방 속에서 떨고 있을 때 가만히 어깨를 덮어주는,
그런 시를. 이 한마디 때문에 나는 오래도록 사랑하는 사람을
생각할 수 있었다. 내가 사랑하는 사람도 에어컨 바람 앞에서

자주 무력해진다. 한여름일지라도 영화관에 갈 때면 꼭
외투를 챙겨가는 애인의 모습이 시구절마다 보였다.

얼마 전 그의 생일이라 편지를 썼다. 시집을 언급하면서
나도 여름 외투 같은 사람으로 오래 남고 싶다고 말했다.
갑작스러운 환경 변화에 얼른 몸에 두르면 안정을 찾을 수
있는, 여름 외투 같은 사람이 되려고 노력하겠다는 말을
편지에 열심히 옮겼다. 다행히 편지를 좋아해 줬다.

애인 생일 다음 날 아침에 친부에게 연락이 왔다. 자기
사업 때문에 집을 담보로 걸고 받은 대출 원리금을 더 이상
갚지 못하겠다는 메시지였다. 대한민국 가부장이라는 것들은
대체로 이렇다. 친부는 자신의 외도 때문에 이혼하던 몇 년 전,
남은 가족들이 있는 집을 담보로 몇천만 원을 챙겨 갔다. 자기
잘못으로 이혼하는 거면서도 이득을 챙기던 그를 보며 나는
장래희망 한 켠에 늘 '부친상 상주'를 남겨뒀다. 결국 자기
몫의 책임도 더 이상 하지 않겠다고 선언하는 메시지를 읽자,
장래희망이 반드시 이뤄지길 바라는 아침이었다.◆

한 달에 65만 원. 이제 나와 남은 가족들에게 새로운
빚이 생겼다. 우리마저 갚지 않으면 엄마와 동생이 사는 집은
은행으로 넘어가게 된다. 눈물도 화도 나지 않았다. 이대로
다 포기하는 게 낫지 않을까 싶은 생각이 우르르 몰려왔다.
이런 감정이 밀려올 땐 몸이 금방 서늘해진다. 이후 손끝부터
떨리기 시작해 턱에 힘이 들어간다. 이갈이하듯 떨다가 문득,

◆ 그리고 놀랍게도 이 장래희망은 약 1년 후,
   조금 다른 방식으로 이뤄졌다. 나중의 글
   69쪽에 자세히 등장한다.

왜 그랬는지는 모르겠지만 전날 애인과 포토부스에서 찍었던 사진이 생각났다. 가방 속 파우치를 열어 사진을 급하게 봤다. 환하게 웃고 있는 두 사람을 보자마자 떨림이 멈췄다. 여름 외투를 두른 것처럼.

생각해 보면 인생이 다 꼬여버린 것 같은 순간마다 내 옆에는 애인이 있었다. 그가 힘들 때 역시 나도 그의 옆에 있었다. 서로의 서늘한 시절을, 넉넉하고 두껍진 않더라도 잠깐의 온기를 나눠줄 수는 있는 사람 둘이 덮어주고 있었다. 그렇다. 우리는 이미 서로의 여름 외투였는데. 그걸 몰랐다.

감사하게도 내가 지금껏 썼던 책들을 다 읽어주신 독자님이라면 알지 않을까. 나는 한 번도 책에서 애인 이야기를 자세히 하지 않았다. 아마도 이 책이 처음일 것이다. 첫 책부터 지금까지 쭉 옆에 있었는데도 책에 싣지 않은 이유는, 언젠가는 그가 떠날 수도 있다고 생각하며 살았기 때문이다. 나는 떠나는 사람을 붙잡을 자격이 없다고 여겨왔다. 떠난 사람을 책에 영원히 남긴다는 게 괜히 미안할 것 같아 쓰지 않았다.

하지만 여름 외투 같은 사이였다는 걸 깨달은 후 지금 이 글만큼은 꼭 책에 올려야겠다고 다짐했다. 그가 떠날 수 없게 책으로 붙잡는 행위라기보다는, 만약(그러지 않길 간절히 바라지만) 언젠가 그런 일이 일어나더라도 고마운 시절을 오래도록 종이에 남기고 싶다.

전쟁 영화의 클리셰가 있다. 사랑하는 사람의 사진을 철모 안에 끼워 넣는 그 뻔한 장면이 대표적이다. 우스갯소리로 철모에서 사진을 꺼내 자랑하는 인물은 반드시 죽는다는 법칙이 있을 정도다. 나 또한 '굳이?'라고 생각하는 쪽이었다. 그러나 비상약 찾듯 사진을 찾았던 그날 이후 나는 생각이 달라졌다. 사는 게 전쟁 같을 때마다 나는 그와 내가 나란히 웃고 있는 사진을 종종 볼 것이다. 그래서 잘 살아낼 수 있다면, 몇 번이고 꺼내 바라보기로 했다.

나에게 여름 외투가 사람이었다면, 당신의 여름 외투는 무엇일지 궁금하다. 사람일 수도, 동물일 수도, 혹은 생명체가 아닐 수도 있겠다. 무엇이 되었든 금방 어깨에 두를 수 있는 여름 외투 하나쯤은 꼭 간직하며 사시면 좋겠다. 서글픈 소식들이 매일 뉴스에 어른거리는 세상이라 그런지 단지 '살아 있음' 자체만으로 감사할 때가 많다. 죽어야 마땅할 사람들이 죽지 않고, 살아야 마땅할 사람들이 죽는 건 언제쯤 멈춤 상태에 접어들까.

글을 마무리하는 목요일 오후. 점심을 먹고 나니 오염수 방류가 시작됐다. 여름 외투가 앞으로 많이 필요할 것이다.

2023. 08. 25.

볕 좋은 날에
죽음을 생각하다가

죽음을 가까이서 처음 본 건 나이가 꽤 들어서였다. 그에게
'외'라는 말을 붙이기 죄송하지만, 사회 통념상 그는 내게
'외할아버지'로 불린다. 부계 쪽 할아버지보다 더 마음이 가는,
그리고 이유를 모르지만 애틋한 그. 그의 시신을 나는 가족 중
두 번째로 목격했다.

사인은 노환이었다. 오랜 치매 투병 끝에 그는 어느 새벽,
조용히 잠들었다. 조용하지 않았을 수도 있다. 그저 산 사람
누구도 그의 속 시끄러움을 듣지 못했기에 추측할 뿐이다.
그러나 나는 그가 아주 조용하게, 편안하게, 죽는 줄도 모르는
듯 이승을 떠났길 바란다.

숙모가 먼저 그를 발견했고, 경찰에 신고한 다음, 나에게 연락이 도착했다. 지체할 것 없이 택시를 잡아탔고, 방 안에 가만히 누운 그를 봤다.

작구나. 참 작다. 사람의 숨이 멈춘 몸은 어쩐지 살아있을 때보다 훨씬 작게 보였다. 방 안의 시간만 멈춘 것 같기도 했다. 반듯하게 천장을 바라보며 잠든 그를 두고 근처에 앉아 있으니 경찰이 도착했다. 몇 가지 행정 작업 후 구급차에 그를 실어 우리는 장례를 시작했다.

나는 그와 살을 부대끼며 가까이 한 지 오래되었다. 그래도, 그럼에도 나에겐 어딘지 기대고만 싶은 사람이었다. 퍽 멋진 사람이기도 했다. 나의 엄마, 조미희 씨가 여자라고 어디 가서 기죽지 않게 매사 최선을 다하던 아빠였다고 들었다. 나의 친부에게선 볼 수 없던 모습이라 그를 더 마음에 뒀는지도 모르겠다. 미희 씨는 외할아버지의 임종 소식에 크지도 작지도 않게 울며 마음을 다잡았다.

사람이란 어디까지 이기적일 수 있을까. 그가 돌아가시던 해에 나는 경제적으로 끝자락에 몰려 있었다. 독립출판사 발코니를 연 지 1년이 채 되지 않았고, 빚을 빚으로 막아야 했다. 지푸라기를 잡는 심정으로 장례식장에서 나는 조용히 속으로 빌었다. 이 난관을 헤칠 힘을 달라고. 일확천금 같은 건 바라지도 않으니 내 힘으로 이겨낼 수 있다는 걸 증명할 기회를 달라고, 그에게 말했다. 마음속 말을 끝마치자마자

부끄러워서 귀가 달아올랐다. 염치가 없어도 이렇게 없을
줄이야.

그런데 그는 이토록 이기적인 내게 선물을 주고 갔다.
이제야 고백하지만, 장례식장이 한가할 때마다 나는 『내일은
내일의 해가 뜨겠지만 오늘 밤은 어떡하나요』(연정, 발코니,
2020) 원고 초안을 교정했다. 조문객이 많지 않았고 사촌들이
많아서 나는 뒤편으로 조용히 물러나 원고를 볼 기회가
많았다. 그때만 해도 이 책이 발코니의 재정 상황을 완벽하게
개선할 줄은 나도, 작가님도, 아무도 몰랐다. 그래서 이런
생각도 해본다. 외할아버지도 같이 읽었을까. 하고 말이다. 그
덕분인지 이 책은 순풍을 타고 멀리멀리 저 먼 나라까지 가서
해외 독자와 만나고 있다.

『내일은 내일의 해가 뜨겠지만 오늘 밤은 어떡하나요』에
이런 사연이 있다는 것은 어느 곳에도 밝히지 않았다. 비밀로
한 이유는 그저 내가 편집자이자 발행인이기 때문이다.

출판사 대표이자 편집장인 나는 늘 무대를 만드는
사람이라 생각한다. 튼튼한 무대를 만들면 그 위에서 춤을
추든 노래를 부르든 손날 격파 시범을 보이든, 가장 크게
주목받고 환호받아야 할 사람은 작가님이다. 이 무대에
관계자가 난입해 '여러분 이 신파를 보십시오!' 하며 끼어드는
건 볼썽사납다. 하지만 이제는 초판 발행 후 5년 정도
흘렀으니 조심스럽게 꺼내도 되지 않을까. 작가님의 책이

어딘가에서 크게 크게 사랑을 받으면 나는 외할아버지가
멀리서 박수를 보내고 있을 거라 상상한다. 그러면서도
한 편으로는 이런 생각들이 돌아가신 분께 실례가 아닐지
죄책감이 들기도 한다.

죽음에 대해 쓰려다 별안간 고백을 털어놓게 돼 어딘지
민망하다.

오늘 이토록 볕 좋은 날 죽음을 떠올린 이유는 다름
아닌, 며칠 전 故김하늘 어린이가 겪은 사건 때문이다. 수많은
말과 수많은 글이 지금 오가는 만큼 구태여 나도 한 마디
덧붙이는 건 불필요하다. 다만 부디 바라건대, 하늘 어린이의
보호자분들이 바라는 것처럼 이 죽음을 우리는, 더 나은
세상을 만드는 계기로 만들어야 할 것이다.

숨이 멈춘 몸은 작다. 참 작다. 안 그래도 작은데 그 몸은
얼마나 더 작았을지 생각할수록 가슴이 여러 갈래로 찢기는
기분이다. 그러나 슬픔에 잠겨있을 수만은 없다. 『내일은
내일의 해가 뜨겠지만 오늘 밤은 어떡하나요』에는 이런
문장이 있다.

다음 계절에서 기다리고 있을게.
그대는 내일을 살아.

하늘 어린이는 다음 계절을 열러 떠났다. 내일을 위해, 또 다른 어린이를 위해 우리는 잘 살아내고 스스로를 보듬어서 하늘 어린이가 열어줄 다음 계절을 빛나게 만들어야 할 의무가 있다. 그게 산 자의 책임이라면 함께 울면서 잘 이뤄내고 싶다.

가깝고도 먼 죽음이 수시로 교차하는 날에, 창가로 비치는 볕은 원망스러울 정도로 따뜻하다.

2025. 02. 14.

도망치듯, 더 먼 곳으로

일주일에 두 번. 많으면 서너 번. 길게는 10km, 짧게는 7km를 달린다. 잘 달리지도 못 달리지도 않는 편이라 생각한다. 달리고 나면 꼭 뭐라도 해낸 것 같아서 안심된다. 취미라 말해도 될까 싶었지만, 한 주에 적어도 한 번을 뛴다면 이제는 취미겠다. 물론 처음엔 10분도 채 못 뛰었다.

근력 운동은 여러 가지 해봤지만 유산소 운동은 정말 싫어했다. 하염없이 제자리에서 뛰는 스레드 밀을 가장 기피했다. 내 몸 하나를 굴리면서 헐떡이는 게 싫었다고 해야 할까. 무거운 역기를 겨우 들었을 때 숨이 차는 건 기분 좋았는데, 달리면서 숨이 차는 건 목이 따가웠다. 그런 내가 달리기를 시작한 목적은 딱 하나였다. 아무 생각도 안 하기 위해서.

몇 년 전 가을쯤부터였다. 생각과 걱정이 한창 늘어가던 시절이어서 단순 반복에 가까운 운동은 스트레스를 푸는 데 마땅치 않았다. 어느 날 강 위로 뻗친 다리를 걷다가 강변에서 조깅하는 사람들을 봤다.◆ 무슨 바람이 불었는지 나도 모르게 속으로 '달리기나 해볼까' 싶었다. 마침 등록했던 헬스장 이용권이 만료되던 참이었다. 새롭게 등록할 돈으로 좋은 운동화를 샀다. 초보 러너에게 딱 맞는 것으로.

500m를 뛰고 500m를 걸었다. 짜증 났다. 목은 여전히 따갑고 심장은 터질 것 같은데 애플워치에 표기된 운동량은 얼마 안 됐다. 그렇게 하루는 30분을, 또 하루는 50분을 반복했다. 이 짜증 나는 걸 왜 하나 싶은 생각으로 버티다 문득 돌아보니, 평소에 안고 있던 걱정거리는 이미 온데간데없었다. 달리기 자세와 발이 닿는 위치를 신경 쓰고 '아니 도대체 달리기가 뭐가 좋다는 거야'라는 짜증만 머릿속에 가득하다 보니 고민들은 사라진 상태였다. 그때부터 갑자기 무언가에 홀린 사람처럼 매일 걷고 달렸다. 1년쯤 지나니 30분 정도는 힘들이지 않고 무난하게 뛰게 됐다.

1시간 남짓 달리는 동안 걱정을 하지 않는다고 해서, 현실의 고민이 사라지는 것은 아니다. 그러나 한 톨의 생각도 하지 않은 채 도망칠 수 있는 시간이 내게 주어졌다는 게

◆ 이 책이 발행되기 전까지 나는 경남 진주에 살았고, 여기서 말하는 강은 진주 '남강'이다.

중요했다. 집에서 일하는 탓에 생활 반경 전체가 '일'로 채워져 있다. 집 밖을 나서도 마찬가지. 이메일, 카카오톡 메시지, 문자 메시지, 전화 등이 손에 붙어서 따라 나온다. 좋은 카페를 가도, 맛있는 식당에 가도 늘 일이 어깨에 업혀있다. 홀홀 다 털고 도망치는 유일한 시간이 내겐 달리는 시간이다.

운 좋게도 튼튼한 하체를 몸에 달고 있다. 달리기는 사실 아무나 시도할 수 있는 운동은 아니다. 선천적으로 관절이 약하거나 하체 근육이 단단하지 않은 사람은 꾸준히 달리기 어렵다고 들었다. 다행히도 어릴 때부터 허벅지 사이즈에 맞춰 바지를 사던 나는 아직 다쳐본 적은 없다. 대신 자주 달리는 편이라 한 번 뛸 때 10km 이상은 가지 않는다. 아무리 튼튼하다 해도 몸도 기계처럼 무리하게 쓸수록 조금씩 망가지기 마련이니까. 욕심부리지 않고 딱 정한 만큼만 현실로부터 도망치다 돌아온다.

요즘은 '러닝 크루'라고 해서 여럿이 모여 달리던데, 원체 내향적이라 그런 소셜그룹엔 들고 싶지 않다. 그리고 약속된 모임끼리 달리는 것보다 혼자 달릴 때 볼 수 있는 것들이 많다. 나는 주로 집 근처 공원이나 강변을 달리는 편이다. 공원과 강변에는 연령과 성별 제한이 없다. 겨우 내 무릎 높이에 닿는 아기부터 삼삼오오 짝지어 걷는 어르신까지 다양하다. 그 사람들과 함께 공간을 나눠 쓰는 경험은 매번 즐겁다.

한 번씩 내게 말을 걸거나 도전하는 사람도 나타난다.

말 거는 분들은 대개 어르신들. "젊음이 좋다!"라고 어찌나
크게 말씀하시는지 평소 같았으면 그냥 지나갈 법한 나도
크게 파하핫 웃고 달린다. 도전하는 사람은 이때까지 딱
두 명이었다. 한 명은 킥보드 위의 어린이였고, 또 한 명은
네발자전거 위의 어린이였다. 어린이라 하기엔 아직 아기에
가까워 보이긴 했다. 이 두 사람 옆을 내가 달리면서 지나가자
그들은 갑자기 나를 쫓아오기 시작했다. 저 멀리서 보호자가
"○○아 삼촌 괴롭히지 마~!" 소리가 들려서 돌아보니 시뻘게진
얼굴로 내 뒤를 쫓고 있었다. 그날은 너무 웃어서 구를
뻔했다.

　　이제는 호텔 같은 곳에 묵을 때면 스레드 밀도 잘
이용한다. 하지만 영화나 뉴스를 보며 실내에서 뛰는
것보다는 역시 다채로운 사람들 속에서 뛰는 게 훨씬 좋다.
바깥에서 달리지 않았다면 젊음을 감탄하는 목소리나 귀여운
도전을 영원히 만나지 못했을 테니 말이다. 일을 하면서 안게
되는 걱정이나 고민은 대부분 '사람'이 원인이었는데, 그걸
잊기 위해 달리면서 오히려 사람을 좋아하고 있다는 게 어떨
땐 모순 같기도 하다.

　　어떤 날은 기쁜 채로 달렸고, 어떤 날은 슬픈 채로
달렸다. 시작은 달랐으나 끝은 항상 비슷했다. 기쁘거나
슬펐던 원인은 사라지고 '오늘도 무사히 도망치다 왔다'라는
생각뿐이다.

어떻게 살아야 좀 더 나은 상태로 살 수 있을지 고민하던 겨울 저녁이 기억난다. 기온은 영하에 바람도 강했다. 집에 앉아만 있다가는 생각으로 몸이 터질 것 같아서 장갑을 끼고 경량 패딩을 걸치고 밖으로 나갔다. 맞바람과 싸우며 힘겹게 겨우 5km쯤 달리자 이마에 땀이 흐르는 게 느껴졌다. 그렇게 5km를 더 뛰고 돌아왔다. 몸도 마음도 가벼워져서 글을 조금 썼고, 그날 완성한 두어 편의 글은 『우주 여행자를 위한 한국살이 가이드북』(희석, 발코니, 2023)에 실렸다. 이 책은 그동안 내가 쓴 책 중 가장 멀리 나를 데려다주고 있다.

몸이 허락한다면 꾸준히 달려볼 생각이다. 언젠가는 사는 게 조금 덜 무겁게 느껴질 때면, 그때는 도망친다기보다 '더 먼 곳으로 가본다'는 심정으로 뛰어야지. 그렇게 뛰고 돌아온 날은 그동안의 날보다 조금은 다르지 않을까.

2023. 11. 10.

가족이라는 덫

이번 글은 집필 당시의 감정을 날것으로 전하기 위해 이메일로 발송한 「희석된 일주일」 원문 그대로 싣습니다. 이에 '이번 주'나 '글을 마감하는 중에'처럼 작성 시점이 구체적으로 언급되는 점 참고 부탁드립니다.

나의 일주일을 바탕으로 글을 연재하다 보니 고민에 빠질 때가 있다. 이걸 글로 써야 하나 말아야 하나 싶은 순간들이 그렇다. 당장 겪었던 걸 쓸 때도 있고, 한 주 내내 고민했던 걸 쓸 때도 있을 것이다. 무엇이든 '현재 시점'일 필요는 없다. 다만, 시점이 언제든 한 편의 글로 완성했을 때 나에게 돌아오는 말들이 온통 뾰족하면 어쩌나 걱정하는 순간이 요즘 잦다.

그럼에도 이번 주는 나의 일주일 중 너무나 크게 자리했던 한 사건을 쓰려고 한다. 매주 나를 유심히 살펴봐 주시는 독자님들께 털어놓았을 때, 나 또한 생각을 어떻게 정리할지 궁금한 마음도 있다. 거창한 서두로 시작하는 탓에 '뭐야 이 사람 누구 죽이기라도 했나?' 하는 우려를 하실 수도 있을 것 같다. 사실 별일은 아니다. 아니, 별일 아니어야 한다.

친부에게 뜬금없이 연락이 왔다. 나를, 혹은 내가 그동안 썼던 글을 읽지 않은 분들을 위해 간단한 설명이 필요할 것 같다. 나의 친부는 10여 년 전, 외도 현장과 불륜 여행을 나와 엄마에게 들켰고 적반하장으로 본인의 잘못은 없다며 집을 나가버렸다. 그렇게 이혼을 요구한 후 새살림을 차렸고, 그가 남긴 빚을 남은 가족들이 갚고 있다. 불륜 여행을 함께한 사람과 새살림을 차렸다가 몇 년 전 또 결별했는지 "아들~ 아버지랑 밥 한 끼 먹자"라며 연락하던 뻔뻔한 인간이다.

요약하자면 이런 사람이다. 그 밖의 가정 폭력과 여러 가지 불행 서사는 굳이 나열하지 않아도 여러분 모두 쉽게 상상하리라 믿는다. 그런 그였기에 당연히 전화를 받지 않았다.

그러나 부재중 전화로 넘어가자마자 문자가 왔다. 119

구급대원이라고 했다. 다시 전화가 왔다. 이번엔 받았다.
정말로 구급대원이었다. 본인 집 주차장에 쓰러진 채
발견됐다고 했다. 병원으로 이송 중이었다. 스마트폰이
잠겨있지 않아 구급대원은 '아들'로 등록된 나에게 전화를 한
것이었다. 평소 지병이나 먹는 약, 다니는 병원을 아느냐고
물었다. 당황스러웠다. 솔직하게 말씀드렸다.

"죄송하지만 절연한 지가 오래라서요. 저는 아무것도
모릅니다. 술을 많이 마신다는 것만 압니다."

대원은 알겠다고 했다. 그리고 준비하라고 했다. 무엇을
준비해야 하느냐 물으니, 수술 동의서에 사인을 해야 한다고
했다. 무슨 이유인지는 모르겠지만 주차장에서 본인 차량에
올라타려다가 그대로 낙상 사고가 일어난 것 같다며, 현재
하반신을 움직이지 못하고 의식이 떨어지고 있다고 했다. 그는
부산에 살았고, 나는 진주에 산다고 전했다. 결국, 부산에 살고
있는 동생이 그의 병원까지 가야 했다. 단지 직계가족이라는
이유만으로.

동생과 통화해서 상황을 말하고, 동생은 직장에 양해를
구해 병원으로 갔다. 나는 부산으로 갈 채비를 마친 상태였다.
그러자 동생은 오지 말라고 했다. 내가 도착해봤자 바뀌는
상황은 없기 때문이었다. 기다렸다. 검사 후 동생에게 연락이
왔다. 그는 사지마비 판정을 받았다.

사고 현장을 아무도 모르지만, 추측건대 낮부터 술을

마시고 운전하려고 했는지 차에서 굴러떨어지며 척추와 목뒤쪽에 충격이 가해졌다고 한다. 지나가던 누군가 발견해서 신고했고, 타인의 구타 흔적은 없다고 했다. 어쨌든 이제 그는 큰 수술을 여러 번 해야 하고, 회복이 되면 재활병원을 가야 하며, 재활이 불가하면 평생 활동보조인을 곁에 둔 채 살아야 한다. 절연한 지 오래인, 정확히 말하자면 가족을 버리고 "너희랑은 단 한 순간도 같이 못 살겠다"라며 현관을 때려 부술 듯이 닫고 나간 사람의 결말을 나는 월요일에 이렇게 받아야 했다.

문제는 이제 병원비겠다. 나와 동생을 두고 매정하다고 말할 사람이 있을지 모르겠으나, 나는 우리에게 그 사람의 병원비를 부담할 이유도 간병의 책임도 없다고 생각한다. 그렇게 도망치듯 떠나버린 사람에게, 심지어 내가 경제적으로 힘들어서 10만 원만 빌려달라고 했을 때조차 "돈 얘기 좀 하지 마라"라고 했던 사람에게 세상이 말하는 '자식 된 도리'를 해야 하는지 솔직히... 모르겠다. 그래서 담당 의사에게도 전화로 말했다.

"선생님, 저희가 법적으로 자녀 관계이긴 하지만 절연한 지가 10년에 가깝습니다. 그래서 통상적인 가족들 반응과 다를 거예요. 저희는 남과 같습니다."

수술을 여러 번 해야 하고, 사지마비니까 간병인 비용도 하루에 15만 원이라던데, 두어 달만 입원해도 천만 원은 우스운 상황이다. 그가 정확히 얼마를 그동안 벌어들였는지 나는 모른다. 하지만 그가 자기 돈을 다 써버리고 나면 어떻게 되는 걸까. 궁금해서 이곳저곳 찾아봤다. 절망적이었다.

한국은 부모가 이혼을 해도 '가족 관계'는 유효하다. 이걸 자녀 쪽에서 강제로 끊으려면 법적으로 소송을 해야 하고, 소송 과정에서 왜 끊으려는지 명확한 이유를 서면으로 증명해야 한다. 경찰이 출동하거나 폭행과 관련한 병원 진단서 등 '명백한 사실'이 많이 없는 경우에는 불가능하다고 한다.

그런 상태에서 친부가 더 이상 병원비를 납부할 수 없을 때, 그 책임은 당연하다는 듯이 직계가족인 나와 동생에게 부담된다. 어이없게도 '부양의 의무'가 있다는 이유에서다. 물론 환자가 중간에 사망해 버린다면 상속 포기 등을 이용해 빚을 떠안지 않을 수는 있지만, 말 그대로 병상에서 유병장수한다면 방법이 없다. 불효하고 싶어도 못 하는 나라라니. 허탈해서 오히려 웃음이 났다.

세상에는 소위 '좋은 아빠'도 많다. 그러나 나는 그런 아버지를 한순간도 마주하지 못했다. 나의 어린 시절은 아버지가 집에서 나갈 때부터 돌아올 때까지만 행복한 집이었다. 그런 시절을 겨우 견뎌 그가 아예 집에서 사라졌을 때, 경제적으로는 힘들지만 나는 비로소 마음의 안정을 찾았다. 그런데 이런 방식으로 내 인생에 다시 침범하는 그가 참으로 혐오스러웠다.

모르겠다. 법적으로 조언을 해줄 사람도, 경험을 바탕으로 알려줄 사람도 주변에 없어 그저 담담히 절망을 기다리는 심정이다. 병원에서는 하루에 몇 번씩 연락이 온다. 가족관계증명서 상에 등록된 사람이라는 이유로. 수술 후 의식이 돌아오기 전까지 계속 나에게 연락이 올 것이다.

기적적으로 수술이 잘 되고 일상생활이 가능해진다고 해도 나는 그 '부양할 의무'를 지고 싶지 않다. 이런 내가 불효자라 손가락질한다면 그냥 받아들이려 한다. 내 인생을 최선으로 생각하는 게 불효라면, 얼마든지 불효를 거듭하겠다.

방금 글을 마감하면서 병원에서 또 전화가 왔다.

"OOO 님 아드님 되시죠? 경추보호대를 착용시켜 드렸는데 이게 비급여라서 25만 원을 지금 바로 입금해 주셔야 해요. 입금할 때 환자분 성함으로 해주세요!"

한국에서 '가족'이란 도대체 무엇일까.

2024. 04. 19.

좁고 쫓기는 마음에 대해

사람에게 질린 날엔 꼭 쫓기는 꿈을 꾼다. 질린 정도에 따라 쫓기는 정도도 달라지는 건 아니다. 깊든 얕든 영향을 받으면 무조건 꿈속 도망자 신세가 된다. 어릴 때부터 그랬다.

　　사람에게 질리지 않는 날도 있을까. 좋든 싫든 밥 벌어 먹고 살려면 어쨌든 사람과 부대껴야 하기에 '아무런 영향 없는 날'은 있을 수 없다. 여기서 말하는 '질린다'의 수준은 일상적 실망이나 분노 정도는 아니다. 가깝게 지내던 이가 '어떻게 사람이 저럴 수 있나'의 행동 중 하나를 보일 때, 나는 사람에게 질렸다고 생각한다. 며칠 전 물집이 꽤 크게 잡히는 일이 있었다.

상대방이 특정될까 봐 자세히 쓸 수는 없지만, 에둘러 표현해 보자면 잘 차려진 밥상을 빼앗긴 기분이랄까. 몇 년을 공들여서 새로운 판을 만들었는데, 그 소식을 보자마자 야나두를 외치는 사람이 불쑥 저녁에 등장했다. 야나두 씨가 평소에도 무례한 사람이었다면 무시했겠으나 꽤 가깝고 친절하다고 생각했던 사람이라 마음이 좋지 않았다. 상대방에게 악의가 있었다는 생각은 들지 않는다. 그는 내가 얼마나, 어떻게 노력했는지 모르니까 그럴 수도 있겠지.

라고 생각하기에 사실 나는 속이 좁다. 그렇다고 "염치없는 거 아니에요?"라고 따지기엔 입이 물러서 표현하지 않았다. 그냥 앞으로는 필요 이상 가까이 지내지 않기로 했다. 마음의 문을 열려다가 문고리에서 황급히 손 떼고 다시 자리에 앉았다.

저녁밥 설거지를 하면서 묵은 감정을 조금씩 씻어냈다. 나도 누군가에게 그러지 않았을까. 아무런 악의 없이 "와 나도!" 하고 활짝 웃었다가 상대방 마음에 총이라도 한 방 쏜 적 있지 않았을까. 살면서 분명히 일어났을 법하다. '무해한 사람'이라는 건 사실상 존재하지 않으니 말이다. 이렇게 생각하니 기분이 조금은 가벼워졌다. 물론 그렇다고 그를 예전처럼 대할 정도로 가벼워지진 않았다. 말 한마디로 우리는(그는 모르겠지만) 저만치 멀어졌다.

악의 없이(없다고 믿는) 주는 상처는 때때로 더 크게 물집을 남긴다. 중학생 때 하굣길을 같이 걷는 무리가 있었다. 교문 밖에는 그런 무리들이 이곳저곳에 뭉쳐진 채 각자의 방향으로 흩어졌다. 그리고 꼭 무리마다 가장 목소리 크고, 웃기는 데 능한 친구가 있다. 내가 속한 무리에도 그런 A가 있었다.

기억 속 그날엔 우리가 차도 옆을 아슬아슬하게 걷고 있었다. 그러다 갑자기 뒤에서 차 한 대가 쏜살같이 지나가며 경적을 크게 내질렀다. 혼비백산한 우리 중 몇 명은 넘어졌고, 다행히 크게 다친 사람은 없었다. 문제의 차 뒤쪽엔 '해운대 콜택시'가 쓰여 있었다. 다들 얼이 빠져 택시 뒤꽁무니만 바라보고 있을 때 A가 외쳤다.

"와씨 하여튼 택시 새끼들. 마, 택시가 뭐 줄임말인 줄 아나? '택'도 없는 '시'발놈 아이가!"

모두가 언제 겁에 질렸냐는 듯 깔깔 웃었다. 딱 두 명만 빼고. 나, 그리고 택시 운전기사 아버지를 둔 윤수(가명)는 웃지 못했다. 윤수 아버지가 택시 운전기사라는 건 무리 중 나만 알고 있었다. 다들 택시 줄임말을 다시 풀어서 읊으며 웃을 때, 우리 둘은 요즘 핸드폰이 어떻게 64화음까지 나올 수 있냐며, 이러다가 핸드폰으로 음악도 들을 수 있겠다며 서로 애써서 딴 이야기만 했다. 그날 이후 윤수는 A를 피했다. 지금도 나는 A를 현장에서 질책하지 못한 그때가 부끄럽다.

윤수가 택시 운전기사의 아들이었다는 걸 A가 알았다면,

그런 말로 분위기를 풀려고 하지 않았을 것이다. 그렇다고 A의 말이 용서받을 농담이라는 뜻은 아니다. 상황이 어땠든 한 사람의 직업을 비하했다는 사실은 변하지 않는다. 타임머신을 타고 돌아가 이 모든 사실을 말해줘도 A는 본인에게 악의가 없었다고 변명할 것이다. 다들 겁먹어서 그랬다고, 윤수 아버지가 택시 운전기사라는 걸 몰랐다고, 자기는 나쁜 의도를 담지 않았다고 할 것이다.

악의 없이 주는 상처는 그래서 더 아프다. 듣는 사람이 결국 '그래, 몰랐으니까 그럴 수도 있지' 하고 넘어가줘야 하는 듯한 상황을 만들기 때문에. 어느 저녁 불쑥 야나두를 외쳤던 그도, 택시를 욕으로 버무린 A도 모두 자기 기준에선 나름대로 선량한 사람일 것이다.

설거지를 끝내고 스마트폰을 켰다. 인스타그램에 접속하자마자 야나두 씨의 게시물이 최상단에 떴다. 그의 인스타그램 피드엔 늘 평등과 인권과 환경보호의 메시지가 넘친다. 누가 봐도 따뜻하고 친절할 것 같은 사람. 과거의 나 역시 그를 가까이 두고 싶은 사람으로 여겼지만, 이제는 아니다. 그의 모든 말과 글이 방부제처럼 보이기 시작했다.

밤에 누워 그와 나눈 메시지를 다시 천천히 읽어봤다. 정말 악의가 하나도 없어 보이는 듯한 각종 이모티콘과 'ㅎㅎ'들 때문에 더 아팠다. 그날 새벽엔 어김없이 쫓기는 꿈을 꿨다. 이번 꿈의 장소는 도서관이었다. 커다란 책장이 도미노처럼 내 앞으로 쏟아졌고, 나는 그 책장을 피해 끝없이 복도를 달려야 했다. 책장을 미는 사람의 얼굴을 확인하지 못했지만, 꿈속에선 얼굴을 보지 않아도 누구인지 알 수 있었다. 하하호호 맑게 웃는 소리와 함께 책장들이 우르르 쏟아지다 마침내 막다른 벽에 이르자마자 나는 소리 지르며 침대에서 일어났다.

언제쯤이면 이런 꿈을 꾸지 않게 될까. 또, 언제쯤이면 이리도 좁은 속이 바다만큼 넓어질까. 스스로 물어보지만, 나는 알고 있다. 평생을 이렇게 쫓기는 꿈속에서 허우적거릴 수밖에 없다는 것을. 그렇다면 다음부턴 그냥 꿈이 시작되자마자 붙잡히는 게 더 나을지도 모르겠다. 모든 걸 포기한 것처럼 가만히 기다렸다가 깨길 반복하다 보면 익숙해지지 않을까.

2023. 08. 04.

여름의 기준

여름이다. 여름이 시작됐다. 역사상 가장 더운 여름이라고 한다. 문제는 그 '역사상 가장 더운'이 매년 갱신되는 중이다. 역시 인간이 문제다. 인간이 없어져야 지구가 좀 살만해질 것이다.

그러나 이기적이게도 나는 없어지고 싶지 않다. 나 말고 좀 다른 나쁜 놈들 데리고 가면 안 되나요.

나 같은 마음이 이 땅에 가득해서 지구가 이토록 터질 듯이 뜨거워지는 거겠지. 그러니 제발 다들 힘내서 환경오염 좀 줄이고 어떻게든 같이 살 방법을 고민해야 할 텐데, 어떤 대통령은 5,000억을 들여서 바다에 구멍을 내면 석유가

나온다고 헛소리나 하고 있으니… 서글프다.◆

　이러나저러나 여름의 시작을 맞고 있는 나는 조금 설레는 중이다. 내가 가장 좋아하는 계절이기 때문이다. 다른 사람에게 이 사실을 말하면 대부분 '헉! 더위를 안 타시나 보네요'라는 반응을 전해주신다. 기대에 부응하지 못해 죄송한 마음이지만, 나는 더위를 무척이나 탄다. 와 덥다, 더워서 살 수가 없다, 와 더워더워를 입에 달고 여름을 보낸다. 그런데도 여름이 좋다.

　어렸을 땐 여름을 싫어했다. 더워서 싫은 게 아니라 여름이라는 이름 자체가 싫었다. 지금도 물론 가끔 얼굴에 올라오긴 하지만, 어렸을 때 나는 여드름이 심한 학생이었다. '여드름'과 '여름' 사이에는 '드'라는 차이만 존재한다. 여름을 발음할 때 자연스럽게 여드름이 떠올랐기에 여름이 싫었다. 어처구니없는 이유 같지만, 사춘기 청소년에게 외모는 너무나 민감한 요소였기에 여드름과 여름의 상관관계는 꽤 깊었다.

　그럼 언제부터 여름을 좋아하게 된 걸까. 정확하게 기억나지는 않지만 아마도 서른을 넘긴 이후부터인 것 같다. 터질 것 같은 기운 덕분에 여름엔 우울한 날이 좀 덜하다는 이유가 크다. 매년 봄쯤이 나에겐 위기다. 이상하리만치 마음이 답답해지고, 5월엔 종합소득세를 내야 하기도 해서 봄만 넘기면 한 해를 잘 건던 기분이다. 그래서 나에게 여름은 중요하다.

<hr>

◆　집필 당시는 내란 우두머리 윤석열의 불법 비상계엄 선포 전이다.

여름의 시작을 정하는 나만의 기준이 있다. 찬물 샤워다. 해 질 녘에 1시간 정도를 실컷 달리고 집에 돌아와서 얼음처럼 차가운 물로 샤워할 때, 머릿속으로 생각한다. '와 여름이네 진짜.' 그렇게 몸을 차갑게 만들고 차가운 맥주나 와인을 꺼내 마시면 진정한 입하(立夏)를 경험한다. 여름에는 특히 냉장고에 최소 하루 정도 보관한 화이트 와인 한 병이면 만사다 행복해진다.

와인에 대해서 아무것도 모른다. 그냥 달지 않고 가벼운 화이트 와인이면 다 좋다. 나는 확신의 와인 문외한인데, 문외한이라서 오히려 장점이 많다. 저렴한 와인을 마셔도 "맛있다!"라는 반응이 잘만 나온다. 바디감이 어떻고 타닌이 어떻고 포도의 품종 차이가 어떻고 등 해박한 지식이 없어서 이것도 맛있고 저것도 맛있다. 최근엔 대형마트에서 5,990원에 팔던 화이트 와인을 가장 좋아했다.

지난 주말엔 침대 이불도 여름 이불로 다 바꿨다. 요즘 셀프 빨래방에 가면 나처럼 겨울 이불과 여름 이불 동시에 세탁하는 사람들을 볼 수 있다. 그렇게 각자의 여름 준비를 보면 또 '와 여름이네 진짜' 하는 생각이 든다. 겨울 이불은 개천절까지 꺼낼 일이 없을 것 같으니 세탁할 때 돈 좀 들여서 '찌든때향균' 코스로 돌린다. 건조까지 끝나면 한 번 팡팡 털어서 압축팩에 구겨 넣고 청소기로 공기를 빨아들이면 장롱 맨 위 칸에 쏙 들어간다. 모두 정리하고 여름 이불이 깔린

침대를 보고 있으면 세상 속이 다 시원해진다.

직장 다닐 땐 그래도 여름휴가라며 며칠을 쉬기도 했는데, 1인 사업장이 되고 나니 그런 것도 딱히 없다. 방금 가만히 생각해봤는데 나름의 '여름휴가'라며 여행을 가본 것도 벌써 오륙 년 전이다. 무슨 대~단한 일씩이나 한다고 그렇게 바쁘게 살았는지 의아하면서도, 그렇게 일하지 않았으면 지금 내가 운영하는 발코니 출판사가 존재하지 않았을 것이라서 후회되진 않는다. 언제가 될지 모르겠지만, 조금이라도 길게 일을 놓아도 될 시기가 오면 꼭 여름휴가 여행을 가보고 싶다.

올해 여름 가장 바라는 것이 있다면 그저 모든 게 무사히 지나가는 것. 갑작스러운 행운이나 복은 바라지도 않는다. 마음과 몸과 돈을 거대하게 쓰지 않아도 되는, 무사한 날이 이어진다면 생애 최고의 여름으로 기억될 것 같다.

어쨌든 여름은 시작됐고 오늘 아침에도 차가운 물로 샤워를 마쳤다. 창문 바깥으로 곧 매미 소리가 들릴 것만 같은 날이 이어진다. 이 글을 읽는 모든 분들께 무사한 여름이 펼쳐지길.

여담

여러분은 '해 질 녘'이 맞춤법에 맞는 표현이라는 걸 언제부터 알고 계셨나요? 저는 이 '해 질 녘'의 띄어쓰기를 아무리 봐도 어색합니다.

어릴 때 TV에 방영된 예능 프로그램 〈공포의 쿵쿵따〉 게임 속 필살 단어가 '해질녘'이어서 그런 것 같아요. 물난리 쿵쿵따, 이상해 쿵쿵따, 해질녘 쿵쿵따... 해당 프로그램을 모르는 연령대의 독자님이 계시다면 죄송합니다.

솔직히 짜장면처럼 '해질녘'으로 바뀌어야 되지 않나 하는 쓸데없는 생각을... 해봅니다. 앞에 길게 썼던 글이 해 질 녘 하나로 다 잊힐 것 같네요.

2024. 06. 14.

나의 오랜 영혼들

오래 쓴 물건에는 영혼이 깃든다는 말을 좋아한다. 그리고 나는 그 말을 어느 정도 믿는다. 물건이 어느 날 갑자기 말을 건다거나 자기 뜻대로 어딘가로 이동한다고 주장하려는 건 아니다. 무속이 워낙 흉흉하게 판치는 세상에서 조심스럽긴 하지만, 물건에도 어떤 기운이 느껴질 때가 있다.

　약 일주일 뒤면 이사 때문에 집에 품고 있던 많은 물건을 처분해야 한다. 다른 사람에게 싸게 팔 것도 있고, 아예 대형 폐기물로 내놓아야 할 것들도 있다. 그중에 가장 난감한 건 자전거다. 당근마켓에서 중고로 산 접이식 자전거. 누군가에게 팔기엔 너무 낡았고, 처분하기엔 아까운 자전거다. 여전히 고민 중이다.

진주에서 4년을 살고 부산으로 떠난다. 부산에 새롭게
터를 꾸릴 집은 언덕에 있다. 산 위에 지은 도시라 불러도
무방할 정도로 부산은 '산'의 도시다. 이에 내가 가진
자전거로는 마트나 서점을 자유롭게 오가기 힘들다. 기술의
힘을 빌려 전기자전거를 마련해 볼 생각이다. 누군가는 차라리
오토바이나 자동차를 사는 게 어떠냐고 하겠지만, 오토바이는
무섭고 자동차는 비싸다. 튼튼한 전기자전거를 하나 사서
오래오래 타 볼 계획이다.

이런 상황이기에 지금 가지고 있는 자전거를 어떻게 해야
할지 더욱 고민이었다. 당근마켓 무료나눔도 생각해봤지만,
아마 무료나눔을 해본 사람은 알 것이다. 무료나눔만 계속
노리는 사람, 무료로 받아놓고 판매하는 사람, 자기 집 앞까지
와달라는 사람 등 머리 아픈 일이 더 많이 생긴다. 이사 때문에
복잡한 상황에서 더 큰 일을 만들기 싫어서 아예 유료로
팔거나 처분해야 한다.

지금 자전거는 중고로 구입하고 나서 본전을 뽑을 대로
뽑았다. 마트에 갈 때, 업무 미팅에 갈 때, 운동하러 갈 때,
빨래방에 갈 때 요긴하게 탔다. 체인이 부식되면 세척제를
뿌려 닦고 기름을 새로 칠했다. 접이식 페달이 부러졌을 땐
새 페달로 직접 교체하기도 했다. 정이 들 대로 들어버린
자전거라서 쉽게 결정하지 못하고 있다.

아마 이 글 때문에 나를 이상한 사람으로 볼 수 있겠지만, 그럼에도 책을 위해 스스로를 희생(?)하자면 나는 아주 오래 사용한 물건을 버리기 직전에 그 물건과... 포옹한다. 고맙기도 하고 미안하기도 해서 아무도 안 볼 때, 엘리베이터 안이나 쓰레기처리장 앞에서 꼭 안고 버린다. 앞서 말했듯이 영혼이 깃든 것들이기 때문에 분명히 자신이 버림받는다는 걸 알 것 같기 때문이다. 좀 더 솔직히 말하자면 나중에 나를 저주할까봐... 무서워서 달래고 보내는 것도 있다.

애인과 같이 살기 시작할 때부터 쓰다가 너무 낡아 제 기능을 하지 못하던 여행용캐리어, 더 이상 물때가 지워지지 않을 정도로 노후한 전기포트, 대학생 때 읽던 책, 20대 초반에 탔던 크루저보드 등을 버릴 때 몰래 꼭 안았다. 그렇게 보내고 나면 안 풀리던 일도 희한하게 술술 풀렸고, 더 좋은 물건을 더 싸게 구할 때도 있었다. 물론 사람은 본인이 믿는 대로 세상을 보는 만큼 그 물건들 덕분이 아닐 수도 있지만, 나는 내 오랜 물건들이 떠나면서 선물을 주는 거라 생각했다.

왜 어떤 사람은 오래 타던 자동차를 폐차하려고 할 때, 폐차장에서 최종적으로 시동이 안 걸릴 때도 있다고 하지 않나. 신기하게도 내게 그런 일이 며칠 전 일어났다.

여느 때와 마찬가지로 자전거를 타고 운동하러 갔다가 집에 돌아오는 길이었다. 아무런 문제가 없었는데 집까지 불과 100m 정도 남겼을 때 갑자기 뒷바퀴 쪽이 덜그덕거렸다.

뭔가 이상해서 얼른 내려 바퀴를 살펴봤다. 딱히 걸리적거릴 게 없어 보여서 착각인가 싶어 다시 주행했다. 또 덜그덕하며 엉덩이에 진동이 느껴졌다. 재차 내려 자세히 확인해 보니 타이어 바람이 모두 빠져있었다.

어디 뾰족한 걸 밟아서 구멍이라도 났나 싶었는데 아니었다. 그저 튜브가 찢어지면서 모든 공기가 빠진 상태였다. 타이어 교체가 필요 없던 상태에다가 공기압도 주기적으로 유지해서 괜찮았는데 별안간 납작해진 것이다. 꼭 자기를 팔지 버릴지 고민한 내 생각이 들킨 것 같아서 기분이 묘했다. 그렇게 쌩쌩 달리다가 딱 집 앞에서 이랬으니 말이다.

자전거의 운명은 일단 부산까지는 함께 가는 것으로 했다. 아직 전기 자전거를 들이기 전에 이 자전거로는 정말로 언덕살이가 불가능한가 체험해보고, 그 뒤에 결정해도 늦지 않을 것 같았다. 타이어를 새것으로 교체하고 프레임도 다시 잘 닦으면 누군가에게 수월하게 팔 수도 있지 않을까 한다.

누가 보면 미련해 보일지도 모르지만, 책을 생산해서 판매하는 입장에서 일종의 부채감이 있다. 플라스틱이나 비닐을 사용하는 산업은 아니더라도 어쨌든 자원을 직접적으로 이용해 내 생계를 꾸려나가고 있어서, 한 번 산 물건을 되도록 오래 쓰고 어디론가 잘 보내주고 싶은 마음이다. 물론 기업들이 오히려 오래 사용하지 못하도록 물건을 요상하게 만들긴 하지만 그럼에도 할 수 있는 만큼은 해보고 싶다. 이젠 쓰레기도 수출하는(정확히 말하자면 저개발 국가로 떠미는) 세상이니 말이다.

오랜만에 본가에 와서 글을 마무리하는데 엄마가 대뜸 말을 걸더니 자기 옷을 보라고 했다. 붉은색 맨투맨이었다. 약간 낡아 보이긴 하는데 꽤 괜찮았다. 무슨 옷이냐 물으니 엄마는 말했다.

"이거 니 중학생 때 산 거다이가. 살 좀 빼니까 다시 몸에 맞네! 한 10년은 더 입어도 되겠다잉."

유전이란 어찌나 무서운지.

2025. 01. 17.

아버지가 죽었다, 마침내

아버지가 죽었다, 마침내.

마침내라는 말을 덧붙였다는 이유로 나는 누군가에게 비난받을 것이다. 그러나 '마침내'가 아니면 이 마음을 설명할 단어가 마땅히 없다. 아버지, 아니 그저 생물학적 친부일 뿐인 그는 2024년 7월 31일 오전에 사망했다. 요양병원에 홀로 사지가 마비된 채 천장만 바라보며. 병원 측에는 이미 무연고 사망 처리 의사를 밝혀놓았다. 친부의 시신은 공영장례 과정을 거쳐 화장 후 어딘가에 안치됐다.

지금부터 나는 친부를 어떻게 무연고자로 처리했는지, 보는 사람에 따라선 패륜이라 할 만한 선택을 왜 했는지 설명할 것이다. 이 설명을 시작하는 이유는 딱 하나다. 훗날 부계 쪽 가족 누군가가 어딘가에서 나를 두고 "지 애비 장례도 치러주지 않은 패륜아다"라거나 "패륜아가 만드는 책은 사주면 안 된다"라고 주장할 때 보여주기 위해서다.

그런 말이 있다. 한 집안에 작가가 태어나면 그 집안은 쑥대밭이 된다는 말. 그 말을 잘 실천해 보겠다.

친부는 어떤 사람이었나

가정폭력과 폭언이 습관이던 친부. 어릴 때 우리 집엔 성한 가구가 없었다. 틈만 나면 화가 난다는 이유로 집안 모든 것을 부쉈고, 부술 게 없으면 사람을 부수던 그였다. 그러던 그와 엄마는 2017년에 이혼했다. 이혼 사유는 친부의 외도였다.

이혼 1년 전 여름밤, 친부의 카카오톡 계정이 로그인된 거실 노트북에서 "까똑!" 알림음이 울렸다. 무슨 소리인가 싶어 엄마는 노트북을 열었다. 카카오톡 대화방에는 친부와 어떤 여자가 이야기를 나누고 있었다. 여행지 숙소 예약은 잘 됐는지, 밤에 야시장 가서 뭘 먹을 것인지, 지금 주차장 어디에 기다리고 있는지 등이 메시지로 오갔다. 친부는 그날 우리에게 타지 출장을 가야 한다고 했던 상태였다.

엄마는 침착히 더 기다렸고, 마침내 친부와 그 여자는 하루 100만 원짜리 풀빌라에 도착했다. 서로 수영하는 사진, 셀카, 음식 사진 등이 대화창에 업로드됐다. 우리가 누군가와 함께 여행할 때, 그날 찍은 사진을 공유하듯이 말이다. 여기까지 진행됐을 때 나도 집으로 돌아와 상황을 파악했고, 사설 탐정 사무소에 전화를 걸었다. 친부 추적을 부탁한 후 카드론으로 300만 원을 빌려 사무소에 입금했다. 사무소에서는 다음 날, 이혼 소송에 결정적으로 적용될 수 있는 사진 몇 장을 보냈다.

그때부턴 지난한 싸움이었다. 소송 이혼을 하려고 했으나 신용불량자 처지인 친부에게 법적으로 받아낼 게 없었다(그는 사업 수익을 모두 현금으로 받아 혼자만 아는 곳에 숨기며 생활했다). 변호사 사무실에서 상담받아도 변호사 역시 합의 이혼을 잘 이끌 방법을 찾는 게 낫다고 했다. 그렇게 1년을 싸웠다. 1년의 실랑이가 끝날 때쯤 친부는 자기 발로 집을 나갔다. 더 이상 우리랑 못 살겠다며 연을 끊자고 했다.

다만, 본인은 앞으로 사업하면서 혼자 살아야 하니까 주택담보대출로 8,000만 원을 챙기겠다고 했다. 만약 해주지 않으면 지난 1년처럼 집에서 술만 마시고 계속 우리를 부수겠다고 했다. 선택권이 없었다. 친부는 8,000만 원을 두둑이 챙긴 채 풀빌라에서 함께했던 그 여자와 새살림을 차렸다. 당시 나는 취업준비생이었고, 동생은 대학입시를 앞둔 수험생이었고, 엄마는 대형마트 판촉사원으로 이제 막 일하기 시작했던 상황이었다.

애초에 없던 사람으로 여기며

　　남은 셋은 그저 열심히 살았다. 아버지라는 사람이 없었던 것처럼, 우리에게 지난 1년의 상처가 없었던 것처럼 살았다. 이혼 후 3년쯤 지나자 코로나 팬데믹이 찾아왔다. 그와 동시에 친부가 갑자기 다정한 말들을 건네며 나와 동생에게 연락하기 시작했다. 단 한 번도 우리를 찾지 않던 사람이 꼭 밥이라도 한 끼 먹자고 했다. 여러 번 거절하다가 어쩔 수 없이 마주했다. 그는 집으로 돌아오고 싶다고 했다.

　　그 여자와 헤어진 것으로 보였다. 자꾸만 자신이 '혼자'라는 걸 강조하며 아쉬운 소리를 했다. 엄마에게도 여러 번 전화하고 나와 동생에게 지속적으로 만남을 요구했다. 생활 속 거리두기가 해제되기까지 약 3년 동안 끈질겼다. 거부의 거부가 거듭되자 마침내 그는 협박을 시작했다. 너희가 살고 있는 집에 찾아갈 거라고, 무조건 가서 기다릴 테니까 거기서 보자고 했다. 협박을 잠재울 방법은 애매한 말로 '언젠가 얼굴 보자' 식의 뉘앙스를 전하는 것뿐이었다. 날이 좀 풀리면 뵈어요, 추석 끝나고 뵈어요, 올해 가기 전에 밥 한번 같이 드셔요 따위의 말을 키보드로 꾹꾹 누르며 그의 분노를 매번 달랬다.

　　아, 그가 집을 담보로 받아 간 8천만 원의 대출 원리금은 그가 갚지 않고 있었다. 처음엔 자기가 원리금을 내겠다고 하더니 그 여자와 헤어지고 나자 "내가 살지도 않는 집

대출금을 내가 갚기는 힘들다"라며 책임을 떠넘겼다.
언젠가는 이렇게 될 줄 알았던 일이다. 엄마와 나, 그리고 첫
직장을 잡은 동생이 매달 나눠서 갚고 있다. 그럼에도 그는
미안하다는 말 한마디 없었다.

한번은 이런 일도 있었다. 취업 후에도 여전히 대출금
갚기와 생활비 소진에 허덕이느라, 딱 10만 원이 부족했던
20대 후반 시절. 그에게 조심스럽게 연락해 빌려줄 수
있느냐고 물었다. 다음 달 월급 받으면 곧바로 갚겠다고 했다.
돌아온 말은 꽤 날카로웠다.

"니도 너거 엄마처럼 자꾸 돈 돈 거리지 마라.
지긋지긋하다. 참 섭섭하네. 오랜만에 연락한 이유가 돈
때문이가?"

그날로 결심했다. 나는 애초에 아버지 없이 자란
사람이라 생각하기로.

병원비 청구서가 도착했다

불편한 존재로 계속 남아있던 그로부터 2024년 4월 낮에
갑자기 전화가 걸려 왔다. 받지 않았다. 그는 시도 때도 없이
술에 취한 채로 전화했기에 낮부터 그 불쾌한 목소리를 듣기
싫었다. 벨이 끊기자마자 다시 걸려 왔다. 또 받지 않았다.
문자가 왔다.

'119구급대원입니다 연락바랍니다'

구급대원의 말로는, 친부가 술에 취한 채 차에 오르다
사고를 당했다고 했다. 차체가 높은 차에 올라타다가 발을
헛디뎠고, 그대로 뒤로 넘어지며 후두부가 손상됐다고 했다.
비가 많이 오던 날이었다. 그렇게 길에서 쓰러진 그를 행인이
발견해 119에 신고했다. 구급대원은 가족 중 누군가가
빨리 병원에 와야 한다고 다그쳤다. 생명을 살려야 하는
그들 입장에선 당연한 태도겠지만, 망설이는 목소리의 나를
의아하게 대했다.

친부는 부산에, 당시의 나는 진주에 살아서 당장 갈
수 없었다. 이에 같은 부산에 살고 있던 동생이 병원으로
향했다. 이때까지만 해도 우리는 몰랐다. 꼭 가족이 가지
않아도 처벌받지 않는다는 걸 말이다. 우리는 응급상황에
가족이 마땅히 응하지 않으면 부양의무 등을 이유로 처벌받는
줄 알았다. 병원에 도착한 동생은 의료진과 구급대원들의
경멸적인 시선을 받아야 했다. 자기 아버지가 쓰러졌는데도
슬퍼하지 않는 모습에 대놓고 고개를 갸웃거리기도 했다고
한다. 수술동의서에 사인을 하라며 다그쳤다. 동생은 아직
사회 경험이 적었다. 이 모든 상황을 갑작스럽게 맞은 탓에
의료진의 지시대로 행동했다.

그렇게 5분 만에 친부의 모든 수술과 입원에 따른 비용은
동생이 책임지는 구조가 됐다. 혹시나 이 글을 읽는 누군가도

우리와 비슷한 상황에 빠진다면 절대로 서명하지 않길
바란다. 그동안 연을 끊고 살았던 상태를 증명할 수 있다면,
힘껏 외면하고 도망치시길 바란다. 잠깐의 패륜아 취급은
훗날 이어질 고통에 비하면 아무것도 아니다. 멀리, 정말 멀리
도망치시면 좋겠다.

친부는 중추신경이 손상돼 인공호흡기를 달아야 했고,
팔과 다리를 움직이지 못하는 상태가 됐다. 수술 후 한 달간
대학병원에 누웠다. 수술비와 입원비는 총 1,200만 원이
나왔다. 대한법률구조공단에 찾아가서 상담받고, 각종 법안을
찾아봐도 소용없었다. 책임 서명을 한 이상 의료 소송을
시작해도 이길 가능성은 없었다. 내 통장에서 1,200만 원을
병원으로 송금했다.

친부는 그 후 숨만 붙은 채 요양병원으로 이송됐다.

나는 멍청한 민원인

숨만 붙은 상태라 말을 할 수도, 글을 쓸 수도 없는
친부였다. 그가 살면서 돈을 얼마나 모았는지도 몰랐다. 은행
계좌 하나 없이 살았고, 설령 제2금융권 계좌가 있다 하더라도
잔액이나 비밀번호를 알 방법이 없었다. 사실 기대하지도
않았다. 평생을 허영 속에 살았고, 이혼 후에는 더 엉망으로
살았기에 돈이 있을 리 없었다. 술에 취해 객사 직전까지
갔던 그곳도 그가 살던 원룸 주차장이었다. 협박으로 얻어낸

주택담보대출금 8,000만 원은 일찍이 탕진한 게 분명했다.

그나마 다행인 건, 요양병원에는 보호자 책임 서명을 하지 않을 수 있었다. 대학병원에서 요양병원으로 이송할 때는 병원이 바뀌니까 새로운 책임 서명이 필요하다. 나와 동생은 이 서명을 거부했다. 대학병원은 '보호자들이 책임을 지지 않는다'라는 조건으로 인근 요양병원을 물색했고, 마침내 한 요양병원을 찾아냈다. 친부는 그쪽으로 이송됐다. 법률공단에서 "독립 가정으로 산 세월이 오래됐고 정서적, 물질적 교류가 거의 없었기에 부양의무를 이유로 처벌받을 가능성이 극히 적다"라고 알려준 덕분이었다.

요양병원에 누차 전달했다. 우리의 상황은 이렇고, 그동안 어떻게 살았으며, 이에 우리는 보호자 역할을 하나도 하지 않겠다고. 요양병원은 무슨 말인지 이해한다고 했다. 대신, 친부가 수익이 없는 상태이니 기초생활보장 수급자로 신청해서 의료 지원을 국가로부터 받게 해달라고 했다. 그러면 요양병원은 정부로부터 보장을 받고, 우리는 돈을 쓰지 않아도 되는 것이었다. 그 정도는 충분히 해주겠다고 했다. 과정에 필요한 전화를 수차례 받고, 필요한 서류에 몇 차례 서명했다.

사실 그가 요양병원에 이송되기 전에 대학병원에서 먼저 그를 기초생활보장 수급자로 신청해달라고 부탁하기도 했다. 그래야 요양병원들이 금방 환자를 데리고 갈 것이기 때문에. 대학병원에서 시키는 대로 친부의 주민등록주소지 관할 행정복지센터에 전화했었다. 하지만 행정복지센터 남자 직원은 비웃는 말투로 말했다.

"참네... 저기요. 민원인께서 뭘 모르시고 이런 전화를 하는 거 같은데, 자녀분들 소득 같은 것도 다 심사해서 하는 걸 이렇게 전화로 턱하니 부탁하면 뭐 금방 되는 줄 아십니까? 그리고 아버지람서요? 아버지가 병원에 누워있는 거 뻔~히 아는 분이 의료지원 신청하고 부양의무 거부 같은 거 말하면 저희가 아 예예~ 하고 해주겠습니까? 상식적으로 저희가 어째 생각하겠어요? 그게 무슨 연이 끊긴 상태입니까?"

전화를 끊고 창피하게도 울었다. 안 되면 안 된다고 설명해 줄 줄만 알았지 양심의 가책을 느끼게 할 말을 들을 줄은 몰랐다. 그래도 '복지센터'니까 말이다. 순진했다기보다는 멍청했다. 수많은 민원을 받아낼 공무원에게 구구절절 사연을 푸는 것 자체가 바보였다.

이후 요양병원에서 직접 이 과정을 진행하자 일사천리로 흘러갔다. 그제야 친절하고 조심스러운 목소리를 참 많이 들었다. 그냥... 세상이 그렇다.

마침내, 사망

친부가 누워 있는 동안 부양거부 사유서를 비롯한 여러 서류 작업을 요양병원에서 알아서 진행했다. 친부의 주민등록주소지를 요양병원으로 바꾸고, 기초생활보장 수급자로 등록하는 등의 과정 동안 관할 지역 구청에서 전화를 여러 번 받았다. 가족해체와 관련해선 이유를 말해야 했다. 구질구질한 이야기를 듣게 되실 공무원분께 미리 죄송하다 말씀드린 후 사연을 짤막하게 풀었다. 1부터 10까지의 이야기를 내가 전했다면, 공무원분은 7정도 들었을 때 이미 "아 그럴 수밖에 없었겠네요" 등으로 맞장구를 치셨다. 지난번 고압적이고 가르치려들던 그 '남자 공무원'이 아니라 다행이라는 생각이 들었다.

친부가 요양병원에 드러누운 지 두어 달쯤 지난 여름날. 병원으로부터 문자 메시지가 왔다.

'안녕하세요. OO병원입니다. 안OO 님 사망하시어, 무연고 처리를 위해 연락드립니다.'

엉망으로 살며 당뇨, 고혈압, 합병증 등 온갖 것을 신경 쓰지 않았던 결과였다. 그런 몸으로 가만히 누워있으니 회복될 리 만무했다. 마침내. 사망했다.

병원으로 전화를 걸어 필요한 사항을 듣고, 무연고 사망 처리를 다시 한번 부탁드렸다. 그의 장례를 직접 치르는 건 애초에 생각하지 않았다. 나는 그의 명복을 빌지 않기에, 마지막 순간도 철저히 외롭길 바랐다.

병원은 구청으로, 구청은 다시 나에게로 확인 전화를
했고 나는 망설임 없이 동의했다. 그러자 친부의 형제 중 한
명이 나에게 전화를 걸었다. 그의 누나였다. 받지 않았다.
이번엔 구청에서 다시 전화가 왔다. 받았다.

"그... 아버님 형제분께서 무연고가 아니라
  아드님께서 장례를 치렀으면 하던데 우짤까요?"
"글쎄요. 저는 무연고 사망 처리로 하고 싶습니다.
  정 장례식을 하고 싶다면 그분들께 직접 하라고
  전달해 주실 수 있을까요? 죄송합니다."
"예 알겠습니다. 그럼 아드님 의지는 확고한 것으로
  저희가 알겠습니다. 동생분도 마찬가지죠?"
"물론입니다."

우스웠다. 그토록 아끼는 형제라면 자기들이 장례를
치르면 될 일인데 왜 나에게 그걸 강요하려는 걸까. 친부의
형제들이 생전 사이가 좋았던 것도 아니다. 부계 쪽 할아버지
장례식장에서 서로 칼을 들이밀던 그런 사이다. 친부가
요양병원에 누워있을 때도, 대학병원에서 1,000만 원 넘는
병원비가 나왔을 때도 아무도 나서지 않다가 이제야, 정말
이제야 장례식을 열라 말라 입을 대는 게 어이없었다. 그동안
살면서 겪은 그들이라면, 장례식 부조금이 탐났을 것이다. 네

애비가 나한테 빌린 돈이 있으니, 꼭 줘야 할 돈이 있으니 등의 지겨운 이야기를 할 사람들. 그들을 위해 내가 왜 파티장을 열어줘야 할까. 무시했다.

무연고 장례는 빠르게 진행됐다. 부산 영락공원에 '공영 장례'라는 이름으로 매일 무연고자들의 합동 장례가 이어지고 있다. 친부는 8월 1일, 두 명의 무연고자와 함께 6시간의 장례식을 보냈다. 당연히 나는 가지 않았다. 상상해 보지 않은 것은 아니다. 가족이라 부르기도 싫은 그의 시신을 내가 눈으로 확인해야 하는 날이 올 텐데, 그 끔찍한 상황을 꼭 겪어야 할까? 하며 고통스러웠지만, 그럴 필요도 없이 일사천리로 진행됐다. 친부를 제외한 나머지 두 분의 무연고 사망자분들의 명복만 빌었다.

합동 장례가 끝난 이틀 뒤, 8월 3일. 친부의 육신은 불에 태워져 사라졌다. 유골함에 담긴 채 어느 납골당에 안치됐다. '어느'라고 표현한 이유는 진짜로 몰라서 그렇다. 알아보려면 알 수 있겠지만, 그러기 싫어서 찾아보지 않을 것이다. 세상에 없는 사람이다. 내 삶에 남은 그의 흔적을 앞으로 부지런히 지워야 한다.

병원 측에서 유품을 어떻게 할지 물어봤다. 같이 태울 수 있으면 태워달라고 했다. 그의 스마트폰 안에는 그가 그동안 어떻게 살았는지, 누구와 메시지를 나눴는지, 재산은 어디에 있는지 등이 기록됐을 것이다. 알고 싶지 않았다. 솔직히 겁이 났다. 혹시나, 혹시나 내가 그의 일기나 메모, 흔적들을 읽다가 그의 사정을 '이해'할까 봐 겁났다. 아무것도 모른 채, 나는 애초에 아버지가 없는 채로 살았던 것처럼 앞으로의 인생을 보내고 싶었다. 모두 소각했다.

나와 같은 사람들께

지독하고 구린 이야기는 여기까지다. 이제 나는 상속 포기를 준비하고 있다. 이 과정도 꽤 지난한 것으로 알지만, 그래도 잘 해낼 것이다.

선택하지 않은 가족으로 인해 고통받는 분들이 많다는 걸 알고 있다. 나와 비슷한 처지에 계신 누군가에게 이 글이 조금이나마 참고가 됐다면 그걸로 충분히 감사하다. 절대로 병원에서 보호자가 되지 말 것, 가능하면 힘껏 외면하고 도망칠 것, 당신을 비난할 사람은 세상에 없고 혹여 있더라도 비난하는 이가 나쁜 사람이라는 것, 무연고 사망으로 처리하면 당신이 끔찍한 시신을 마주하지 않아도 된다는 것, 가정폭력과 폭언의 증거가 있거나 독립 가정으로 산 세월이 길면 부양의무라는 이유로 법적 처벌은 받지 않는다는 것 등을 강조하고 싶다.

전문가의 조언이 필요하다면 '대한법률구조공단'을 찾길 바란다. 포털 사이트에 검색 후 상담 예약하면 끝이다. 은행 창구 같은 곳에 가서 편안하게 법적 상담을 받을 수 있다.

뾰족한 해법을 찾지 못하더라도 전문가와 상담했다는 이유로 마음이 꽤 편안해진다. 나도 이곳에서 도움을 많이 받았다.

다시 한번 당부드리지만, 누구도 당신을 비난하지 않는다. 꼭 상담받아 보길 바란다.

이 책과 이 글이 누군가의 '마침내 사망'을 기다리는 모든 분들께 닿길 바라며.

2024. 08. 05.

상속을 포기합니다

이 글을 쓸 수 있는 날이 올까. 막연히 기다렸다. 어느
저녁 갑자기 찾아온 정전 속에서 허우적대듯, 매일
허공을 더듬었다. 어떤 날은 기대로 가득했고, 또 어떤
날은 다 포기했다가, 다시 어떤 날은 제자리를 종일
서성거렸다. 그렇게 2024년 10월 23일 수요일. 마침내
부산가정법원으로부터 상속포기 판결을 받았다.

    친부가 사망하고 나서 해야 할 것이 생각보다 많았다.
나는 인연을 끊고 살았지만, 대한민국 법은 그렇게 여기지
않았다. 한 번 맺어진 혈연은 의학적 친자 불일치 판정을 받는
경우를 제외하고선 절대로 끊어낼 수 없었다. 이에 친부가

사망하자마자 나는 그가 살면서 쌓아놓은 빚과 체납금의
최우선 상속인이 됐다.

'가족'이었다는 이유로

미안한 말일지 모르지만, 나는 그가 병원 신세를 져야
하는 순간부터 상속포기 절차를 알아봤다. 사망하길 바랐고,
그런 순간이 오면 어떻게 해야 하는지 꼼꼼히 찾았다. 다시는
나와 동생의 인생에 개입되지 않길, 영원히 세상에서 사라지길
간절히 기다렸다. 그래서 최대한 빠르게 사망 신고와 함께
상속포기 서류를 준비했다.

이혼한 망자의 최우선 상속인은 자녀다. 여기서 말하는
상속이란, 단순히 재산 상속만 뜻하는 것이 아니다. 망자의
금융 채무, 세금 체납액, 벌금 등 모든 게 포함된다.

친부의 인생, 아니 부계 쪽 가족 구성원 전체의 인생은
엉망진창이었다. 집안 사업을 하다 부도를 내고, 대출
원리금과 세금을 하나도 내지 않아 신용불량자 신세로 전락한
지 오래였다. 심지어 자기뿐만 아니라 각자의 배우자들
명의로도 사업을 돌려막아 모든 이들을 채무자로 만들었다.
여기에 나의 어머니도 포함된다.

이런 상황 때문에 친부는 제1금융권 은행 계좌가 없는
상태로 살아왔고, 노동에 따른 임금도 현금으로 받으며
연명했다. 제1금융권 계좌에 월급이 입금되면 곧바로

압류됐기에 제2금융권 통장에 돈을 조금씩 숨기며 살아갔던 것으로 알고 있다. 그런 인간이 사망했으니 소위 '사망 보험금' 같은 건 추호도 꿈꿀 수 없었다. 갚을 돈만 가득한 망자였다.

가족관계증명서상의 가족이 사망하면 '안심상속원스톱서비스'라고 해서 망자의 모든 빚과 재산을 조회할 수 있다. 듣기로는 총 3주가 걸린다고 했다. 이걸 다 조회한 후에 빚보다 재산이 많으면 '한정승인'을 선택하고, 빚이 훨씬 많으면 '상속포기'를 선택해야 한다. 둘 중 하나는 꼭 해야 한다. 그렇지 않으면 상황이 복잡해질 수 있다.

나와 동생은 이 3주도 기다릴 수 없었다. 친부가 사망 직전까지 누워있던 요양병원 비용이 1,000만 원이었다. 이미 어쩔 수 없이 수술비 1,200만 원을 지출한 상황에서 이 요양병원비까지 낼 수 없었다. 병원 원무과는 말했다.

"병원비 천만 원 정도 나왔고요, 곧 채권추심 시작할 예정이니 알고 계세요."

나와 동생 앞으로 병원비 소송을 시작하겠다는 말이었다. 이걸 무효로 할 수 있는 방법이 바로 상속포기뿐이었다. 병원비도 결국 '빚'이니까. 원스톱재산조회도 무엇도 다 필요 없고 우리는 빨리 상속포기 판결을 받아서 병원의 소송에 대응해야 했다.

법원은 친절하지 않다

포털사이트에 '상속포기'를 검색하면 각종 법무법인 홍보 링크가 조회된다. 업체마다 다르지만 보통 대리 신고비 명목으로 1인당 10만 원 내외를 받는다. 나는 동생과 함께 총 2명의 상속포기를 신청해야 했으니 신고에만 20만 원이 드는 셈이었다.

하지만 상속포기는 신청서류가 매우 간편하다. 굳이 법무사무소를 끼지 않아도 된다. 대한법률구조공단에 무료상담을 신청하고 필요 서류를 꼼꼼히 챙겨 부산가정법원으로 갔다. 친부의 죽기 전 마지막 주소지가 부산이었기 때문이다. 망자의 마지막 주소 관할 법원에 상속포기든 무엇이든 신청해야 한다.

나이는 벌써 서른다섯이나 먹었지만, 법원에 직접 접수하러 간 건 처음이었다. 혹시나 가서 실수라도 할까봐 온갖 정보를 다 찾아보고 전화로 이것저것 물어보고 방문했다. 블로그 후기에는 다들 마음을 단단히 먹고 가라고 돼 있었다. 직원들이 하나같이 까칠하다고, 잘 알아듣지 못하면 화를 낼 때도 있다고 했다. 반신반의하고 방문한 법원은 실로 그랬다.

물론 알고 있다. 송사가 오가는 장소라서 민원인들이 말도 안 되는 요구를 하루에 수십 번도 할 것이다. 그게 쌓이고 쌓여 직원분들 역시 날카로울 수밖에 없지 않을까. 하지만 그런 이해를 거듭하더라도 내가 하는 모든 질문에 '그것 하나 제대로 모르느냐'는 반응이 돌아오니 실시간으로 주눅이 들었다. 몰라서 물어보면 모르는 게 잘못이 되는 기분이랄까.

겨우 서류를 제출한 후 쫓겨나듯 법원 밖으로 나왔다. 8월 중순의 한여름 더위에도 한기가 돌았다.

나의 사건 검색

이후 한 달간 '대법원 나의사건검색'에 사건번호와 내 이름을 넣고 계속 검색했다. 사건 진행 과정은 택배 추적처럼 자세하게 알 수 없었다. 그저 하루에 몇 번씩 생각날 때마다 들어가서 검색해야 했다.

검토가 되는 것인지, 어떤 서류를 심사하는 중인지, 예상 판결일은 언제인지 등 아무것도 알 수 없다. 뭐에 홀린 사람처럼 컴퓨터로 스마트폰으로 맥북으로 시도 때도 없이 손에 잡힐 때마다 검색했다.

한 달을 그렇게 하고 나니 갈수록 피폐해지는 게 느껴졌다. 여러 송사 중에 아주 간단하고 쉬운 편이라던 상속포기도 발을 동동 구르게 만드는데, 악의적인 소송을 받아내야 하는 사람들은 얼마나 피가 말랐을지 깊이 공감했다. 사람 하나 죽게 만들려고 지속적으로 소송을 건다는 게 무슨 말인지 이해됐다.

상속포기는 정말 특별한 경우가 아니라면 대부분

인정된다. 다만, 친부의 삶은 그 특별한 경우에 포함될 수도 있었다. 현찰로 재산을 쟁이며 살아왔다는 것, 국세 체납이 어마어마하다는 것, 거주지가 특정하지 않고 내 명의를 이용해 휴대전화를 개통한 적도 있어서 내가 엮일 수 있다는 것 등이 계속 마음의 발목을 잡았다.

미디어에 '상속' 혹은 '체납' 등의 단어만 나와도 가슴을 뻥 하고 차이는 기분이었다. 나중엔 모든 걸 포기한 채 '내가 갚아야 한다면 어쩔 수 없지' 생각하고 더 이상의 사건조회를 멈췄다.

종국: 인용

그러다 10월의 어느 날. 오랜만에 검색해볼까 싶어 들어갔던 페이지에 '종국: 인용' 네 글자가 조회됐다. 재판부에서 상속포기를 최종적으로 받아들였다는 뜻이다. 원래 잘 우는 편인데 이상하게 눈물이 나지 않았다. 그저 '다 끝났다'라는 생각으로 깊이 숨을 밀어냈다. 몇 달의 조바심이 흩어지는 기분이었다. 물론 그가 내 이름으로 은행에서 대출받은 몇천만 원의 돈은 여전히 갚아야 한다. 그래도 그 돈만 갚으면 되니까 조금은 가벼워졌다.

누군가의 죽음을 바라는 게 죄라고 말한다면, 차라리 평생 죄인으로 사는 게 낫다고 생각했던 지난 몇십 년이었다. 여전히 친부가 남긴 흔적은 내 삶에 상처로 남아있고,

갚아나가야 할 것들도 산처럼 쌓여있지만, 그럼에도. 그럼에도 그의 존재가 이승에 없다는 것만으로도 희망이 솟는다.

아마 선택하지 않은 가족 때문에 나처럼, 아니 나보다 더 고통스러운 사람들이 많을 것이다. 상속포기가 이뤄진 기쁨을 그분들과 나누고 싶다. 운명이라는 이름으로 멍에처럼 가슴을 옥죄는 가족들에게서 하루빨리 해방되시길 진심으로 기도한다.

친부로 인해 고통스러웠던 지난 세월을 언젠가 하나의 긴 소설로 만들 계획이다. 그가 사망한 시점부터 계획해 왔지만, 상속포기라는 최종 단계가 남아있어 쉽게 문장을 쓰지 못했다. 이제는 쓸 수 있다.

못 할 것이 없다.

2024. 11. 01.

어쩌면 우리는
서로의 결핍이었고

지난 이야기를 조금 더 이어볼까. 친부가 사망했다는 소식, 그의 장례를 내 손으로 치르지 않고 무연고자 처리했다는 사실 등을 밝히고 난 후 놀라운 일들이 많았다. 우려와 달리 비난은 없었고 오히려 '저도 사실은'으로 시작하는 고백들이 모였다. 어렴풋이 알고는 있었지만 눈으로 확인되는 사실들이 쌓일수록 저 멀리 어깨동무를 걸고 싶었다.

　지금도 가족 중 누군가의 소멸을 원하는 사람들이 각자의 숨을 고르고 있다. 같은 공간에 살거나, 공간은 달라도 실시간으로 연락이 닿는 상태에 있거나, 어느 날 불쑥 현관 앞에 찾아오지 않을까 하는 불안 속에 하루하루를 보내는 등. 누가 누가 더 힘든가를 다툴 힘조차 없다는 걸 알고 있다. 주먹으로 맞든 방망이로 맞든 욕과 고함으로 맞든 부서지는 건 마찬가지다.

어느 저녁, 서울 출장길에서 돌아와 기차역에서 하차할 때였다. 내 앞에 똑같은 방향으로 걷던 중년 남성이 갑자기 두 손을 번쩍 들며 흔들었다. 그리고선 이내 "아들~!" 하고 불렀다. 저 멀리 중학생쯤 되어 보이는 학생이 "아빠~!" 하고 달려와 안겼다. 엄마는 위쪽에서 기다린다며, 한 시간 전부터 나와 있었다며 도란도란 이야기했다. 사랑이 눈에 보였다.

그런데 영 곱게 보이지 않았다. 질투가 났고 부러웠고 결국, 두 사람이 밉기까지 했다. 내가 가지지 못한 것, 영원히 가지지 못할 것을 눈으로 보고 있어서 그랬을까. 결핍을 알아차리는 순간이 싫었고, 이 결핍 때문에 못난 마음을 품고 있는 내가 싫었다. 그러니까 나도, 실은 나도 다정한 아빠를 평생 바라왔겠지. 나에겐 아버지 따위 필요 없다고 오랜 세월 외치고 다녔던 건 오히려 너무나도 바라서였다는 사실을 온몸으로 느끼던 저녁이었다.

그래도 몇십 년을 같이 한 사람이었는데, 단 한 번도 그 사람과 행복했던 순간이 없었을까. 곰곰이 생각해봤다. 그러자 딱 한순간이 선명하게 떠올랐다.

아마 내가 초등학생 때였을 것이다. 어디로 가는지, 왜 그랬는지 모르지만, 친부와 나는 어느 번화가를 걷고 있었다.

평소 걷는 것을 극도로 싫어하던 그였기에 드문 일이었다. 그렇게 걷다가 큰 오락실을 발견했는데, 그곳 입구에 D.D.R 게임기 여러 대가 번쩍번쩍 빛을 내고 있었다. 신기해서 고개를 고정시킨 채 걸으니 어쩐 일인지 친부가 먼저 "저거 해보고 싶나?"라고 했다. 나는 너무 좋아서 그와 같이하자고 했다.

정확한 기억은 아니지만, 한 시간 남짓 둘이서 땀을 뻘뻘 흘리며 D.D.R 위에서 놀았다. 아버지와 무언갈 할 때도 이토록 행복할 수 있다는 걸 깨달은 유일한 순간. 내가 바라던 것은 주로 이런 것들이었다. 시시콜콜한 일상을, 동네 오락실에서의 놀이를, 김이 모락모락 나는 길거리 간식을 같이 즐기고 웃을 수 있는 아빠의 존재.

그러나 그가 나의 바람을 이뤄주었던 건 그날 딱 하루뿐이었다. 시시콜콜한 일상을 즐기기에는 그가 주말마다 유흥을 떠났고, 동네 오락실은 그날 이후로 단 한 번도 같이 갈 수 없었고, 길거리 음식은 추하다며 사 먹지 말라고 했다. 이렇게 글로 쓰고 나니 새삼 그는 왜 그날 나에게 게임을 같이하자고 했을까. 혹여 그가 살아있다 한들 묻고 싶지 않다. 나 혼자만 기억하는 행복이라는 걸 확인할 가능성이 크기 때문이다.

그와 나는 애초에 연이 잘못 이어졌다. 그는 내가 바라는 아빠가 아니었고, 나 역시 그가 바라던 아들이 아니었다. 그는 강한 아들을 원했다. 학교에서 또래 무리를 거느리는 존재, 눈물 한 방울 흘리는 법이 없는 존재, 자신의 성과를 위해선 약자를 무참히 밟는 걸 즐기는 존재로 내가 자라길 바랐다. 그의 바람과 정반대의 사람으로 내가 성장해 버렸으니, 애정도 사랑도 주기 싫었을 테다. 그래, 어쩌면 우리는 서로의 결핍이었다.

사는 동안 그를 미워하지 않으려 부단히 애썼다. 노력은 매번 물거품이 되었고, 실패는 굳은살이 되어 그에게 아무런 감정도 느낄 수 없던 때에 이르자 죽어버렸다. 이제는 미움도 용서도 없는 그런 사이가 됐다.

나는 앞으로 어떤 이야기를 더 쓸 수 있을까. 현재까지 계획된 결심은 소설을 쓰는 것. 결핍을 인정했으니 이제 이 결핍을 하나의 긴 이야기로 만들어야 한다고 다짐했다. 결핍을 영원히 품고만 살면 내가 나를 불쌍히 여겨 자기연민으로 빠질 수 있다. 그러니 소설이든 에세이든 어떤 방식으로든 매듭을 짓고 털어내기로 했다. 부디 너무 긴 세월이 지나기 전에 털고 싶다.

자신의 아버지든, 어머니든, 그 외에도 혈연으로 맺어진 누군가를 증오하고 있는 분들께 당사자로서 드리고 싶은 말이 있다. 마음껏 증오하고, 영원히 용서하지 않아도 된다는 것. 나 역시 살면서 "미움으로 감정을 소모하면 너만 손해야"라는 말을 많이 들었다. 그래서 미워하지 않으려 마음을 여러

번 쥐어짜 보기도 했지만, 또 나만 열심히 노력하고 있을
뿐이었다.

이에 혹여나 나처럼 "너만 손해"라는 말을 자주 듣는
분이 있다면, 전혀 손해가 아니다. 마음껏 증오하고, 영원히
용서하지 말고, 매일 미워하되 이 과정으로 인해 내가 지칠
때만 잠시 쉬시길 바란다. 미움도 마음대로 발산하지 못하게
하는 사회 분위기에 더는 주눅 들지 마시길 진심으로 바란다.
세상이 다들 부모의 사랑을 노래하고 찬양하고 감동 콘텐츠를
찍어낼 때 마음 깊숙한 곳에서 불편한 감정을 보글보글
끓이는 사람이 여기에도 있다는 걸 꼭 알려드리고 싶다.

친부의 사망, 상속포기, 그리고 각종 절차를 마무리한
후엔, 10여 년 만에 멀리 여행을 떠났다. 이제는 혹여 내가
아주 먼 곳으로 떠나 있을 때 친부가 찾아와 집을 쑥대밭으로
만들러 오는 상상을 하지 않아도 되니까.

어디든 갈 수 있다. 다 괜찮을 것이다. 나도, 여러분도.

2024. 11. 08.

아름답고 밝게

엄마가 얼마 전 법적으로 이름을 바꿨다. 50년 넘게 쓰던
이름을 지우고 새로운 이름으로 살아간다. 개명 이유는 아주
특별할 것도, 그렇다고 별 볼 일 없는 것도 아니다. 인생 2막을
시작하는 마음으로 이름을 바꿨다.

　　엄마의 예전 이름에는 '아들 자(子)'가 들어간다. 한자로
이름을 풀이해 보면 '밝은 아들'로 해석할 수 있다. 아들을
바라는 마음에 딸의 이름을 그렇게 지었는지는, 엄마도 나도
누구도 모른다. 오빠가 둘 있던 집의 셋째 딸이었던 엄마였고,
할머니와 할아버지도 엄마를 지극히 아꼈기에 아마도 먼 옛날
작명소의 영향이 있지 않았을까 추측만 하고 있다. 아무튼

엄마는 그 이름으로 오래도록 살았다.

엄마는 늘 이름을 바꾸고 싶다고 말했다. 엄마 나이에
비해 너무 예스러운 이름이기도 했고, 본인에게 안 맞는 옷을
입는 기분이라고 했다. 그러나 초라한 가부장의 엑기스만
모은 전 남편, 즉 나의 친부가 개명을 극구 반대했다. 자신은
그 이름의 여자와 결혼했으니 개명하면 이혼하는 것과 같다고
엄포를 놓기도 했다.

그런 그와 이혼한 후부터 엄마는 마침내 새 이름을
스스로 지었다. 정식 개명은 하지 않아 엄밀히 말하자면
'가명'인 새 이름으로 살기 시작했다. 각종 모임에 나가서
새 이름으로 자신을 소개하고, '네이버 밴드' 닉네임으로도
사용했다. 그렇게 꽤 긴 시간이 지났더니 엄마 주변엔 재밌고
좋은 사람들이 많이 모였다. 어느 날 엄마가 마침내 말했다.

"내 법원에 정식으로 개명 신청하려는데 니가 쫌 도와줄
수 있나?"

인터넷에서 개명 신청 방법을 쭉 검색해 보니 쉬운 일은
아니었다. 가장 중요한 게 '개명 사유'였는데, 법원 측에서
납득할 수 있을 정도의 이유가 필요했다. 블로그 후기를
보니 어떤 사람은 사주를 언급해야 한다 말하고, 어떤 사람은
성명학적으로 매우 안 좋다는 걸 강조해야 한다 말하고,
또 어떤 사람은 이름으로 인한 피해 사실을 구체적으로
명시하라고 했다. 대부분 법무사를 통해 접수하고 있었다.

법무사를 끼면 적게는 10만 원에서, 많게는 30만 원까지 내야
했다.

혹시나 반려될까 걱정돼 법무사를 알아보려다가, 그래도
자식이라고 있는 놈이 '글 쓰는 직업'으로 밥 벌어먹고 사는데
밥값은 해야 하지 않을까 싶었다. 내가 직접 개명 사유를
쓰기로 했다. 과장하지도, 축소하지도 않고 엄마의 삶과
이름에 따른 사연을 구체적으로 썼다. 어떤 문장은 너무
솔직한 것 같아 지우고, 어떤 문장은 너무 건조한 것 같아
서사를 추가했다. 초안을 완성하고 엄마에게 보여줬더니 한
번에 통과됐다. 동생에게 개명신청서 최종 마무리를 부탁했고,
엄마는 서류를 준비해 부산가정법원으로 갔다.

그 후 2주가량 지났을까. 마침 본가에서 잠시 쉬는데
엄마가 갑자기 스마트폰을 보더니 소리쳤다.

"에!!! 뭐꼬뭐꼬 됐나보다!"
"아 깜짝이야… 뭐가 됐다는…"
"개명! 내 이제 조미희다!"

부산가정법원에서 개명을 허가했다는 문자메시지였다.
진짠가 싶어서 대법원 홈페이지에 조회해 보니 정말로
'인용', 즉 개명 신청 사유가 납득할 만하다는 판결이었다.
기쁘고 다행이면서 동시에 '재판부도 다 사람이구나' 싶어

신기했다. 내가 쓴 개명 사유에는 성명학도, 사주도, 이름으로 인한 직접적 피해사실도 없었다. 생각해 보면 엄마의 삶 그 자체가 하나의 이야기가 됐기에 가능했을 것이다. 마음을 가진 사람이라면 누구나 고개를 끄덕일 그런 이야기. 그만큼 엄마의 삶은 녹록지 않기도 했다.

법무사 비용을 아꼈다는 핑계로 엄마가, 미희 씨가 저녁을 거하게 샀다. '아름다울 미'에 '빛날 희'로 만들어진 새 이름이 엄마의 법적 이름이 됐다. 이름 하나 바꿨다고 해서 삶이 갑작스럽게 새로운 방향으로 전환되는 것은 아니다. 다만, 조미희라고 자신을 소개한 뒤 "사실 제 본명은"이라는 말과 함께 구태여 설명을 덧붙이지 않아도 된다. 그 사실만으로도 이미 여러 변화가 일어날 것이다.

모든 과정이 끝나고 엄마에게 물어봤다. 왜 '미희'라는 이름을 선택했는지. 아주 큰 의미는 없다고 했다. 예전부터 미희로 살아보고 싶었고, 계속 입에 맴도는 이름이었다는 게 엄마의 설명이다. 개명 소식을 주변에 전하자 이름 같은 건 작명소에서 지어야지 함부로 지을 게 아니라는 걱정을 표한 사람도 있다고 했다. 이에 엄마는 이렇게 말했다고 한다.

"그런 거 만사 다 필요 없다. 작명소에서 좋다고 해서 지은 이름 팔자보다 내가 직접 지은 이름 팔자가 더 좋다이가! 내 좋으면 장땡이다."

나와 달리 매우, 아주, 엄청난 외향인인 엄마는 앞으로 더 많은 사람을 만나고 더 많은 인연을 조미희라는 이름으로 만들어 갈 것이다. 지나간 삶이 어떠했든지 '내 좋으면 장땡'이라는 자세로, 아름답고 밝게. 미희(美熙)답게 말이다.

2025. 02. 07.

오래된 낭만과
오늘의 현실

헌책방을 좋아한다. 요즘은 중고서점이라고 더 많이
부르지만, 그래도 더 마음이 가는 단어는 '헌책방'이다.
이름을 입에서 굴려보면 첫음절의 히읗을 말할 때 얕은 숨이
뱉어지는데, 이게 꼭 새 책의 빳빳함을 한 김 덜어내는 것
같다. 숨이 푹 죽은 책들이 모인 방. 하루 백오십 종의 신간이
쏟아지는 세상에서 그러거나 말거나 심정으로 문을 연 곳.
　　진주에 살면서 자주 갔던 헌책방은 '동훈서점'이다.
오래된 책부터 꽤 최근의 책, 만화책과 해외 잡지까지 있다.
가장 좋은 점은 손님에게 눈길 한 번 주지 않는다는 것. 꼭
사려던 물건도 매장 직원분이 곁으로 오는 것 같으면 안

사고 나가는 나에게, 다정하지 않은 가게는 언제나 환영이다. 어서 오세요, 몇만 몇천 원입니다, 안녕히 가세요. 이 세 마디에서 크게 벗어나지 않는 가게일수록 자주 발을 들인다. 동훈서점이 딱 그런 곳이다.

그날은 시집을 사러 갔다. 가능하면 오래됐고, 그러나 한자가 없으며, 시리즈 형식으로 나오지 않은 시집을 사고 싶었다. 이 마음으로 천천히 펼쳐본 책 중 내 손에 들어온 건 '신달자' 시인의 『백치슬픔』(신달자, 자유문학사, 1989)이었다. 백치라는 말이 질환이나 장애를 낮잡아 이르는 말이라 망설였지만, 1989년 작품이라는 시대성을 감안해 읽어보기로 했다.

그런데 표지를 열자마자 눈앞에 나타난 건 작가의 말이나 판권지가 아닌, 편지였다.

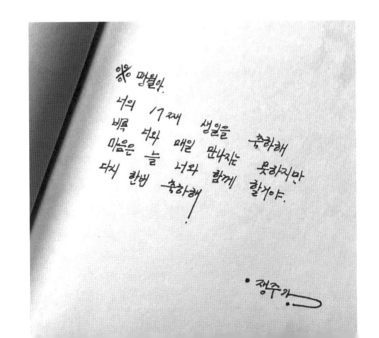

열일곱 번째 생일을 맞아 이 시집을 받았던 맹월 씨는 지금 어떻게 살고 있을까. 1989년 전후에 열일곱이었으니 지금은 쉰하나 쯤. 마음은 늘 함께한다는 그 시절 쟁주 씨와 지금도 만나고 계실까. 그때는 매일 만나지 못했어도 지금은 매일 만날 수 있을까. 생일선물을 헌책방으로 옮길 때는 어떤 마음이었을까.

시집을 더 읽지 않고도 나는 오늘 이 책을 반드시 사야겠다고 다짐했다. 누군가의 생일에 편지를 써서 전한 선물이라면, 아쉬운 시집은 아니겠구나 싶었다.

2,000원에 산 시집을 외투 주머니에 찔러 넣고, 집까지 걸었다. 마침 집으로 돌아오는 중이라던 애인을 버스정류장에서 기다리기로 했다. 정류장에 앉아 주머니에 있던 시집을 꺼냈다. 예상대로 좋은 문장이 온 곳에 걸려있었고, 편지에 썼던 것과 똑같은 색깔의 펜으로 몇몇 시에 밑줄이 그어져 있었다. 선물의 수신자, 맹월 씨가 꼭 알았으면 하는 마음이 느껴져 나도 그 시에는 조금 더 오래 머물러 있었다. 어쩌면 쟁주 씨는, 맹월 씨에게 전하고 싶은 말을 이 시집에서 많이 건져 올렸던 게 아닐까.

맹월 씨와 쟁주 씨의 흔적을 읽으면서 내가 선물로 받았던 책들을 떠올렸다. 정확히 언제가 처음인지는 기억나지 않지만, 처음이라고 여길 만큼 강렬했던 기억은 2011년이었다. 은희경 소설가의 『소년을 위로해줘』(은희경,

문학동네, 2010)를 선물로 받았다. 생일도 아니었고 심지어 군 복무 중이었다. 대학생 때 만난 친구가 어느 날 갑자기 택배로 책을 보내면서 선물이라는 쪽지도 넣어줬다. 쪽지엔 이렇게 쓰여 있었다.

'솔직히 안 읽어봐서 내용은 모르는데 그냥 제목 보니까 너 같더라. 잘 읽고 건강하게 있어라.'

어떤 책을 보고 내가 떠올랐다는 건 평소의 내 모습을 잘 기억하고 있다는 뜻과 같다. 그래서 고마웠고, 책을 편하게 읽을 수 있는 주말이 계속 기다려졌다. 그렇게 맞이한 주말 저녁에 나는 『소년을 위로해줘』를 읽다 깜짝 놀랐다. 주인공 생일과 내 생일이 똑같았다.

생일뿐만 아니라 엄마와의 관계, 친구에게 다가가는 방법, 세상을 대하는 태도까지 나와 비슷해서 꿈을 꾸는 기분이었다. 지금이었다면 당장 카카오톡을 열어서 솔직히 말하라고, 다 읽고 선물한 거 아니냐고 물을 수 있었겠지만, 군부대 안에선 곧바로 연락할 수단이 없었다. 다음날 공중전화로 가서 전화를 걸었다. 친구는 그냥 깔깔 웃었다.

"아니 진짜 안 읽어봤다니까?! 야 근데 신기하다. 어째 그러냐."

이 이야기를 가끔 누군가에게 꺼내면 "두 사람 운명 아니에요?"라는 반응을 듣는다. 하지만 운명이라기엔 우리는 너무나 다른 곳에 너무나 다른 방식으로 살고 있다. 『소년을 위로해줘』를 선물해준, 고맙고 소중했던 나의 친구 유경을 마지막으로 본 건 그의 결혼식장이었다. 이후 유경은 한 어린이의 엄마가 됐고 우리는 언제 마지막으로 연락했는지 흔적조차 남아있지 않다.

현실의 삶이란 이런 것이다. 소설로 쓰거나 드라마로 만들라고 해도 억지 설정이라 할 법한 일들이 살면서 가끔 일어난다. 그런데 그 일이 일어났다 해도 삶은 크게 바뀌지 않는다. 현실은 현실이라서, 각자의 삶이 바쁘기에 낭만적 사건이 일어나도 그것으로 끝일 때가 많다. 맹월 씨와 쟁주 씨의 편지도, 시집도 이런 방식으로 마침내 동훈서점에 자리했을 것이다. '어떻게 편지까지 쓰인 책을 헌책방에 팔 수 있지?'라는 질문은 그래서 무용하다. 어떻게 그럴 수 있느냐는 질문에는 대체로, 살다 보면 그럴 수도 있다는 답으로 증명될 때가 많다.

시집을 절반쯤 읽어나갈 때쯤 애인이 버스에서 내렸다. 내 현실은 이 사람이라는, 아주 기쁘고 행복한 사실을 온 마음으로 맞았다. 그날 저녁엔 알배추구이를 맛있게 만드는 술집에 갔고, 얼굴이 발갛게 달아오른 우리는 술집 앞을 지키는 고양이를 한참 쓰다듬다 집으로 돌아갔다.

맹월 씨와 쟁주 씨, 그리고 유경도 각자의 방식으로 행복을 쓰고 있을 것이다.

2023.04.07

2. 와르르 월드

외국인 차별뿐만 아니라, 여성, 성소수자, 아동,
장애인 등 한국엔 다양한 차별과 혐오가 존재한다.
차별종합국가라 불러도 무방할 정도로 말이다. (…)
　　동성을 사랑한다고 편히 말할 수 없고,
외국인이라는 이유로 환영받을 수 없고, 여성이라는
이유로 갑작스럽게 죽을 수밖에 없고, 장애인이라는
이유로 거리에 나설 수 없는 나라에서 우리는
살아가고 있다. 그래서일까. 세계에서 각광받는 'K'
시리즈를 보면 볼수록 우습기만 하다.

계속, 듣고 말하기

같은 시민 구성원으로 적합한가. 시민 동료라 부를 수 있을
정도로 온전한 '인간'인가. 남성들의 각종 여성 혐오 범죄를
뉴스로 접할수록 떠오르는 질문들이다. 물론 이 '남성'의
범주에 나 또한 포함이다. 나는, 우리는, 여성과 함께 사회를
구성할 요건을 갖추고 있는 걸까.

딥페이크 디지털 성폭력이 난무하는(정말로 '난무'가 맞다)
시대로 접어들었다. 기술 발전의 결과는 모두에게 동등하지
않다. 남성에겐 권력을, 여성에겐 폭력을 선사한다. 방송에
등장하는 여성, 소셜미디어에 등장하는 여성, 같은 학교와
같은 직장에 소속된 여성 등 폭력의 대상을 가리지 않고

딥페이크 범죄를 저지르는 남자들. 혹자는 이 남자들을 가리키며 '괴물'이라 부르지만, 그들은 괴물이 아니다. 그저 '지극히 평범한 한국 남자들'일 뿐이다.

식민지 남성성이나 한국 가부장 특성을 중심으로 한 분석은 전문 학자들의 영역일 것이다. 이런 분석을 차치하고 나의 경험담에 비추어 본다면, 딥페이크 성폭력 범죄는 남성의 사회화가 실패했다는 증거다. 딥페이크 가해자 대부분의 연령층인 10대를 가리키며 '우리 때는 이 정도는 아니었다'라고 혀를 내두르는 한국 남자가 있다면, 기만이다. 이번 가해자들을 양산한 건 당신과 나, 그리고 우리의 남자 형제, 아버지, 할아버지 등 모든 한국 남자들이다.

딥페이크 전에 불법촬영물이 있었고, 불법촬영물 전에는 포르노가 있었으며, 포르노 전에는 성인용 잡지가 있었다. 그뿐인가. 성매매, 룸살롱, 유사 성매매 등 여성을 인간 아닌 '육체'만으로 인식하는 남자들의 공고한 역사가 딥페이크까지 이어진 것이다. 모든 한국 남자는 여기에 책임이 있다. 보지 않았고 가지 않았더라도 그걸 막거나 바꿔내지 않았던 한국 남자, 당신과 나 모두가 유죄라는 것이다.

또래 남성과의 교류를 끊은 지 오래되어 요즘의 분위기를 정확히 모르지만, 별반 다르지 않을 것이다. 남성 집단 안에는 오피니언 리더들이 있다. 서열 중심으로 구성된 남성 집단은 이 오피니언 리더의 결정에 졸졸 따라다닌다. 학창 시절부터 싸움을 잘했거나, 싸움이 아니면 말을 잘했거나, 두뇌 회전이 빠르거나 등 집단의 평균과 비교했을 때 우월한 요소가 있으면 리더가 된다. 아주 끈끈한 우정을 자랑하는 남성 집단들도 기실 따져보면 이 서열 체제로 움직인다. 그러나 그들은 이미 서열에 익숙해져서 '우리는 서열이 아닌 진짜 우정'이라고 착각한다. 누차 강조할 수 있다. 평범한 남성 간의 우정 집단에는 서열이 반드시 존재한다.

서열이 존재한다는 것은 집단 내 의견이 우두머리 중심으로 흘러가야 함을 뜻한다. 이는 곧 성폭력이나 페미니즘과 같은, 남성 가해의 문제를 누군가가 인식하더라도 쉽게 이야기 꺼낼 수 없게 만든다. 예를 들어, 최근의 딥페이크 성폭력 범죄가 잘못됐다고 인식한들, 성차별이 일상인 한국 남자 집단 안에서는 발화할 수 없는 것이다. 집단 내 리더가 먼저 "딥페이크? 그게 뭐 대수라고"라며 썩은 소리를 하는 순간 자기도 모르게 '아 역시 이건 문제가 아니지'라고 멍청하게 학습하는 셈이다.

이러한 남성 간 서열 문화는 같은 문제를 새로운 방식으로 계속 양산한다. 학교와 가정에서 성평등 교육을 거듭하더라도, 학교와 집 바깥의 기성 남성들이 서열 문화와 강간 문화를 이어가고 있어 효과가 나타나지 않는다. 각 가정과 학교의 충분한 지도보다 중요한 것은 '지금' 존재하는 남자들의 정신머리 개선인데, 해결책이 쉽게 떠오르지 않는다.

짧은 생각일지도 모르나, 나는 이것이야말로 정치가
나서야 할 영역이라고 생각한다. 더 이상 시민 개인의 역할에
맡길 것이 아니라, 법과 제도의 정비를 통해 사회 분위기를
바꿔야 한다. 딥페이크만 말하는 것이 아니다. 교제 폭력, 교제
살인, 아동 대상 성범죄 등을 '자유롭게' 행하는 한국 남자들을
저지할 장치가 유명무실한 상태다. 도대체 얼마나 많은
여자가 죽고 다치고 깨져야 정치가 나설 것인지 묻고 싶다.
비단 대통령과 행정부뿐만 아니라, 국회에 자리하고 있는 모든
남성 정치인들이 이 문제에 둔감하다. 지방정부, 각종 조직
등 아래로 아래로 내려가면서 더욱 둔감한 남자들이 자리를
꿰차고 있다.

　　그런데도, 아직도, 지독하게도 "모든 남자를 잠재적
가해자 범주에 넣지 말라"라고 말하는 남자가 있다면
당신은 너무나 무책임하다. 성평등한 사회를 만드는 것은
비단 여성만을 위한 것이 아니다. 잠재적 가해자 범주에
있는 것이 억울하다면 세상을 바꾸면 될 일이다. 남성들의
목소리에 세상은 얼마나 적극적으로 반응해주나. 그런
영향력을 활용해서 '모든 남자가 그렇지 않다'라는 게 명백히
증명되는 사회를 만들면 된다. 어려울 것도 없다. 지금 당장
소셜미디어에 단 한 줄만 남겨도 된다. 딥페이크 성착취물을
만들거나 보거나 소지한 모두를 처벌하자고 말이다. 그
간단한 것도 하지 않으면서 울먹거리기만 한다면 당신과 나,

우리 한국 남자들은 영원히 잠재적 가해자로 머무를 수밖에 없다. 제 운명을 스스로 파먹으면서 여성을 탓하는 게 얼마나 부끄러운 것인지 알아야 한다.

이번 딥페이크 성폭력 범죄를 보면서 화가 났다는 사실 하나만으로도 나는 얼마나 권력적인가 실감할 수 있었다. 화만 난 것이다. 나는 그저 분노만 하면 됐다. '내 얼굴도 혹시?'라는 걱정은 하지 않을 수 있었다. 인스타그램, 트위터, 카카오톡 프로필 등에서 내 얼굴이 구체적으로 나온 게 있는지 톺아보지 않아도 됐다. 이런 게 성권력 아닐까. 즉각적으로 스스로의 안위에 대해 걱정하는 것이 아니라, 그저 분노만 해도 괜찮은 것. 그런 반응이 자연스럽게 나올 수 있는 것. 또 한 번 나는 '남성은 페미니스트 앨라이(ally: 지지자, 동료)를 넘어 페미니스트 그 자체가 과연 될 수 있을까'에 대해 의문이 들었다. 살아오며 체득한 데이터가 다른 입장에서 "나는 남성 페미니스트다"라고 당당하게 말하는 것이 가능한지 아직도 모르겠다.

일단은 지금 내가 할 수 있는 것들을 계속 찾고 실천해 보려는 중이다. 책을 통해 말하는 것도, 소셜미디어에 미약하게나마 흔적을 남기는 것도 작은 실천 중 일환이다. 그래도 여전히 부족하다. 무얼 어떻게 해야 조금 더 효과적으로 결과를 만들 수 있을지 고민하고 있다. 가장 중요한 것은 여성 당사자의 목소리를 꾸준히 주의 깊게 듣는 일. 듣고 생각하고, 조심스럽게 하나씩 말해보기를 멈추지 않아야 절망 속에서도 겨우 몇 줄기 희망을 발견할 수 있지 않을까.

간혹 그런 비판도 듣는다. '어차피 이런 글이나 책을 읽어야 할 남자들은 안 읽는데 무슨 소용이냐'라고 말이다. 보지 않으니 소용없다는 말은, 달리 말해 포기하자는 뜻과 같다. 이 글은 누군가에 의해 또 누군가로 공유될 수 있고, 더 넓은 미디어에 소개될 수 있다. 적극적으로 읽지 않으려 해도 읽을 수밖에 없는 세상을 만들 수 있는 것이다. 비관과 냉소는 쉽다. 해볼 수 있을 때까지 해보고 싶다. 이성 애인과 한 가정에 살고 있는 내가, 온전히 안전한 존재로 인식될 수 있는 세상을 바란다.

그러니 계속, 말해야 한다.

2024. 09. 06.

오스트레일리아,
오스틴, 오스카

20대 초반. 호주에 워킹홀리데이로 머물렀을 때 나는 인종차별을 당하지 않았다고 생각했다. 내가 아는, 혹은 익히 들었던 인종차별이란 대체로 이런 것이었다. 눈꼬리를 양옆으로 늘이며 아시아인의 눈을 조롱하는 제스처, 너네 나라로 돌아가라며 다짜고짜 욕하거나 주먹을 휘두르는 것, 코를 막거나 혐오스럽다는 표정을 지으며 조롱하는 행위 등. 이것들을 나는 겪지 않았기에 호주에서 돌아온 내게 "인종차별은 없었어?"라고 물으면 "글쎄... 딱히?"라고 답했다.

하지만 시간이 지나고 그 시절을 생각할수록 화가 밀려왔다. 인종차별을 너무 많이 당했다는 걸 뒤늦게 깨달았기 때문이다. 내가 무지하고 바보 같아서 몰랐던 것도 물론 있지만, 오묘하고 기분 나쁘고 당사자도 모르게 하는 인종차별에 백인들은 능숙했다. 이를테면 이런 일들.

대형마트 새벽 청소일을 할 때 매일 인사 나누던 호주 남자가 있었다. 자기 말로는 나와 동갑이라고 했는데 아무리 아시아인이 어려 보인다고는 하지만 절대 동갑은 아닌 것 같았다. '오스틴'이라는 이름의 그 친구(?)는 마트 캐셔로 일했다. 오스틴은 내가 청소를 끝낼 때쯤 출근했다.

대형마트 새벽 청소라고 해서 한국처럼 꼭두새벽부터 나오지는 않아도 됐다. 아침 7시에 출근해서 청소용 전동차를 타고 다니며 총 2시간 동안 일했다. 전동차는 한국의 '프레시 매니저'가 타고 다니는 그 야쿠르트 전동차와 비슷하게 생겼다. 전동차 밑으로 화학 약품이 쏟아지면서 대형 청소포가 빠르게 돌아가는데, 그걸 타고 다니며 마트 전체를 닦으면 딱 1시간 30분이 걸렸다. 남은 30분 동안은 마대 걸레를 들고 다니며 전동차가 진입하지 못한 곳을 광내면 됐다. 오스틴은 이 30분이 끝나갈 때쯤 출근했다.

"하이 오스틴!"
"오, 하이 토마스! 하우 알 유?"

맞다. 내 영어 이름은 토마스였다. 어떻게 지었는지

정확하게 기억나지 않는데 누가 토마스 기차 닮았다고 해서
그때부터 토마스라고 불렀다.

　　한창 일에 익숙해지던 어느 날, 청소일을 마치고 나와서
담배를 피우려는데 마침 담배가 다 떨어졌었다. 호주에 있을
때까지만 해도 흡연자였던 나는 노동 후 흡연이 하루 중 몇
안 되는 낙이었다(지금은 비흡연자다). 어쩔 수 없이 다시 마트로
들어가 오스틴에게 갔다. 완제품으로 파는 담배는 당시
한화로 한 갑에 만 원이 넘을 정도로 비쌌기에, 손으로 말아서
피우는 담배를 사기로 했다.

　　손으로 말아서 피우는 담배는 세 가지를 구매해야
한다. 담뱃잎, 입에 무는 일회용 필터, 잎과 필터를 감쌀 종이
등이다. 내가 일하던 마트는 캐셔 업무 공간에 이것들이
진열돼 있어서 오스틴에게 주문해야 했다. 지갑을 주머니에서
꺼내며 오스틴에게 다가갔다. 편의상 당시 대화는 모두
한국어로 썼다.

　　"오스틴, 나 담배 좀 피워야겠어.
　　 담뱃잎이랑 종이랑 필터 줄래?"
　　"음? 오케이, 잠시만 기다려."

　　오스틴이 물건을 꺼내는 동안 나는 지폐를 세며
준비했다. 그런데 계산대 뒤쪽의 진열장에서 오스틴이

담뱃잎과 필터를 꺼내놓더니 갑자기 입구 쪽으로 뒤돌아 가기 시작했다. 뭘 잃어버린 게 있어서 저러나 싶어 기다리는데, 오스틴이 비실비실 웃으며 신문을 가지고 왔다. 내 눈앞에는 담뱃잎, 필터, 그리고 신문 한 부가 놓여있었다.

"오스틴, 이게 뭐야? 신문은 필요 없는데?"
"페이퍼 달라며! 이게 페이퍼야! 페이퍼는 신문을 뜻해."

당황스러웠다. 내가 담배를 하루이틀 피운 것도 아니고, 어느 마트나 편의점이든 담뱃잎과 'cigarette paper'를 말하면 흡연자들이 으레 찾는 그 '담배용 종이'를 줬다. 내가 벙찐 표정으로 있으니 오스틴은 크게 웃으며 말했다.

"하하 토마스! 표정이 왜 그래?"
"음... 여기는 cigarette paper 없어?
 담배를 신문으로 감싸서 필 수는 없잖아.
 cigarette paper가 필요해."
"오 토마스! cigarette 발음이 이상해서
 나는 신문을 달라는 줄 알았지!
 발음 제대로 해! 너 진짜 웃긴 친구!"

웃기냐? 하- 하- 하. 나는 어색하게 웃으며 오스틴이

다시 꺼내준 그놈의 cigarette paper를 제대로 받고 계산했다. 오스틴은 신이 난 듯 옆 계산대의 직원에게 페이퍼 어쩌구 토마스 어쩌구 재잘재잘 떠들었다. 백인들의 깔깔 잔치 속에 나는 해브 어 굿 데이만 외치고 떠나는 웃기는 코리안이었다. 하-하-하.

그러니까 인종차별은 폭력적이고 우악스럽고 아주 눈에 띄게 경멸스러운 것뿐만 아니라, 이런 자잘하고 묘하게 기분 나쁜 것도 있다. 지금 글로 묘사하면서 생각해도 '아니 대체 그때 왜 따지지 못했지?' 하며 분하지만, 당시의 기분은 분노보다 당황스러움이 컸다.

내가 진짜 발음이 이상했었나? 이 마트에선 cigarette paper라고 하면 안 되나? 내가 기분 나쁜 게 오히려 무례한 건가? 이게 자연스러운 일인데 내가 예민한 건가? 등 오만 생각이 다 들면서 찝찝하게 돌아갈 뿐이었다.

그밖에도 여러 사례가 있다. 스니커즈가 위험해 보인다는 이유로 펍에 출입하지 못할 뻔한 일(반스 브랜드가 언제부터 위험한 신발이었나), 영어 발음이 부정확하다는 이유로 경찰이 공원에서 여권 진위를 확인하겠다고 소리 지른 일 등. 마치 그들이 만든 규칙에 내가 어긋나게 행동하는 것처럼 대하는 일이 잦았다.

이와 달리 나처럼 cigarette paper를 달라고 말한 영국인, 나와 비슷한 신발을 신은 호주인, 나보다 발음이 더 요상했던 프랑스인 등에겐 나에게 일어났던 일이 발생하지 않았다.

이런 것들이 인종차별이라고 항의하면 돌아오는 답은 뻔했다. 아시아인이라고 차별하는 게 아니라 어떤 '필요'나 '오해'가 있었다고. 이게 인종차별이면 자기네들은 아무 말도 못 하겠다고. 역시나 이해의 책임은 차별받는 이에게 있었다.

가장 황당했던 말 중 하나는 크리스마스 홈파티에서 나왔던 호주 토박이 아저씨의 너스레였다. 얼큰하게 취한 아저씨는 내 어깨를 잡으며 말했다.

"헤이 토마스. 난 네가 마음에 드는군. 걱정하지 말게. 난 인종차별을 하지 않아. 나에겐 아시아인 친구가 있거든."

와우. 방금 전까지 나한테 왜 중국어를 못하는 거냐고 물어봤잖아요 아저씨. 아시아인 친구가 있으면 인종차별자가 아니라고 어디서 공인인증이라도 해주는 건가요 호주는.

아시아인 친구가 있으니 인종차별을 하지 않는다던 그의 망언은 뭐랄까... 나는 딸을 키우는 아빠니까 페미니스트일 수밖에 없다거나, 엄마의 몸에서 태어난 아들이니까 페미니스트일 수밖에 없다는 말과 비슷했다. 헛소리라는 말이다. 권력을 가진 사람들만이 할 수 있는 해맑은 헛소리.

호주 이야기를 이렇게 길게 쓰게 된 계기는, 얼마 전 오스카 시상식 때문이다. 백인 수상자들이 전년도 비백인

수상자들을 대놓고 무시하는 그 행동을 보고 있자니 호주 기억이 선명하게 떠올랐다. 그들의 무례함에 대한 변명들(당사자의 팬과 주변인들)도 딱 호주에서 인종차별자들이 하는 말과 비슷했다. 인종차별이라기엔 이러저러한 사정이 있었고, 오해나 피해의식에 가깝다는 말들. 무대 뒤편에서 깔깔 잔치 사진을 보여주며 "이것 봐! 다들 어울려 놀잖아! 인종차별 아니었다니까!"를 외치지만, 한 번이라도 경험해 본 사람들은 그 현장의 찝찝함을 다 안다. 하- 하- 하.

비단 오스카처럼 멀리서 벌어지는 일뿐만이 아니다. 가까운 한국에서는 되레 한국인들이 인종차별자 위치에 있지 않나. 서울시장부터 나서서 외국인에게 임금을 차등 지급하자는 주장을 하고 있으니 '한국 사람 전부가 그런 것은 아니야'라고 변명할 여지도 없다. 벌어지는 현장만 다를 뿐 우리 모두가 오늘 어디선가 오스틴처럼 보였을지 모를 일이다.

그냥 이런 말들을 하고 싶었다. 인종차별이라는 게 미디어에서 보이는 그런 요란스러운 것들만 있는 게 아니라는 말을. 친절을 가장해 뱉었던 말이 차별이 될 수 있고, 안전이나 보호를 목적으로 했던 행동들이 차별이 될 수도 있다. 발화자나 행위자는 전혀 모른다. 당한 사람만이 느낄 수 있다.

아참, 오스틴은 그래서 나와 진짜로 동갑이었느냐. 역시 아니다. 나보다 10살 많은 80년생이었다. 서로의 학창 시절을 얘기하다가 들통났다. 왜 거짓말했는지는 지금도 모른다. 별다른 뜻이 없었길 제발 바랄 뿐이다. 하- 하- 하.

2024. 03. 15.

촌스럽다는 말

무심코 썼던 말인데 알고 보니 차별적 단어일 때가 있다.
비교적 최근에 알게 된 단어는 '반팔'이라는 말. 팔이 절반밖에
없다는 뜻을 담고 있으며, 이것은 곧 신체에 장애가 있는
사람을 겨냥한다.

　이걸 깨닫고 나서 가만히 생각해 보면 이상하긴 했다.
티셔츠의 소매가 반밖에 없는 것인데 왜 반소매라 하지 않고
반팔로 흔히 불렀을까. 차별적 의미를 알고 난 이후부터
의류 쇼핑몰 홈페이지에 '반팔'로 표기한 것을 볼 때마다 흠칫
놀란다.

　개인적으로 반팔과 비슷하게 불편한 단어가 또 있는데,

바로 '촌스럽다'라는 표현이다. 국어사전에는 촌스럽다를
'세련됨이 없이 어수룩한 데가 있다'로 정의하고 있으며,
촌스럽다의 '촌'은 '마을 촌(村)' 자를 쓰고 있다. 우리가 흔히
시골을 말할 때 쓰는 그 '촌'이 맞다. 결국 촌스럽다는 건 촌에
사는 사람이나 촌에서 만들어지는 모든 것들이 세련되지
않았다는, 차별적 시선을 담고 있다. 세련되지 않았다고
말하면 충분한데도 많은 사람들이 디자인이나 모양새가
요즘의 것과 동떨어지면 촌스러운 것이라 표현한다.

　　따지고 보면 내가 몇 년간 살던 진주시도 촌에 가깝다.
번화가, 흔히 '시내'라 부르는 곳을 제외하면 인적이 드물고,
경운기가 도로를 달리는 경우도 흔하다. 그렇다면 진주시민은
지역에 산다는 이유 하나만으로 세련되지 못한, 어수룩한
사람이 되는 것인가. 지역의 인프라 부족만으로 문화 자체를
폄하하는, '촌스럽다'라는 간단한 표현으로 묶어버리는 게
정말 괜찮은 걸까.

　　어린이, 벙어리 장갑 등이 차별의 단어로 지적되면서 많은
것들이 바뀌었듯이 촌스럽다는 표현도 사라졌으면 한다.
일상의 자리를 아무렇지 않게 차지하고 있기 때문에 각종
지역 비하가 늘고 있다. 대표적인 예가 과거 유튜브 채널
'피식대학'의 혐오 콘텐츠일 것이다. 당시 300만 구독자를
보유하던 피식대학은 경북 영양군을 비하하고 조롱하는
콘텐츠를 촬영했고, 이걸 아주 당당하게 공개했다. 출연진과

제작진은 '촌스러운 곳을 촌스럽다고 표현할 뿐'이라 여겼을 것이다.

나는 피식대학이 300만 구독자 채널로 성장하는 동안에도 그들을 몰랐다. 평소 쇼츠나 릴스를 안 봐서 영상 콘텐츠 유행에 무지하기 때문이기도 하고, 유튜브는 구독하는 채널만 보기에 그들이 누군지 몰랐다. 그러다가 우연히 '한사랑 산악회'라는 존재를 알게 됐고, 왜 지난 몇 년간 TV에서 연예인들이 뭐만 하면 "열정 열정 열정!"을 외쳤는지 겨우 이해했다. 그 뒤 '메이드 인 경상도'라는 콘텐츠에서 내 고향인 부산을 다룬다길래 찾아서 봤고 이어지는 영상 몇 편을 더 봤다. 하지만 피식대학의 또 다른 시리즈에서 여성 혐오를 아무렇지 않게 행하는 걸 발견해 다시는 찾지 않았다.

피식대학의 지역 비하 논란이 수면 위로 떠올랐을 때 '올 것이 왔구나' 싶기도 했다. 대놓고 드러내지 않아도 혐오를 잔잔하게 머금은 사람은 언젠가는 터지기 마련이다. 그들이 나름 진정성을 담아 썼다고 주장하던 첫 번째 사과문 역시 핵심을 피하고 있었다. 영양군이 좋은 곳인데 나쁘게 표현해서 문제가 아니라, 영양군을 희생양 삼아서 모든 소도시를 비하한 것이 가장 큰 잘못이다. 도파민 제로 도시, 즐길 게 없는 도시, 유튜버가 방문하면 시민들 모두가 주목하는 도시 등의 연출 말이다. 이것에 대한 사과는 없다. 여전히 '촌스러운 곳을 촌스럽다고 표현하는 것'에 대한 문제의식은 없는 것이다.

어느 곳이든 그곳에 사는 사람들이 있다. 서울에서든 부산에서든 진주에서든 영양에서든 공평한 하루를 받아 각자의 방식대로 치열하게 사는 사람들이 있다. 그들 중 살아가는 지역이 소도시나 시골이라는 이유로 '세련되지 못하고 어수룩한 사람'에 묶이는 건 분명한 차별이다. 촌스러운 디자인, 촌스러운 옷, 촌스러운 영상, 촌스러운 만듦새, 촌스러운 색깔 등의 표현을 하루에도 몇 번씩 접할 때마다 마음이 멈칫거린다.

그냥 가벼운 표현 하나 가지고 뭘 그렇게 호들갑이냐고 할 수도 있다. 그러나 누군가에겐 무겁고 아프게 내려앉는다. 촌스럽다는 표현이 세상에서 사라지길 바란다.

2024. 05. 24.

떠나는 사람에게

어느 평일 밤. 인스타그램에 메시지 알림이 떴다. 출판사
계정이 아닌 내 개인 계정에 온 메시지였다. 한 독자님이 보낸
짧은 글에는 무거운 내용이 담겨있었다.

　　독자님은 스스로를 외국인이라 밝히며, 한국에서
오래 거주하셨다고 했다. 그러나 이제는 지난 세월을 접고
한국에서 떠난다고 하셨다. 『우주 여행자를 위한 한국살이
가이드북』에 소개된 '보통의 한국인'과 정반대의 삶을 살면서,
더이상은 한국을 견디기 어려웠기 때문이라고 조심스럽게
이유를 밝히셨다.

　　『우주 여행자를 위한 한국살이 가이드북』에 소개된

'보통의 한국인' 조건은 다음과 같다. 성별이 남성일 것, 서울권 대학을 졸업할 것, 외국인이 아닐 것 등이다. 이런 조건을 갖춰야 사랑받는 한국인이 될 수 있고, 차별과 혐오에서 벗어날 수 있다고 책은 말한다. 한국의 차별 문화, 혐오 정서가 어떠한지 쓴 블랙코미디였다. 외국인 독자님은 이 책을 통해 위로를 받았고, 그동안 살아오며 쌓여있던 의문이 어느 정도 해소됐다며 감사하다는 인사를 전하셨다.

그동안『우주 여행자를 위한 한국살이 가이드북』을 읽으며 속이 시원했다거나, 씁쓸하면서도 웃겼다거나, 나만 이상한 게 아니었다며 위로를 받았다는 독자님들은 계셨어도 '의문이 해소됐다'라는 평은 처음이었다. 이에 감사하다는 인사를 마음 편히 받지 못했다. 대신에 죄송하다는 말씀을 전했다. 같은 한국인으로서, 차별과 혐오의 문화를 개선하지 못한 한국인으로서 깊은 사과를 전했다.

지금도 볼과 귀가 화끈거린다. 부끄러울 일이다. 일부러 한국까지 찾아온 사람을 적극적으로 밀어낼수록 이곳은 절망의 땅으로 변할 수밖에 없다. 이러면 꼭 "외국에도 인종차별 심함!" 따위의 말로 납작하게 반박하는 사람이 있다. 당연히 차별이 존재하지 않는 곳은 없다. 이 행성 자체가 차별 덩어리니까.

그러나, 외국에도 인종차별이 있다고 해서 한국 역시 그래야 하는 법은 없다. 또한, 인종차별이 있다는 그 외국에는 차별에 관한 법적 처벌이 존재한다. 한국엔 여전히 제대로 된 차별금지법, 아니 차별과 관련한 국가의 시대감각 자체가 없다. 외국인을 손가락질하며 "외노자 새끼"라고 낄낄대는 한국인 무리가 현장에서 체포되는 경우가 많은지, 우리네 일상의 한 모습으로 넘어가는 경우가 많은지 생각해 보면 금방 깨달을 수 있다.

외국인 차별뿐만 아니라, 여성, 성소수자, 아동, 장애인 등 한국엔 다양한 차별과 혐오가 존재한다. 차별종합국가라 불러도 무방할 정도로 말이다. 메시지를 보내주신 독자님께 한국살이 종료를 축하드렸고, 고국으로 돌아가셔서 모든 일들이 잘 풀리길 진심으로 기원했다. 독자님의 한국살이가 어땠을지 나는 감히 상상할 수 없다.

또 다른 책 『우리는 절망에 익숙해서』(희석, 2024, 발코니) 북토크 때 했던 이야기가 있다. 과연 지금의 한국이 무너지는 게 비단 '윤석열' 단 한 사람 때문일까 하는 질문이다(역시나 내란 우두머리 윤석열의 불법 비상계엄령 선포 두어 달 전이었다). 그가 가장 악독하고 저열한 인간인 것은 맞다. 하지만 윤석열이라는 인물은 평화로운 한국을 부수러 온 단일한 악당이 아니라, 한국 곳곳에 존재하던 혐오를 모두 수면 위로 떠오르게 한 일종의 장치에 불과하다고 생각한다.

냉정하게 생각해보면, 문재인 정부 때 여성의 삶은 지금보다 나았을까? 외국인의 삶은, 성소수자의 삶은,

장애인의 삶은 지금보다 나았을까? 나아질 것이라는 기대와 약속에 비해 실상 개선된 것은 적다. 각종 적폐청산이라는, 검찰개혁과 언론개혁이라는 '거대 담론'만 논의되고 모든 소수자의 삶은 '나중'으로 미뤄졌다. 나중에, 나중에, 또 나중에가 이어지다 팬데믹이 오고, 윤석열이 왔다. 언제까지 '나중'만 기다려야 할까. 한국은 오래전부터 차별국가였고 지금도 마찬가지다. 그럼에도 자칭 진보 정치인들은 늘 먹고 사는 문제가 급선무라며 외면했다.

그러나 의아하다. 차별을 금지하는 것이, 성별과 관계없이 내가 내 가족을 선택하는 것이 과연 '먹고 사는 문제'와 동떨어진 의제인가. 내게 메시지를 보내주신 독자님도 그 차별 때문에 먹고 사는 문제가 해결되지 않아 한국을 떠난다. 국회 내 자리를 차지한 모든 국회의원들 머릿속 먹고 사는 문제는 당최 무엇일까. 언제까지 '나중'으로 모든 차별 의제를 미뤄둘 것인지 이제는 궁금하지도 않다. 그들은 그저 하기 싫다는 말을 나중으로 갈음하는 것뿐이다.

여전히 동성을 사랑한다고 말할 수 없고, 외국인이라는 이유로 환영받을 수 없고, 여성이라는 이유로 갑작스럽게 죽을 수밖에 없고, 장애인이라는 이유로 거리에 나설 수 없는 나라에서 우리는 살아가고 있다. 그래서일까. 세계에서 각광받는 'K' 시리즈를 보면 볼수록 우습기만 하다. K-팝, K-문학, K-콘텐츠, K-푸드 등 온갖 K를 보며 그 K 아래 피

흘리는 소수자들을 본다. 어쩌면 K의 진정한 뜻은 Korea가 아니라 Kill일지도 모르겠다. 인권과 노동권들을 압살해 만들어낸 빛나는 K-성과.

간밤에 메시지를 보내주신 독자님은 지금 비행기에 오르셨을까. 그분이 언젠가 한국에 방문했을 때, 적어도 오늘보다는 나아진 곳으로 이 땅이 개선돼 있길 바란다. '보통의 한국인'이 아니어도 상처받지 않는 곳으로 말이다.

2024. 10. 04.

알고 나면 불편한 것들

새로운 세계를 봤다. '통합놀이터'라는 곳이 있다는 걸
당신은 알았는지 궁금하다. 나는 며칠 전 「시사IN」을 읽으며
통합놀이터 광경을 처음 볼 수 있었다. 간단한 소감은
놀라움과 부끄러움이었다.

    통합놀이터는 조금 더 직관적으로 풀어보자면 무장애
놀이터다. 장애가 있는 어린이도 놀 수 있도록 놀이터가
구성돼 있다. 휠체어가 쉽게 드나들 수 있게 놀이기구가
모래사장에 박혀있지 않다. 혼자서 미끄럼틀을 타기 어려운
어린이가 보호자 품에 안겨 탈 수 있게 미끄럼틀 너비를
넓혔다. 뱅글뱅글 회전하는 놀이기구는 바닥과 같은 높이로

설치돼 있다. 누워서 탈 수 있는 그네가 있으며, 트램펄린 역시 휠체어에 오른 채 이용할 수 있다. 기사 속에서 본 어린이들의 표정에 즐거움이 가득했다.

놀라움은 이러한 광경에서, 부끄러움은 장애가 있는 어린이는 어디서 놀지 생각도 하지 않았다는 사실에서 왔다. 비장애인인 나는 장애인을 생각할 때 항상 성인을 기준으로 삼았다. 그러니 자연스레 어린이의 장애를 생각하지 않았다. 못한 것이 아니라 안 한 것이 맞을 것이다. 장애가 있는 어린이는 놀이터에서 어떻게 놀 수 있을지, 미끄럼틀과 그네와 트램펄린 등은 어떻게 탈 수 있을지 한순간도 생각해 보지 않았다. 우리 사회가 장애인에게 너무 좀스럽다고 욕하면서도 정작 나 역시 장애의 스펙트럼을 넓히지 않은 채 살아왔다는 게 여실히 느껴지는 며칠이었다.

기사에 따르면 통합놀이터는 전국 놀이터 수 대비 0.04%에 불과하다. 1만 개의 놀이터 중 4개가 전부라는 말이다. 만 개 중 몇 개를 위해 장애 어린이는 보호자와 차를 타고 2시간 거리를 이동하기도 한다. 비장애 어린이가 현관을 열고 책가방을 던져놓고 곧장 놀이터로 뛰어갈 때, 누군가는 만반의 준비를 해야 하는 것이다.

알고 나서야 불편해지는 것들이 있다. 이제 나는 멋들어지게 지어진 공공 놀이터를 보면서 예전처럼 '너무 잘 지었다'라거나 '어린이들은 행복하겠다' 같은 생각만 하진 않을 것이다. 보호자 없이 기구를 사용하기 어려운 어린이, 휠체어를 이용하는 어린이 등도 즐길 수 있는지 보게 될 것이다. 1층에 있는 매장을 드나들 때면 경사로가 있는지 확인하는 것처럼, 세상의 모든 놀이터가 불편하게 보이기 시작할 것이다. 지금 이 책을 읽고 있는 당신도 그 불편함을 함께 느끼게 되지 않을까.

누군가는 이런 불편한 생각을 두고 유난이라 할지도 모른다. 나는 그런 사람들에게 꼭 유아차를 끌고 일주일만 생활해 보라고 말하고 싶다. 나 역시 바퀴 달린 수레를 직접 끌기 시작하기 전까지는 장애인의 이동권에 깊이 공감하지 못했다.

출판사 개업 후 수십, 수백 권의 책을 박스에 담아 직접 옮겨야 하는 일이 종종 있었다. 한번은 부산, 그것도 부산의 중심인 서면에서 수레를 끌어야 했는데 이때 나는 한국이 얼마나 비장애인 기준으로 도시를 설계했는지 체감할 수 있었다. 어디 한적한 시골 마을도 아닌, 광역시 번화가에서 이걸 느꼈다는 건 심각한 문제다.

그때 나는 혼자서 들 수 없는 무게의 짐을 큰 수레에 싣고, 500m 거리 우체국까지 가야 했다. 공유 오피스에서 일하던 때라 두어 분의 도움을 받아 물건을 싣고 건물 밖으로 나섰다. 평소라면 5분이면 닿을 거리를 나는 40분에 걸쳐 겨우 도착할 수 있었다.

온통 낭떠러지였다. 수레 없이 걸어 다닐 땐 잘만
오르내렸던 턱들이 내 발목을 붙잡고 있었다. 짐이라도
가벼웠으면 짐을 옆으로 빼놓고 수레 먼저 옮긴 뒤 다시
짐을 얹는 등, 번거롭더라도 방법은 있었겠지만 혼자 힘으론
벅차 아무것도 할 수 없었다. 결국 최대한 경사가 완만한
곳, 보도블록 턱이 없는 곳 등을 골라서 이동했다. 차도를
이용할 땐 난폭한 차주가 경적을 울리며 옆을 스쳐 갔고, 거우
찾은 경사로를 이용해 수레를 밀 땐 행인들 진로를 방해할
수밖에 없었다. 초겨울이었지만, 몸과 얼굴은 한여름이 된 채
우체국에 도착. 당일 발송 시각을 넘겨 도착한 탓에 약속된
발주일을 어겨야 했다.

이게 일상인 사람들이 있다. 그런 일상을 바꾸고 싶어서
불편하다고 말하면 '장애인들은 너무 이기적이다'라는 혐오를
사방에서 받아내야 한다. 결국, 비장애인들이 원하는 대로
세상은 굴러간다. '힙'한 매장은 더 높은 단층 위로 올라가고,
미니멀리즘 인테리어가 적용된 공공 화장실엔 점자블록과
지지대가 사라지고, 통합놀이터는 십만 개 중 한 개 비율로 더
축소되는 게 지금의 세상이라 생각한다. 마치 장애인은 원래도
없었고 앞으로도 없을 것처럼.

그래서 더 꾸준히 말하고 알려야 한다. 작지만 분명한
변화를 가끔 기적처럼 발견한다. 며칠 전 버스를 타고 가는데
한 남자가 갑자기 옆 사람에게 "안녕하세요!" 하고 인사했다.

서로 모르는 사이인 듯했다. 남자는 또다시 "안녕하세요!"라고 말했다. 당황하는 옆 사람을 두고 재차 "안녕하세요! 안녕하세요! 안녕하세요!" 반복했다. 모두가 긴장한 듯한 공기가 금방 버스 안을 채웠다. 그때 근처의 한 어린이가 자기 옆 보호자에게 물었다.

"엄마, 저 아저씨도 우영우야?"

그제야 남자 옆에 있던 사람은 어색한 미소로 고개를 까딱하며 인사를 받아줬다. 남자는 다시 앞으로, 뒤로, 반대편으로 연신 인사했다. 모두가 인사를 받아줬다. 남자는 마침내 맨 뒷자리에 앉아 있던 내 앞으로도 와서 인사했다. "안녕하세요!" 나도 인사했다. "네, 안녕하세요?" 그제야 남자는 자기 할 일을 마친 듯 자리에 앉아 음악을 들으며 조용히 창밖만 바라봤다.

드라마 〈이상한 변호사 우영우〉에 대한 평가가 모두 긍정적이지 않다는 사실을 알고 있다. 하지만 만약 〈이상한 변호사 우영우〉가 흥행하지 않았다면, 그날 버스에서 어린이가 '우영우'를 말하지 않았다면, 우리는 그 남자의 인사를 호의적으로 받을 수 있었을까. 꾸준히 말하고 알리는 사람들이 있었기에 우영우라는 존재가 미디어에서 사랑받을 수 있었고, 우리의 편견도 조금씩 깰 수 있었던 것 아닐까. 그리고 이 모든 과정의 밑바탕에는 현장에서 싸웠던 활동가들이 있었을 것이다. 구석구석에서 멈추지 않은 사람들 덕분에 나도 반갑게 인사할 수 있었다.

장애인을 부족하고 불쌍한 존재로 보며 보듬자는 말이 아니다. 버스의 남자를 대했던 사람들의 태도는 시혜나 동정이 아니라 이해였다고 생각한다. 비장애인과 조금 다른 시민 동료. 사람마다 다양한 특성이 있듯이, 나와 다른 특성을 갖춘 사람으로 이해하는 시선이 당연해졌으면 좋겠다. 곤경에 처한 장애인을 도와주는 비장애인을 보며 "감동이다"라거나 "아직 세상은 살만하다" 따위의 역한 감상을 붙이는 게 아니라, 너무 당연해서 아무런 감흥도 없는 사회가 됐으면 한다.

엄마가 최근 요양보호사로 이직하며 장애인 교육을 받았다. 어느 날 통화 중에 엄마는 내게 이런 말을 했다. "우리는 왜 이렇게 장애인에 대해 몰랐을까."

그러게. 왜 몰랐던 걸까. 아니면 몰라도 됐던 걸까. 모를수록 편하게 살 수 있었기 때문은 아닐까.

2023. 05. 19.

그러지 않아도
괜찮은 일요일

아직은 믿는 종교가 없다. '아직'인 이유는, 아마도 큰 변화가
일어나지 않으면 몇 년 내에 천주교 신자가 될 가능성이 크다.
신에 대한 믿음이나 종교의 신성함 때문은 아니다. 그저 내가
가장 사랑하는 사람을 깊이 알려고, 그 사람의 세계는 어떻게
만들어졌는지 이해하기 위해서다.

　햇수를 꼽아보는 게 조금은 우스울 정도로 오래
만난 나의 연인은 태어날 때부터 천주교 신자였다. 첫
만남에서 그가 먼저 말했다. 종교에 대해 딱히 긍정적이지도
부정적이지도 않은 내게 그 사실은 그리 중요하지 않았다.
나에게 '천주교 신자'라는 건 '수박보다 복숭아를 더 좋아하는

사람' 정도의 가벼움이었다. 우리가 같이 살기 시작할 때도 마찬가지였다. 그도 나도 서로에게 종교와 관련해선 아무것도 강요하지 않았다.

하지만 세월이 흐를수록 궁금했다. 태어날 때부터 종교가 정해진 사람의 세계는 어떻게 구성되는 걸까. 생애 첫 친구를 만나고, 어떤 신념을 배우고, 올바르게 사는 것이 무엇인지 알게 되는 일련의 과정들이 모두 천주교라는 울타리 안에서 성립된 사람을 나는 얼마나 이해하고 있는지 스스로에게 묻기 시작했다. 동거라는 단어로 간단히 요약되지만, 생활 공간을 같이 쓴다는 건 실로 어마어마한 일이다. 그 어마어마한 일을 함께해 나가는 사이인데, 천주교는 정말로 나와 먼일일까 싶었다.

그래서 오랜 시간에 걸쳐 이 종교를 조금씩 알아보기로 했다. 여전히 나는 신의 존재를 믿지 않는 편이지만, 종교를 일종의 학문처럼 생각하니 마음이 활짝 열렸다. 내가 가장 사랑하는 사람의 인생에 가장 큰 영향을 끼친 학문을 공부한다는 것. 그게 내가 천주교에 관심을 기울인 첫 발걸음이었다. 아직 본격적으로 텍스트를 읽고 파헤치고 외우는 등의 과정은 시작하지 않았지만, 여러 가지 개념에 대해 궁금한 점을 그에게 자주 물어본다.

그러다 문득 생각했다. '미사에 가볼까?' 마침 다음날이 일요일이었다. 대부분의 종교가 그렇겠지만, 특히나 천주교는 비종교인에게 크게 열려있다고 했다. 신자가 아니더라도 미사에 참여할 수 있다는 사실에 나는 망설임 없이 같이 가겠다고 했다. 몇 년 전, 크리스마스를 앞두고 한 번 따라가 본 적은 있지만, 제대로 된 미사 참여는 처음이었다. 긴장된 상태에서 미사가 시작됐고, 신부님이 목소리를 내셨다.

"봄이 오면 꽃이 만개합니다. 우리 주변에도
참 많은 꽃들이 피었는데, 이 좋은 계절에 안타깝게도
피지 못한 꽃들이 있습니다. 그렇게 피지 못한,
수많은 꽃들을 위해 기도하며
오늘 미사에 임하면 좋겠습니다."

그날은 4월 16일이었다. 세월호 참사 9주기. 날짜와 주기까지 알고 있었지만, 타인의 언어로 전해 듣는 이야기는 또 다른 결로 마음에 내려앉는다. 신부님의 첫 말씀을 듣자마자 나는 오늘을 선택한 게 다행이라 생각했다. 신의 존재를 믿든 믿지 않든 온 마음을 다해 기도하고 싶은 대상이 순식간에 들이쳤다.

정치와 종교는 분리될 수 있을까. 이론적으로는 분리되어야 마땅하지만, 우리가 사는 세상은 그렇지 않은 편이다. 정치도 종교가 되고, 종교도 정치가 된다. 이 모호성을 이용하려는 사람들도 가득하다. 세월호 참사에 대한 추모도

마찬가지다. 한 종교인이 죽은 이를 위해 기도하자고
말한다면 그것은 과연 정치적인 발언일까. 이것이 정치적
발언이라는 주장은, 세월호 참사를 정치적 사안으로 억지
해석하는 이들의 떼쓰기 아닐까. 미사에 참여한 날 신부님도
비슷한 말을 했다.

> "오늘 제 발언을 정치적으로 해석하고 불편해하실
> 신자분들도 여기 계실 겁니다. 그러나 사회적 참사에
> 대한 신자들의 기도를 두고, 우리가 마땅히 해야 할
> 일을 하는 것을 두고 정치적이라 주장한다면
> 우리 종교는 왜 존재해야 하는지 물어야 할 것입니다."

물론 천주교의 보수성에 대해 모르는 건 아니다. 특정
몇몇의 진보적 발언이 대두되긴 하지만, 아직도 성소수자나
여성 인권에 대해 한계점을 보이는 곳이라는 걸 인지하고
있다. 그러나 정말 느리긴 해도 변화할 의지가 보인다는 건
사실이고, 실제로 프란치스코 교황 역시 가톨릭교회 내 여성의
역할을 확대하려 시도 중이다.

이런 흐름을 인지한 상태였어도 앞서 들었던 신부님의
발언에는 놀랐다. 어떤 단체의 대표자, 혹은 단체를 끌어가는
누군가가 '사회적 약자와 참사 피해자를 기억해야 한다'고
앞장서서 말하는 장면을 요즘 특히나 보기 힘들었기

때문이다. 예상치 못한 말들이 중간중간 등장해서 나도
모르게 고개를 끄덕이고 있었다. 가장 기억에 남았던 말은
이것이었다.

"누군가의 죽음을 우리는 밥상머리에 올려놓습니다.
누군가의 죽음을 우리는 술자리 안주로 올려놓습니다.
누군가의 죽음을 우리는 정치적 발언이라
손가락질하거나, 실제로 정치적 발언에 이용합니다.
그것은 종교의 역할이 아닙니다.
우리는 과연 올바른 태도로 죽음을 대하고 있는지
고민해야 합니다. 모든 죽음을 평등하게 여기고
애도하는 것이 우리가 지금 해야 할 일입니다."

타인의 죽음을 온 마음으로 애도하는 것만이 사람으로서
해야 할, 혹은 사람이라면 응당 해내야 할 일이라는 그 당연한
말을 너무 오랜만에 들어서 기분이 이상했다. 비종교인인 나는
미사에서 '죽음'을 이야기할 때 당연히 천국이나 사후 세계
이야기가 나올 줄 알았다. 무식할수록 편견은 단단해진다.
미디어에서 표면적으로만 봤던 것들로 구성된 내 안의 종교
이미지는 그렇게 올곧은 말로 차츰차츰 무너졌다.
성당을 나오면서 생각했다. 예전에도, 지금도 신의
존재는 믿지 않지만, 이 공동체에 마음을 기대는 사람들의

심경은 무엇인지 어렴풋이 알 수 있겠다고. 이런 공간이
내 일상의 조각 중 하나를 담당하고 있다면, 아주 힘들 때
뻔뻔하게 잠시 기대볼 수도 있겠다고 말이다.

마침 점심시간이어서 애인과 함께 성당 근처 식당으로
천천히 걸었다. 혹시나 미사 중 놓친 연락이 없었나 싶어
스마트폰을 찾았다. 왼쪽 주머니와 오른쪽 주머니, 재킷
안주머니와 가방까지 뒤져도 보이지 않았다. 이상하다 싶어
애플워치 화면을 켜니, 스마트폰과 연결되지 않은 상태라는
경고 표시가 떴다. 아침에 긴장했던 탓인지 집에 두고 나온
것이다. 평소 같았으면 일단 집에 가서 스마트폰부터 챙긴
뒤 다시 나왔겠지만, 그러고 싶지 않았다. 그러고 싶지
않았다기보다는 굳이 안 그래도 될 것 같은 날이었다. 연락
하나를 놓치면 밥벌이 하나를 놓칠 것만 같은 기분을 느끼지
않아도 될 것 같은 날. 버둥거리지 않아도 괜찮을 것만 같은
날. 이런 날이 매주 반복된다면 나도 조금은 편안한 마음으로
살 수 있지 않을까.

사이비 집단의 범죄가 사회적으로 드러난 시기에 종교
이야기를 꺼내는 게 조심스럽다. 물론 범죄 집단과 천주교를
비교하는 것 자체가 우스운 일이긴 하지만, 그럼에도
'종교'라는 단어 자체에 거부감을 느끼는 분들도 있을 것이다.
그러나 오늘의 이야기는 어디까지나 한 사람의 감상일 뿐,
이 글을 말미암아 당신께 특정 종교를 믿으라 강요하는 것은

아니다(심지어 나도 아직 비종교인이니까). 그저 4월 16일에 내가 받았던 위로의 말들을 공유하고 싶었다.

　　글을 마감하며 돌아보니 슬프기도 하다. 참사로 인한 피해자를 온 마음으로 애도하자, 타인의 죽음을 유희거리로 사용하지 말자 등의 말이 귀하게 여겨지는 시대를 우리는 걷고 있다. 걷는 중에 잠시 쉴 수 있는 의자가 부디 곳곳에 놓여있으면 좋겠다.

2023. 04. 21.

당신과
같이 있고 싶지 않음

얼마 전 뉴스 몇 개를 보다가 어이가 없어서 마시던 커피를 쏟을 뻔했다. 서울시가 결혼 적령기(누구 맘대로 적령기라는 건지 의문이지만) 청년을 모아 '커플 매칭'에 나서는 사업을 검토하고 있다는 소식이었다. 나라가 저렴해지고 있다고는 하지만, 이제 정말 갈 데까지 갔구나 싶었다.

　물론, 서울시가 최초는 아니다. 인구 밀집도가 낮은 지자체에서 과거부터 꾸준히 시도한 바는 있다. 저출생 시대에 맞춘 전략이라고는 하는데, 어느 지역에서 열리든 참담한 심정은 똑같다. [연애]-[결혼]-[출산]을 지자체의 도움까지 받아 가며 달성하고 싶은 사람은 대부분 남성이다. 남성의

욕구 충족을 위해 행정력까지 적극 동원하는 곳은 한국이
유일하지 않을까.

　당연히 이성과의 연애나 결혼을 희망하는 여성도
존재한다. 그러나 그들이 지금 한국 남성들처럼 공공기관의
지원이 있어야'만' 이를 실현할 수 있는 건 아니다. 선택받지
못한 남성들의 아우성을 과연 시민 세금으로 구제해 주는 게
맞는 건가 싶은 생각이 며칠을 내리 채웠다.

　솔직하게 말하자면 2020년대는 이성애자 한국 남성이
연애할 수 있는 최고의 시기다. 위생을 청결히 하고, 상대방이
원하는 것이 무엇인지 살피고, 불쾌한 언행을 삼가며, 서로의
공감대나 취향을 찾아나가는 등 사람과 사람이 가까이 교류할
때 지키는 가장 기본적인 것들만 갖춰도 '괜찮은 남자'로
인식될 수 있는 게 지금 아닌가? 뭘 더 할 필요도 없이 기본만
해도 칭찬받는데, 그 기본도 안 하면서 연애는 하고 싶다는
심상 자체가 기이하다.

　여러 사람이 이야기했지만, 이 이야기를 또 꺼낼 수밖에
없겠다. 과거 MBC 예능 프로그램 〈나 혼자 산다〉에서
코미디언 박나래와 아티스트 코쿤의 가상 데이트에 대한
반응이 지금 한국 남자들의 상태를 증명한다. 코쿤의 언행은
연애의 기본에 가까웠다(물론 바에서 피아노를 치는 등 개인기에 따른
특수한 상황은 예외겠지만). 도시락을 싸 온 상대방에게 본인이
할 수 있는 최고의 칭찬을 하고, 차에 흘릴까 봐 걱정할 때

괜찮다며 안심시키고, 가장 좋은 모습이 나오도록 사진을
찍어 주는 것 등을 통해 '최고의 남자친구'로 불릴 수 있다는
건 좀 비참하다. 미디어에서 '최고의 여자친구'로 불린 수많은
여자 연예인과 비교했을 때도 과연 코쿤의 언행에 '최고'라는
수식을 붙일 수 있을까.

　더 재미있고 신나는 연애는 경험치에서 나오겠지만,
재밌거나 신나지 않더라도 최소한 '불쾌하지 않은 연애'는
사람에 대한 기본 예의를 갖추는 것에서 나온다고 생각한다.
기본 예의를 지키며 이성과의 연애를 꿈꾸라고 말하면
'역차별'이라 우는 남자들과 누가 연애를 하고 싶을까. 그렇게
비연애로 돌아선 사람들이 가득해지고 나서야 지자체와
정부까지 나서서 '커플 매칭'을 해보자고 하니 기가 차지 않을
수 없다. 바꿔야 할 것은 그대로 덮어두고, 당장의 상황만
어떻게 해결하려는 셈이다.

　행정력을 동원해도 결과는 좋지 않을 게 뻔하다. 최근
한국갤럽에서 발표한 자료 중 '동년배 이성'에 대한 반응은
여성과 남성이 서로 정반대다. 여성 41%는 동년배 이성, 즉
남성과 '같이 있고 싶지 않다'라고 답했다. 10명 중 4명 이상이
'남자와 한 공간에 있고 싶지 않다'라고 하는데 우정은커녕
사랑은 언감생심이다. 유일한 해결책은 연애를 원하는
남자들이 '기본 중의 기본'만 갖추는 것인데, 이걸 안 하겠다는
사람들을 두고 온갖 정책을 펼쳐봤자 인구 절벽 국가로 가는

길은 막을 수 없다.

'같이 있고 싶지 않다'라는 대답이 많은 걸 말해준다. 이건 얄팍한 혐오나 기피가 아니라 경험에서 우러나오는 응답이다. "너도 남자인데 왜 공감하느냐?"라고 묻는다면 나 역시 남자들과 사적으로 대화를 나누지 않은 시간이 늘수록 삶의 질이 달라진다는 걸 느끼기 때문이다. 페미니즘이 너무너무 싫다던 친구들과 연을 끊은 게 2019년이었으니 꽤 시간이 흘렀다. 그때의 나와 지금의 나를 비교해 본다면 지금이 훨씬 편안하다. 편안한 상태에 불청객이 끼어드는 게 싫으니 '같이 있고 싶지 않다'라는 답도 나왔을 것이다.

그러니까, 남자들이 내 세상에서 한순간에 사라져야 한다는 것이 아니다. 굳이 없어도 된다는 뜻이다. 너 없이도 잘 살 수 있고, 너 없으면 더 좋을 때가 많은데, 왜 너를 꼭 옆에 끼고 있어야 할까? 하는 응답에 가깝다. 이 응답이 나오게 만든 건 다른 누구도 아니고 남성 당사자다. 당사자들이 스스로를 개선하려 하지 않는데, 행정력을 동원해 억지로 붙여 봤자 결과는 비극이라는 게 뻔하지 않은가.

한편으론, 실제 몇몇 지자체에서 백여 명을 초대해 몇십 커플을 탄생시켰고 열몇 쌍은 결혼까지 했다며 '효과 있음'을 증명하기도 한다. 이게 문제다. 사람과 사람의 관계를 수치로 환산해서 본인들 기준에 충족하면 성공이라 여기는 것. 커플이 되는 과정, 결혼으로 이어지는 과정 등에서 두 당사자의 상호 존중이 있었는지, 한쪽의 일방적인 추진으로 결성된 것은 아닌지, 결성 이후에는 어떻게 지내고 있는지 등은 전혀 고려하지 않는다. 마치 결혼식장에 들어가게만 하면 그 뒤로는 집 안에서 피가 터지고 살이 터지든 상관없다는 식이다. 이런 사고방식이 비혼 의지를 불태우는 데 확실한 장작 역할을 하고 있다는 걸 고위 결재자들은 알려고 하지 않는다.

세상은 변해가는데 남자들만 그대로 멈추려는 걸 보며 같은 성별인 게 자주 부끄럽다. "남자들이 꼬실 자유를 박탈당했다"라는 주장도 지상파 TV프로그램에서 버젓이 할 정도니까. 여기에 공감하는 우리의 남성 동지들에게 꼭 전하고 싶다. 당신은 꼬실 자유를 박탈당한 것이 아니다. 플러팅의 기본은 '예의'와 '매력'인데 당신은 그 두 가지 모두 갖추지 않았기 때문에 자격이 없는 것이다. 당신을 '같이 있고 싶지 않은 사람'으로 만든 건 다른 누구도 아닌 당신이다.

2023. 06. 02.

피부 가죽 너머의 세계

한국만큼 타인의 외모에 관심 많은 나라가 있을까. 상대방의
체형과 안색 등을 아무렇지 않게 지적한다. 혹시 살찌셨어요?
안색이 안 좋아 보이는데 어디 편찮으세요? 저번에 뵈었을
때보다 더 살이 빠지셨는데 괜찮아요? 피부가 왜 갑자기
이렇게 뒤집어졌어요? 요즘 운동은 안 하세요?

　　물음표 끝이 송곳 같다는 걸 본인만 모르는 듯 해맑은
표정으로 묻는다. 무례한 질문 같다고 지적해도 그냥 가볍게
물어보는 건데, 염려돼서 물어보는 건데 어떠냐는 반응이
돌아올 때도 있다.

　　사실 나는 타인의 외모 변화에 너무 무심해서 새하얗게

탈색하거나 체중을 20kg 이상 감량하지 않는 이상 무엇이
변했는지 잘 모른다. 물론 이것 때문에 애인에게 섭섭한
마음이 들게 한 적도 있어서, 애인만큼은 이제 자세히
살펴보고 변화를 체크하는 편이지만, 그 외의 사람들에게는
정말… 관심이 없다(그래서 사람 얼굴을 잘 기억하지 못하기도 한다).

　　한 번은 지인 중 한 명이 코에 필러를 맞은 적 있다.
다 같이 모이는 자리에 일 때문에 조금 늦게 도착했을 때,
질문을 받았다. 본인에게 뭔가 변화된 게 없느냐고. 내가
세상에서 가장 어려워하는 질문이지만, 상대방의 표정에
기대가 가득해서 맞추고 싶었다. 아무리 살펴봐도 알 수가
없어서 그냥 머리를 새로 한 것 같다고 했더니 역시나 못 맞출
줄 알았다며 필러 이야기를 했다. 그제야 코가 좀 오똑한 것
같다고 했는데… 지금 여기 고백하자면 나는 애초에 그분의
코가 어떻게 생겼는지 몰랐다. 코끝에 점이 있다는 것도 그날
처음 알았다.

　　살면서 어떤 영향을 받은 건 아니지만, 어쨌든 나는
타인의 외모나 체형 등에 관심을 기울이는 것 자체가 실례라고
생각하며 살았다. 그래서 나를 향하는 질문도 아닌데 "요즘
운동은 하세요? 살이 좀 찌신 것 같아요"라는 말이 들리면
가슴이 철렁한다. '저렇게 대놓고 묻는다고?' 싶은 것이다.
필러 시술 지인이 있던 그 자리에서도 외모와 체형과 피부와
옷차림 등의 질문이 수시로 오갔다. 공통점은 하나같이

'염려'를 동반했다는 것.

염려하는 뉘앙스로 상대방의 체형이나 피부, 머릿결, 안색 등을 점검하는 사람은 대부분 본인이 그것들에 집착하는 경우가 많았다. 자기는 일주일에 몇 회 운동을 하는지, 피부 관리엔 무엇이 좋은지, 머릿결 관리와 디톡스는 어떻게 하는지 등을 자산으로 삼고 있었다. 결국 상대방을 염려한다는 건 핑계고, 질문 속 함의는 이거다. '그래서, 넌 관리 안 할 거니?'

아니라고 부정할 수도 있겠다. 정말로 상대방이 걱정되고 궁금해서 그랬다고 억울해할지도 모른다. 그런데, 그 걱정 자체가 이상하다는 걸 못 느끼는 걸까. 가까운 가족이나 아주 오랜 친구처럼 교류가 깊은 관계에서는 걱정될지 몰라도, 그런 사이가 아닌 이상 상대방의 외모 상태를 점검하는 것은 오지랖이 맞다. 살이 갑자기 쪘든, 피부가 뒤집어졌든, 얼굴이 핼쑥해졌든, 다크써클이 유난히 짙어졌든 그 사실을 가장 잘 아는 건 본인이며, 그것들에 대해 이미 걱정하고 있는 것도 본인이다. 그런데 거기에 대고 제삼자가 한 번 더 콕 짚어 물어볼 필요가 있을까.

때로는 염려를 넘어 건강 전도사 같은 사람도 보게 된다. 의료계 종사자도 아니면서 건강을 유독 입에 달고 사는 사람들 말이다. 운동을 해야 한다고, 소식하고, 채소 많이 먹고, 빨리 늙지 않게 다들 주의해야 한다며 열심히 떠드는 사람을 보면 '참 남에게 관심 많구나' 싶은 것이다. 솔직히 옥장판 팔면서 "이것이 우리 몸의 모든 암세포를 막아줄 것입니다"라고 떠드는 사람과 과연 무엇이 다른가 싶을 때도 있다. 각자의 삶은 각자가 알아서 살면 될 뿐이고, 건강을 챙길 사람은 알아서 챙길 텐데 구태여 건강 전도사가 되는 이유는 무엇인가 궁금할 때가 많다.

아마도 한국이라는 특성이 작용하기 때문 아닐까. 참으로 타인에게 관심이 많은 나라이자, 어떤 보편성에서 벗어나면 신기하다는 듯이 관찰하는 나라. 평균 피부색, 평균 모공 수, 평균 체중, 평균 옷차림, 평균 키, 평균 이목구비 크기, 평균 건강 정도 등을 각자의 머릿속에 심어 놓고 거기서 벗어나는 사람에게 쉽게 질문을 던진다.

예전에 일 때문에 만났던 어떤 사람은 나를 보더니 "대표님 오랜만에 뵀는데 얼굴 살이 갑자기 왜 이렇게 줄었어요?"라고 불쑥 물은 적 있다. 그때도 외모 지적은 좀 아니지 않느냐는 말을 돌려 돌려 했더니, 그는 "그래도 오랜만에 보면 변화된 걸 여쭤볼 수도 있지 않아요?"라고 했다. 나는 이 질문이 정말 한국스럽다고 생각했다.

오랜만에 본 사이면 비단 외모만 변했을까. 좋아하는 것이 변했을 수도 있고, 요즘 관심사가 변했을 수도 있고, 목표했던 것이 변했을 수도 있다. 한 사람에 대한 입체적 관심보다 당장 눈에 보이는 외모를 스몰토크 주제로 '당연하게' 상정하는 건 무례한 게 맞다.

드물지만, 외모를 언급하더라도 송곳처럼 말하지 않는 사람도 있었다. 한 북페어 때 오랜만에 뵙게 된 어느 출판사 대표님이 그랬다. 우리가 마지막으로 만난 게 코로나19 팬데믹 전이었으니 적어도 3년이라는 텀이 있었다. 대표님은 날 보자마자 말씀하셨다.

"이런 말씀 어떨지 모르지만 참 단단하고 밝아지신 게 보여요. 발코니가 잘 되는 이유가 있었네요."

이목구비와 신체 부위를 하나씩 뜯어 어떻다저떻다 말하는 게 아니라 사람에게서 풍기는 분위기 자체의 변화를 봐주신 분이었다. 그 칭찬 덕분인지 북페어 내내 평소보다 더 밝게 머물러 있을 수 있었다.

물론 외모 강박에서 여자보다 자유로운 남자라서, 정수리부터 발뒤꿈치까지 모든 것을 품평당하는 성별이 아니기 때문에 이런 소리도 편하게 할 수 있을 것이다. 또한 외모 품평이 남성 중심 문화에서 기인한다는 사실도 십분 이해하고 있다. 하지만 당장 이 땅의 한쪽 성별을 일괄 제거할 방법은 마땅히 없고, 설령 그게 기적처럼 가능하다 해도 과연 한국스러운 외모 집착이 말끔히 사라질까 하는 의문은 있다. 그러니 당장 우리라도 서로의 외모에 염려를 동반한 품평은 그만두자고 말하고 싶었다.

　비장애인이라면 매일 타인의 얼굴을 눈으로 마주하고 살 수밖에 없다. 그렇게 눈에 담긴 피부 가죽 너머에는 한 사람의 다채로운 세계가 존재한다. 나는 그 세계를 먼저 관찰해 주는 사람들을 자주 만나고 싶다.

2023. 12. 22.

어떤
결심

5월 1일 오전, 한 노동자가 본인 몸에 불을 붙였다. 장소는
법원 앞. 한 차례의 심정지 후 곧바로 구급차로 이송됐다. 분신
이유는 정부의 노동 탄압에 대한 항의. 그는 당일 오후 구속 전
피의자 심문을 받을 예정이었다. 민주노총 건설노조원이었다.
위독한 상태로 병원에 실려 간 그는 안타깝게도 만 하루 만에
사망했다. 유서에는 다음과 같은 말이 있었다.

> "억울하고 창피하다. 정당한 노조 활동을 한 것뿐인데
> 윤석열 검찰 독재정치의 제물이 되어 지지율을 올리는 데
> 많은 사람이 죽어야 하고, 죄없이 구속돼야 한다."

처음 들어보는 소식일 수도 있다. 지금의 나라는 당신이
이 사실을 모르도록 온 힘을 쏟고 있다. 간단한 한 줄 뉴스로
흘러가도록, 심층 분석 기사 같은 건 지상파에 보도되지
않도록, 책임자의 사회 메시지는 최대한 멀리 둘 수 있도록
각계각층에서 힘쓰고 있기에 알기 어렵다. 전태일 열사가
자기 몸에 불을 지르며 "근로기준법을 준수하라"라고 했을 땐
나라가 뒤집혔지만, 2023년엔 조용히 흘러간다.

분신으로 사망한 노동자에게 씌워졌던 혐의는 다음과
같았다. 건설 현장에서 노조원을 채용할 것을 강요했다는
혐의, 노조 전임비를 강요했다는 혐의다. 건설 현장에서
일하는 사람들의 계약기간은 대체로 1년 미만이다. 이런
불안정한 시장에 노동조합이 나서서 '우리가 보호하는
사람들로 채용해달라, 그래야 서로가 믿고 일할 수 있지
않겠느냐'고 요청했다. 노조 전임비는 쉽게 말해, 해당
현장에서 노동조합 활동에 전임으로 일하는 사람에게
지급하는 별도의 급여다. 국제노동기구가 권고하고, 실제로
우리가 아는 소위 '선진국'에서는 대부분 시행하고 있는
제도다. 이런 기본적인 것들을 요구했다는 이유로 정부는
그에게 멍에를 씌웠다.

정부가 올해 초부터 노동조합 때리기에 열을 올리고
있다. 하지만 그런 행위를 적극적으로 막아서는 여론은,
사실상 소수에 불과하다. 역대 정부들 모두 노동조합

때리기를 하면 지지율이 올라갔다. 이유는 간단하다. '노동'이라는 단어에 거부감을 느끼고, 거기에 '조합'이 붙으면 무조건 빨간띠 머리에 매고 무임승차하려는 집단으로 여기도록 교육받은 세대가, 우리이기 때문이다. 나라 자체가 그렇게 성장해왔다. '사회구성원 전체의 발전'을 추구하는 게 아니라 '개인의 희생으로 인한 집단 부흥'이 더 중요하다고 외쳤다. 이 상황에서 노동자가 자기 권리를 주장한다? 그걸 집단으로 모여서 한다? 사회 전체를 부수는 악당처럼 묘사되는 건 자연스러운 흐름일 것이다.

포털 사이트 댓글에는 고인에 대한 추모보다, 노동조합 욕으로 가득하다. 그렇게 법을 지켰어야지, 그렇게 적당히들 해야지, 그렇게 억지 좀 부리지 말았어야지 등. 노동조합에 대한 사회적 인식이 안 좋다는 건 오래전부터 알고 있었으나, 이제는 고인에 대한 추모 한 줄도 아깝다는 반응들을 보며 '아 내가 한국에 살고 있긴 하는구나'를 여실히 느낀다. 이런 말을 밖에서 꺼내면 수신되는 피드백이 비슷하다. 그래서 댁은 얼마나 고고하고 잘나서 노조 욕하는 우리를 미개인처럼 보느냐고. 문제는 내가 고고하다고도, 당신이 미개하다고도 하지 않았는데 본인이 알아서 발끈하는 중이라는 걸 자기만 모른다.

조용하고 아름다우며 부드럽게 지나가는 것들을 더 사랑하는 건 인간의 본성에 가까울 것이다. 노동조합은 그 본성을 깨트리는 존재가 맞다. 다만, 깨트려야 더 크게 피어나는 것들이 있다. 주 5일제, 주휴수당, 최저임금, 연차, 병가, 육아휴직 등의 제도는 조용하고 아름다우며 부드럽게 지나가는 과정에서 만들어진 것들이 아니다. 깨고 부수고 손가락질하고 소리 지르고 먹살 잡고 시위해서 만들어진 것들이다. 나도 집회와 시위로 인한 소음이 좋기만 한 것은 아니다. 당장 저 확성기가 음소거 됐으면 좋겠고, 투쟁을 반복적으로 외치는 목소리들 때문에 일에 집중하지 못할 때도 있다. 그러나 내가 지금 겪는 불편이 훗날 큰 혜택으로 돌아온다는 걸 알기 때문에, 아예 현장에 함께하거나 바깥에서 다른 방식으로 연대한다.

아직도 소셜미디어를 거닐다 보면 이런 말들이 보인다. 나는 노동자가 되지 않을 것이다, 우리 아이는 노동자가 아닌 CEO로 키울 것이다, 노동자라는 단어 자체가 구리다 등의 반응들. 그런데 그 사람들이 간과하는 것이 있다. 몇십 몇백의 직원을 거느리는 CEO도 노동자, 화려한 퍼포먼스로 대중의 사랑을 받는 아티스트도 노동자, 백만 구독자에게 슈퍼챗을 쓸어모으는 유튜버도 노동자, 학문적 권위를 얻고 있는 교수도 노동자, 모두가 노동자다. 21세기가 20년도 더 지난 시대에도 삽 들고 땅 파거나 컨베이어벨트 앞에서 일하는 사람만 노동자라고 착각하고 있다. 그러니 이들은 노동조합들의 권리 쟁취 투쟁이 자기와 먼일이라고만 생각한다. '자기' 이득을 위한 투쟁이 아니라 '모두의' 이득을 위한 투쟁임을 알려고 하지 않는다.

　　이런 상황은 개인의 이기심으로 만들어진 것이라기보다는, 국가가 잘 계획한 결과물에 가깝다고 생각한다. 나만 해도 노동자에 대한 정의나 노동조합이 무슨 일을 하는지 등을 성인이 된 지 한참이 지나서야 깨달을 수 있었다. 사람이 노동을 하며 얼마나 죽는지는 정당에서 일하면서 겨우 피부로 깨달을 수 있었다. 이런 교육이나 경험을 국가가 막고 있다는 것은(정말로 막고 있다고 생각한다) 부끄러운 일이다. 대통령이 누구냐에 따라 달라진 게 아니다. 문재인 전 대통령도 박근혜도 이명박도 심지어 노무현 전 대통령도 '노동' 자체에는 무감했다. 정도야 달랐겠지만, 결국 나아진 것은 없었다. 세상을 선과 악으로 정확히 나누는 건 언제나 무리겠지만, 노동과 인권에서만큼은 현직과 전직 대통령 모두 '악' 쪽에 가까웠다. 그 시절을 지나고 있는 우리들이 노동이나 노동조합에 긍정적이지 않은 건 어쩌면 당연한 결과다.

　　물론, 노동조합이 성역은 아니다. 스스로의 반성과 개선도 필요한 건 사실이다. 하지만 그들의 자성보다 먼저 이뤄져야 할 것들이 있지 않을까. 상황을 조장한 핵심은 외면하고, 귀족 노조와 강성 노조가 문제라고만 말하기엔 너무 비겁하지 않을까.

자신의 몸에 불을 지르고 사망한 노조원은 아침에 집을 나서며 가족들에게 무슨 말을 전했을지 생각한다. 전날 밤엔 어떤 마음으로 잠들었을지도 생각한다. 밤이 지나고 아침이 오면 내가 나의 몸에 불을 붙여야 한다는 결심이 생기기까지 어떤 고통이 뒤따랐을지 생각한다. 생각을 이어가다 보면 나는 커다란 벽 앞에 선 채 아무것도 하지 못하게 된다.

일터에서, 현장에서 자기도 모르는 사이 사망하는 사람들이 넘쳐난다. 작년 한 해 산재 사망자 공식 기록이 644명이다. 공식이라는 보수성에 기댄다면 실제 숫자는 더 많을 것이다. 하루에 두 명 이상이 출근길에 나섰다가 퇴근하지 못하고 죽었다. 정말 노동은, 노동자는, 노동자를 지키자고 외치는 노동조합은, 우리와 먼일이라고 말할 수 있을까.

부디 당신과 내가 매일을 무사하게 일하며 생존할 수 있기를 바란다.

2023. 05. 05.

외로운 고백은 누가 듣나

"제 슬픔을 책에서 고백한 뒤부터 비슷한 고백을 다른
사람들로부터 많이 받았어요. 모두가 각자의 불행이나 슬픔을
편하게 보여줄 수 있으면 좋겠습니다. 그런 의미에서 저는,
꾸준히 여러분께 슬픔을 고백할게요."

어느 주말, 『섹시한 슬라임이 되고 싶어』(2023, 연정, 발코니)
북토크에서 연정 작가님이 직접 하셨던 말씀이다. 작가님은
책을 통해 자신의 우울과 상처를 조금씩 내보였고, 그에
답하듯 독자들의 편지가 이어졌다고 했다. 나의 슬픔에
공감해 줄 사람이 귀한 시절이라 그런지 마치 기다렸다는 듯
작가님께 고백을 전하는 독자님이 많았다.

북토크 참석자도 그렇고, 작가님께 도착하는 답장 작성자의 연령대는 주로 청년층이다. 작가님뿐만 아니라 출판사로도 아주 가끔 감사하다는 말이 도착한다. 학업 때문에, 먹고사는 것 때문에, 그리고 여러 가지 이유 때문에 힘들었는데 작가님의 책 한 권이 살려냈다는 이야기가 조심스럽게 수신된다. 맞다. 청년들은 지금 '들어줄 사람'이 필요하다.

올해 유독 '외로움'에 대해 생각한다. 적적하고 심심한 그런 일차원적인 감상이 아니다. 사람은 단지 내 곁에 인간이라는 존재가 없다고 해서 외롭진 않다. 여러 시절을 함께 겪어낸 사람이 내 곁에 있더라도 누구나 외로울 수 있다. 아무도 내 이야기를 들어주지 않을 것 같을 때, 우리의 외로움은 자란다.

외로움은 단순히 감정의 한 꼭지가 아니다. 사람들과 섞여 있는데도 외로울 때가 누구나 한 번쯤 찾아온다. 목 안에서 맴도는 이야기만 계속 뱉어낼 뿐, 저 배꼽 아래에 묻혀 있는 말들을 더 이상 꺼내기 어려울 때, 누군가 입을 틀어막지도, 절대 발설하지 말라고도 하지 않았는데 자연스럽게 입이 열리지 않을 때. 그런 때가 늘수록 외로움은 자란다.

사회가 고독, 단절, 외로움 등을 말할 때 클리셰처럼 '독거노인'을 언급한다. 하지만 외로움은 비단 고령층에만 해당되는 것은 아니다. 익히 들어봤을 것이다. 은둔 청년, 고립 청년, 그리고 청년 자살. 인구 대비 자살률이 세계 최고인 한국. 이 기이한 땅에서 특히나 청년층 자살률이 급격히 오르고 있다. '90년생이 온다'라고 하더니 이젠 '00년생이 온다'라며 호들갑을 떨고, MZ가 이토록 이해불능이라며 깔깔거리는 동안 진짜 90년대생과 00년대생들은 죽고 있다.

이러한 사실을 몰랐던(혹은 몰라도 됐던) 이들은 놀랄 것이다. "아니 젊고 활기찬 나이에 왜 죽어?"라고 말이다. 나는 꼭 말해주고 싶다. 당신들의 그 말들, 청년은 젊고 활기차야 한다는 그 인식 때문에 우리가 죽고 있다고.

청년이라고 해서 항상 기운 넘치고 사람 사귀길 즐기며, 펄펄 끓어오르는 열정을 품고 있지는 않다. 넘어져도 툭툭 털고 일어나야만 청년일까. 포기하지 않고 도전해야만 청년일까. 아픔도 금방 잊고 크게 한번 웃으며 달려가야만 청년일까. 우리 사회가 만든 '청년' 이미지는 모두 허상이다.

표면적으로 가장 활기차 보이는 사람들, 그 사람 중 좀 젊은 사람을 묶어서 '나라의 미래'라며 보기 흐뭇해하지 않았는지 한국 사회는 반성해야 한다. 기성세대가 청년세대를 보며 "참 좋을 때다"라고 말하는 게 무슨 뜻인지는 알지만, 되도록 삼가면 좋겠다는 마음이 자주 든다. 당신들이 보기엔 참 좋을 때지만, 당사자는 참 죽고 싶을 때를 지나고 있을 수도 있기 때문이다.

청년 중에서도 아프고, 고립되고, 외로운 사람이 많다. 각종 미디어와 생활 속에서 다들 "오 청년! 젊음! 청춘!"을 외칠 때 그들은 단념할 수밖에 없다. 사회가 규정하는 청년 이미지에 해당되지 않으니 자신의 이야기를 들어줄 존재는 없다고, 이 모든 아픔은 나의 탓이며 나 혼자 해결해야 한다는 마음으로 말이다. 단념의 끝은 대개 어둡다.

주말에 자신의 고백에 대해 말한 연정 작가님은 1994년생이다. 그의 고백이 울림을 준 이유에는 따뜻한 문장과 단어 때문도 있겠지만, '나와 멀지 않은 또래'라는 점 역시 크게 작용했을 것이다. 세상이 다들 앞으로 나아갈 나이라고 하는데, 도저히 그리하지 못하는 자신을 자책하고 있을 때 다가온 또래 작가의 고백은 꽤 의미 있지 않았을까. 독자 한 분, 한 분께 직접 여쭤보진 못했지만 이런 이유가 없진 않았을 것이다.

자격지심이 있어서 더 잘 발견하는 걸지도 모르지만, 일주일에 두어 번꼴로 독립출판 콘텐츠에 대해 비판하는 의견을 소셜미디어에서 본다. 대체로 말한다.

"독립출판은 왜 툭하면 자기 힘든 얘기만 쏟아냄?"

물론 다양성을 바라는 말임은 알겠지만, 그 '툭하면' 덕분에 살아낸 사람들이 있다. 나와 비슷한, 동네친구 같은 사람의 외로움 고백은 전문 작가의 문장보다 크게 다가올 때가 많다. 지금은 무용하게 느껴질 그 책들이 어느 날 나를 살릴 때가 있다. 나는 '툭하면' 책을 통해 고백하는 사람이 갈수록 늘길 바란다.

　오늘도 조용하고 빠르게, 많은 청년이 사라지고 있다. 이런 현실을 비추는 거울은 어느 곳에도 없다. 뉴스를 켜고 신문을 펼쳐보면 딴 세상 이야기만 가득하다. 정부나 정당은 총선이 다가오니 청년을 잡아야 한다느니, 청년 무당층의 마음을 어떻게 사로잡을 것이냐느니 헛소리만 도돌이표처럼 반복한다. 당장 오늘 죽을지 내일 죽을지도 모르는 사람 앞에서 정치를 말하는 게 얼마나 헛된지 그들만 모른다.

　진지하게 해결해 보려는 사람이 없다. 모두가 외로운 시대에 더 외로운 청년들이 지금 우리 주변 곳곳에 쓰러지고 있다. 이 청년들이 고백하는 외로움을 진심을 다해 들어줄 사람은 과연 우리 사회에 존재하는가. 기대할 만한 대답은 오래도록 나오지 않고 있다.

2023. 11. 24.

로컬이 '미래'라면
미래는 '절망'인가

용달차에 이삿짐을 싣고 진주시 경계에 들어왔을 때 가장 놀라웠던 건 '쇠막대'였다. 길가에 덩그러니 박힌 쇠막대 끝에는 원판이 있었고, 원판에는 '버스정류장'이라고 쓰여있었다. 버스 도착 안내 전광판도, 앉을 벤치도 없이 쇠막대 하나. 그게 전부였다.

부산을 처음 벗어난 건 스물여덟 때였다. 정의당에서 일하기 위해 서울로 간 게 첫 독립이었다. 그러다 정당 일을 하기엔 내 깜냥이 안 된다는 걸 깨달았다. 다시 부산으로 돌아와 발코니를 열었다. 결국 내가 경험한 세상은 광역시와 특별시. 두 가지뿐이었다. 이 세계관에서 바라본 진주시는

'작다'라는 표현보다 더 작았다.

내 이력을 본 사람들은 꼭 물어본다. "왜 진주까지 오신 건가요?" 그럼 답한다. "애인이랑 같이 살고 싶어서요." 농담이 아니다. 애인은 스물여덟이 됐을 때 생업을 접고 대학수학능력시험을 다시 준비했다. 목표하던 대학이 진주에 있었고, 그의 합격 소식을 듣자마자 나도 진주로 갈 준비를 시작했다. 애인과 하루도 떨어지기 싫었다. 우리는 방 두 칸에 거실 하나, 화장실 하나 있는 집에 살았다. 놀랍게도 월세는 30만 원. 부산이었으면 못해도 80만 원은 줘야 했을 집이다.

진주시로 온 건 오직 내 의사였다. 작은 도시라는 걸 충분히 알고 있었고, 부산이나 서울과 비교하는 건 우스운 일이라는 것도 인지하고 있었다. 그런데 그동안 겪은 진주시는, 도시 규모가 문제는 아니었다. 지역에서 권한을 가진 사람들이 행하는 각종 헛발질이 도시를 조금씩 죽여가고 있다. 시 행정, 협회, 단체, 재단 등 굵직한 곳들은 하나같이 '혁신과 확장'을 외치지만, 행동은 '보존과 결속'이었다.

진주시에 처음 왔던 2021년 2월, 시는 '문화도시'로 지정되기 위한 사업을 진행하고 있었고, 그 일환으로 '시민협의체'를 모집하고 있었다. 어떤 문화도시로 나아갈지 시민들의 의견을 모으겠다는 취지였다. 쉽게 말하자면 시민 대표 단체를 구성해, 그 단체에서 나온 의견을 바탕으로 문화도시 밑그림을 그리겠다는 것이다. 마침 새로운 도시로

이사 온 만큼, 나 역시 이 협의체에 가입하고자 신청서를
제출했다. 합격 후 참석한 모임에서 나는 이게 과연 '시민'
협의체가 맞나 싶었다.

각종 단체 대표자, 다수의 예술협회 관계자들, 지역 유지
등이 우르르 모여 있었다. '아이스 브레이킹'이라는 목적으로
"여기에 아는 사람이 한 분도 없는 분 계세요?"라고 사회자가
물었을 때 손을 든 건 나를 포함한 네다섯 명이 전부였다.
나머지 수십 명의 사람들은 서로가 서로를, 혹은 한 사람
건너기만 하면 아는 관계였다. 아무 연고 없이 온 사람들은
당연히 모두의 주목을 받게 됐고, 어떤 의견을 제시할 때마다
'신선하긴 한데 유효하진 않은 의견' 정도로 취급되고 있었다.

물론 알고 있다. 이제는 그 경계가 흐릿한 '문화'라는
단어에 발을 걸친 사람들은 네트워킹을 통해 뭉친다는 것,
뭉치는 바닥이 좁다는 것, 그 좁은 바닥이 더 좁은 도시에서
펼쳐질수록 지인의 지인 모임이 된다는 것. 어쩔 수 없는
현상이지만, 문제는 이 시민협의체를 구성할 때 최소한의
할당제도 시도하지 않았다는 점이다. 청년, 장애인, 여성
등의 할당 없이 대충 '문화'로 묶을 수 있는 사람들 모두에게
모집 공고를 개별 발송한 탓에 벌어진 일이었다. 이러니
협의체 내 소모임을 구성할 때도 '청년'이나 '여성문화' 등은
'문화공간'이나 '문화예술지원' 등의 큰 카테고리로 당연하다는
듯 흡수됐다. 결국엔 나도, 나처럼 아는 사람이 없다고 손을

든 사람들도 의견 수렴 회의에 가지 않게 됐고, 이제 해당 협의체는 잡음 없이 매끄럽게 잘 흘러가고 있다.

문화 분야에 여러 문제가 있지만, 특히나 진주시는 창작자가 독자적으로 프로젝트를 시도해서 확장하는 기회를 차단하기 바쁘다. 한 번은 창작 지원 사업 공고가 있어서 지원하려고 하니, 내가 운영하는 발코니 출판사는 수익이 목적인 단체라서 지원 불가라는 답이 돌아왔다. 그럼 어떤 단체가 지원할 수 있느냐고 물으니 소위 '문인'들이 모인 협회, 혹은 수익을 내지 않는 비영리 단체만 가능하다고 했다.

특정 네트워킹에 반드시 참여해야 '진정한 예술인'으로 인정하겠다, '고고한 예술'은 돈을 벌면 안 된다 등의 의도 같아서 헛웃음이 났다. 단체 자격이 진주시 기준에 미달이라면 개인 창작자로서는 지원할 수 있을까 해서 살펴보니 이번엔 '진주시 거주 최소 2년 이상'이라는 조건이 뒤따랐다. 좀 비약해서 말하자면, 지역 유착 관계가 끈끈한 협회를 통하지 않으면 2년 지날 때까지 아무것도 지원하지 말라는 셈이다.

비단 문화 정책만이 문제는 아니다. 진주시를 '다음'으로 건너가게 할 동력이 갈수록 사라지고 있다.

진주시는 매년 고민한다. 도시 규모 대비 대학교가 많은데도 불구하고, 청년층 역외 유출이 심각하기 때문이다. 청년만 없는 게 아니다. 콘텐츠, 미디어, IT 등 청년층이 희망하는 업종이 진주시에 거의 남아 있지 않다. 진주시에서 초·중·고 시절을 보내고 타지에서 대학을 졸업한 업계 관계자에게 들었던 자조가 있다. 진주시는 '반은 대학생이고 반은 공무원'이라는 것이다. 직업 선택지가 없으니 대학생들은 졸업 후 지역을 떠나거나 공무원이 된다.

그럼에도 이 도시가 적극적으로 역외 유출을 막지 않았던 건, 매년 각 대학교 신입생이 채워졌기 때문 아닐까. 하지만 이젠 상황이 달라졌다. 대학생 수는 갈수록 줄어간다. 지금으로부터 10년 전엔 62만 명이 수능 시험을 치렀고, 5년 전엔 53만 명, 올해는 45만 명에 그쳤다. 이 숫자가 반등할 일은 대한민국에서 절대로 일어나지 않을 것이다. 그렇다면 이제 진주시는 대학교 신입생으로 도시의 명줄을 잇던 시절로부터 벗어나야 할 텐데, 과연 그럴 생각이 있을까. 아직은 전혀 없는 것처럼 보인다.

진주시는 가까이서 보면 비극에 가깝다. 공공 기관을 강제로 이주시킨 '진주혁신도시'와 구도심의 양극화는 심각하고, 그 중간 지대를 해결할 의지가 시 차원에서 이뤄지지 않고 있다. 그런데도 미디어에 비치는 '진주시'는 남강이 흐르고, 촉석루가 버티고 있고, 조용하며 아름다운 도시다.

이러한 모순은 진주시에만 적용되는 현상은 아닐 것이다. 지역의 작은 도시들 면면을 살펴보면, 역시나 그 안에서의 유착 관계와 권력 카르텔이 도시 발전이나 확장을 막고 있다.

물론 혁신을 통해 지역명 자체가 브랜드가 된 경우도 드물게 있기는 하나, 그 몇몇 사례만 가지고 "로컬이 미래"라느니 "로컬 콘텐츠 시대"라느니 하는 말을 듣고 있으면 솔직히 기가 찬다. 로컬이 '미래'라면 미래는 '절망'이라는 건가 싶은 것이다.

노골적으로 말하자면, 로컬이 유일한 미래라거나 로컬 콘텐츠의 힘은 다양성에 있다는 등의 말을 맑은 얼굴로 외치는 학자 선생들은 어째서 죄다 '서울권 종합대학교 정교수'로 재직하고 있는지 신기하다. 왜 그들은 미래로, 다양성이 가득한 이곳으로 오지 않는가 묻고 싶다.

이러한 말들이 실패한 창작자의 볼멘소리로 들린다면 그것도 맞는 해석일 것이다. 나는 진주 남강의 물줄기를 따라 굳세게 흘러가는 문화 흐름에 함께 올라타기 실패한 창작자다. 그 실패가 달갑진 않지만, 부끄럽지도 않다.

2023. 03. 24.

추신

이후 2025년, 나는 진주를 떠나 부산으로 왔다.
현재 진주시는 'K-기업가 정신'이라는, 어처구니없는
문화도시 슬로건을 내걸고 있다(179쪽 참조).

쓰면 뱉는 도시

일 년에 꼭 한 번, 많으면 두세 번 일 때문에 서울을 향한다.
KTX를 타면 최소 몇 시간. 어떨 때는 영화를 보고, 어떨 때는
밀린 일을 처리하고, 또 어떨 때는 책과 주간지를 반복해서
읽는다. 서울에 도착하면 가야금 소리가 섞인 음악이 객실
안을 채우고, 사람들은 분주해진다.

　서울역 지하철로 이어지는 에스컬레이터를 타면 붉은
건물이 보인다. 그 건물을 발견할 때쯤 반드시 듣는 소리가
있다. 개신교를 앞세워 혐오 발언을 일삼는 단체들이 늘
커다란 스피커로 무언갈 말하거나 음악을 틀고 있다. 이때
나는 비로소 '서울에 왔구나'를 실감하게 된다. 서울은 매번

나에게 '하나님 믿지 않으면 지옥 간다'를 환영 인사로 건네는 도시다. 이미 여기가 지옥인데 무슨, 싶어 이제는 웃으며 지나간다.

실제로 일하며 살아보기 전까지 나는 서울이 꽤 좋은 도시라 믿었다. 볼 것도 놀 것도 많은 이곳 사람들이 부럽기도 했다. 하지만 먹고 사는 일, 그러니까 노동을 하며 살아보니 비로소 서울의 이면이 보였다. 그래서 나는 서울살이 경험을 아직 해보지 않은 사람이 "서울에서 평생 살고 싶다"라고 말하면 딱 1년만 살아보고 그때 결정해보는 게 어떠냐고 권한다. 그동안 놀이 목적으로 방문했던 서울과 어떻게 다른지 1년이면 충분히 알 수 있다고 생각한다.

지난주엔 서울국제도서전 참여 때문에 서울에서 일주일가량 살았다. 이미 서울살이에 지쳐 지역으로 다시 내려온 입장이라, 나는 서울로 갈 때마다 무거운 마음이다. 터질 것 같은 도시 분위기가 사람의 기를 앗아간다. 이번에도 역시나 그랬다. 식당에서 한 숟갈 밥을 떴을 때 옆 사람이 팔꿈치로 나를 치는 바람에 숟가락이 테이블 위를 굴렀다. 행사장에서 숙소까지 10분 남짓한 거리를 걷는 동안 어깨를 수십 번 부딪쳤다. 강남구 인도에는 해 질 무렵 각종 성착취 업소 광고 전단이 굴러다녔다. 어떤 남자는 그걸 당당하게 주워서 곱게 접어 주머니에 넣었다. 장면 하나하나가 충격인 나와 달리, 이미 여기에 익숙한 사람들이 있었다. 그들은 모두 서울살이에 적응한 듯했다.

한국에서 가장 좋은 것과 가장 편리한 것, 가장 유행하는 것들이 모인 도시인데도 왜 항상 부럽지 않을까 싶었다. 이번 출장 때 비로소 간단히 정리할 수 있었다. 서울에 대한 이미지는 사람마다 다르겠다. 누군가에겐 긍정의 이미지일지 모르지만, 적어도 내게 서울은 착취를 동력 삼아 빛을 쥐어짜내는 도시다.

조리가 불가능한 숙소라 도서전 기간 동안 끼니를 배달 음식으로 해결할 때가 있었다. 당시 내가 거주하던 진주시는 배달 수수료가 3,500원부터 시작했다. 거리가 멀면 7,500원까지 받는 곳도 있다. 그러니 당연히 강남에서 배달 음식을 주문한다는 건 더 비싼 배달 수수료를 각오하게 만들었다. 하지만 실제로 배달앱을 켰을 때 나는 깜짝 놀랐다. 2,000원이면 35분 안에 음식을 받을 수 있었다. 다른 곳을 들러서 오는 게 아니라(보통 배달은 가까운 배달지 몇 곳을 묶어서 출발한다) 내가 주문한 이곳에만 곧바로 오는 것이다.

숙소에 머무르는 동안 나는 아침에 일정한 순서로 움직였다. 7시쯤 일어나 지하 헬스장으로 갔다가, 운동을 마치고 올라와서 샤워를 하고, 숙소 바로 옆 식당에서 아침을 먹었다. 이 과정에서 하우스키핑 노동자를 자주 마주쳤다. 헬스장으로 갈 때 복도 끝에 계셨던 그분은, 다시 올라왔을 때 내 옆방을 정리하고 계셨고, 아침을 먹고 왔을 때면 반대편

끝방을 정리하고 계셨다. 한 층에 적어도 20개의 방이 있을 텐데 그 층을 혼자 두어 시간 동안 다 맡는 셈이다.

여기서 이제 궁금증이 생긴다. 비슷한 배달 거리임에도 강남에서 2,000원에 한 곳 배달이 가능한 이유는 무엇일까. 숙소 상태와 서비스가 훌륭한 강남구 소재 호텔인 반면, 숙박비는 지역 소도시 리조트 정도였던 이유는 무엇일까. 여기에 대한 답은 착취밖에 없다. 고용주와 소비자 사이에 흐르는 착취가 이 '가성비'를 가능케 한다. 서비스를 파는 쪽과 사는 쪽은 서로가 손해 볼 것 없는 장사겠지만, 그 사이를 잇는 노동자는 스스로를 갈아 넣어야 한다. 다른 도시도 마찬가지겠으나, 서울은 특히나 이 착취가 도시 전체를 떠받치고 있다.

대한민국 면적 1% 미만의 땅에 인구 25%가 살 수 있는 것도 시민들이 스스로를 착취할 수밖에 없기 때문일 것이다. 일자리라 부를 수 있는, 그나마 사람대우 해주는 노동 현장이 서울에 죄다 몰려 있으니, 이곳에서 일하기 위해 스스로를 한두 평의 공간으로 밀어 넣는다. 각자가 각자를 알아서 착취할 수밖에 없으니, 이것이 잘못됐는지 굳이 살피려 하지 않는다. 분명히 곰팡이가 생긴 것 같은데 일단은 열어보지 않는 냉장고 구석 반찬통처럼 시선을 피한다. 살피고 뜯어보고 열어보면 서글퍼질 것이 뻔하기에 다들 무사하려 덮어둔다.

서울은 경제활동 능력이 활발한 사람을 전국에서
빨아들인 후, 착취가 끝나기 무섭게 그들을 서울 바깥으로
밀어낸다. 입시 준비생, 대학생, 취업 준비생, 사회초년생
등에게 서울만이 새로운 세상으로 나가는 문인 것처럼
겁준다. 그렇게 유인에 성공하면 세대를 거치며 마련된
시스템에 우르르 몰아넣는다. 착취에 적응한 사람들은 적당히
살아가고, 적응하지 못한 사람들(나 같은)은 서울을 등지고
걸어간다.

『우주 여행자를 위한 한국살이 가이드북』에 나는 서울에
대해 이렇게 썼다.

'정치, 언론, 기업 등의 책임자들이 한마음 한뜻으로
서울을 지킨다. 그들은 서울 바깥을 국경 바깥보다 멀게
인식한다. 각종 발전소, 공장, 쓰레기 매립지, 초고주파 시설
등을 서울 바깥에 모조리 밀어 놓고, 그 시설로 취득할 수 있는
혜택은 쓸어 담는다. 이렇게 해도 괜찮도록 법을 만들고, 여론
조성을 위한 기사를 생산하며, 법과 기사를 더 찍어내 주십사
돈줄을 대는 이들이 서로의 손발을 착착 맞춰서 움직인다.'

모르겠다. 1980년대에 조용필 씨가 서울을 노래할 땐
정말 아름답고 그리움이 남는 도시였을까. 적어도 2020년대의
서울은 아름답지 않다. 서울이 지금도 내내 아름답다고
말하는 사람들은 아름다운 것만 보고 듣고 먹고 살 수 있는
사람들뿐일 것이다. 배달 수수료가 어떤 방식으로 책정된

건지, 하우스키퍼가 어떻게 일하고 있는지, 인도에는 성착취 광고가 얼마나 살포돼 있는지 유심히 보지 않아도 되는 사람들. 그 사람들에게만 아름다운 도시로 서울은 남았다.

당신에게 서울은 어떤 곳인지 묻고 싶다.

2023. 06. 23.

혼잣말의 도시

1월이면 진주시를 떠난다. 경남 진주로 이사 온 건 2021년 초. 만 4년을 채우고 다시 부산으로 간다. 급하게 결정된 것은 아니지만, 정말로 떠나는 시기가 이렇게 오리라고는 쉽게 예상하지 못했다. 4년 동안 이곳에서 많은 일이 있었고 많은 사람을 만났다. 하지만 어쩐지 아쉬움이 많이 남는 도시로 진주가 기억될 것 같다.

만약 이곳 진주가 출판하기 좋은 도시였다면 이사를 망설였을지도 모른다. 그러나 냉정하게 말하자면 진주시는, 진주시민들의 높은 문화적 수준에 비해 행정 능력이 많이 안타까운 도시다. 문화 공급자도, 수요자도 각자의 가능성을 너무나 잘 보여주지만 행정이 이걸 살리지 못하고 있다. 못하는 것인지 안 하는 것인지 속내는 모르겠다.

출판 창작자의 입장에서 지난 4년의 진주시를 한 문장으로 요약하자면 '혼잣말하도록 내버려두는 도시' 같았다. 다른 예술 분야는 내가 겪지 않아서 잘 모르겠다. 출판이나 문학 쪽은 오래도록 이 지역을 주름잡는 중장년 예술인 중심으로 무언갈 계속 해내고 있다. 가물에 콩 나듯 청년 예술인이나 신규 예술인을 챙기는 듯하지만, 그마저도 결국 고루한 심사를 거쳐야 한다. 지역 문인협회, 시청이나 재단에 연줄이 닿은 사람과의 네트워킹, 기타 지역 유지와의 관계 등이 일절 없으면 혼잣말하도록 영원히 내버려둔다.

물론 각 기관 최고결재자들의 성향을 모르는 것은 아니다. 기왕이면 보장된 사람, 기왕이면 보장된 작품, 기왕이면 자본이 잘 모이는 콘텐츠를 좇고자 하는 마음을 알고 있다. 다만, 정도가 꽤 심각하다고 할까. 조개 속에서 발견되는 그 진주처럼 매끈하고 빛나는 것들만 각 기관 이름으로 후원하길 원한다. 그러다 보니 자연스럽게 20대, 30대 창작자들은 다른 도시로 떠나고 있다. 가까운 창원으로, 조금 먼 부산으로, 아예 서울로. 부산과 서울에서만 생활한 탓에 소규모 도시의 사정을 이제야 내가 깨달은 것일 수도 있다. 진주 외에 다른 소도시들도 모두 이렇다면 더 절망적이겠다.

정작 진주시민들이 목말라하는 것은 시청과 재단이 크게 관심을 두지 않는 곳에 몰려있다. 다행히도 올해 나는 문화재단 지원으로 15주 과정의 스토리텔링 수업을 진행했다. 하지만 이 역시 재단이 원하는 것과 참여자들이 원하는 것이 달랐다. 재단은 콘텐츠 IP, 즉 지식재산권을 만들어내는 창작자로 육성하길 희망했다. 쉽게 말해 수강생들이 자기만의 콘텐츠를 웹소설, 웹툰, 영화 시나리오 등으로 판매할 수 있는 사람이 되었으면 한다는 것이다.

목적이 나쁘진 않으나 지역 현실을 반영하지 않았다. 자기만의 스토리 콘텐츠를 만들 수 있으려면 15주로 부족하다. 최소 1년의 훈련을 거쳐야 가능한 영역이다. 그럼 그동안 진주시에 이런 스토리텔링 훈련 사업이 있었느냐? 예상할 수 있듯이 전무했다. 공적 차원의 지원사업을 제외해도 상황은 비슷했다. 글쓰기, 스토리텔링, 독서모임 등을 효과적이고 효율적으로 주도할 독립서점이나 소규모서점 수가 부족하고, 서점이 마음먹고 개최해도 문화재단의 관심이나 지원이 부족했다. 이런 상황에서 갑자기 콘텐츠 IP를 생산하는 걸 목표로 하고 있으니 강사도 수강생도 난관이 많았다. 결국 15주 과정 끄트머리로 가면서 독립출판 쪽으로 방향을 틀었다. 그제야 수강생들께서 더 즐겁게 참여했다.

이런 상황의 연장선으로 진주시 캐릭터 '하모' 역시 답보 상태다. 지자체 캐릭터로는 이례적인 인기를 얻고 있지만, 이

인기를 더 크게 확장할 스토리 마련에 지지부진하다. 캐릭터 인스타그램 팔로워만 현시점 2만 명이 넘는데, 이 캐릭터를 활용해 지역의 무얼 이야기하는지 도통 알 수 없다. 그냥 '귀여움'으로 끝이다. 물론 귀여운 게 최고라는 것에는 반박할 수 없지만, 귀엽고 인기 많은 캐릭터를 지역 행사 홍보용이나 굿즈 제작용으로만 활용하고 있다. 타지역에서 보면 매우 아까울 것이다.

그렇다면 진주시는 문화정책 관련해서 지금 어디에 집중하고 있느냐? 놀랍게도 'K-기업가 정신'이다. 이른바 LG, 삼성, GS 등 대기업 창업주들이 진주시 모 초등학교 출신이라는 명분을 중심으로, 이 창업주의 정신을 관광문화로 풀어내 지역경제 활성화를 꿈꾸고 있다. 지금 뭔가 앞뒤가 안 맞다고 느낀다면, 방금 문장을 잘못 읽은 것이 아니다. 정말 저 명분으로 진주를 문화도시로 만들겠다고 선언했다. 그래서 지금 진주시에는 K-기업가정신재단도 있고 K-기업가정신센터도 있다. 자본에 혈안이 된 도시 모습에 당황스러움을 넘어 부끄럽기까지 하다.

상황이 이렇게 흘러가는 이유에는 진주 지역구 국회의원들의 탓도 크다. 현시점 진주시 국회의원은 국민의힘 강민국, 박대출이다. 이름이 익숙할지도 모르겠다. 내란 우두머리 윤석열의 불법 비상계엄 때 윤석열의 행동을 정당화하던 의원들이다. 민주주의를 부정하는 행위도 서슴지 않던 이들이 진주의 문화 발전에 관심을 둘 가능성은 없다고 봐야 하겠다. 여기에 더해 진주시장 또한 국민의힘 소속이다. 더 설명하지 않아도 짐작 갈 것이다.

이토록 진주시는 헛다리만 계속 짚는 데 반해, 시민들은 너무 뛰어난 잠재력을 보여주고 있다는 게 가장 안타까운 지점이다. 그동안 진주시에서 여러 클래스나 강의를 진행했을 때 수업 진행이 어려웠던 적은 한 번도 없었다. 1을 알려드리면 10까지 자발적으로 숙제처럼 해서 오시는 분이 많았고, 강사와의 나이 차가 몇십 년 있어도 적극적으로 수업에 임하는 분도 있었다. 수강생 평가를 감히 조심스럽게 해보자면 이해도, 성실도, 완성도 등의 평균치가 우수해서 가끔은 '굳이 내 수업을 들을 필요가 있을까?' 싶을 때도 있었다. 결국 이건 진주시나 문화재단이 오히려 시민 수준을 못 따라가고 있음을 뜻한다.

과연 진주시의 미래는 어떻게 될까. 지금은 대학 기관 수가 많아서 청년층 유입을 그나마 유지하고 있지만, 입학 정원 수는 갈수록 줄어들 수밖에 없다. 그렇다면 청년층이 향유할 수 있는 문화콘텐츠가 다양한 도시로 자리 잡아야 할 텐데 그렇게 할 능력이나 의지가 행정 기관들에게 보이지 않는다. 이제는 나도 혼잣말을 멈추기 위해 진주시에서 떠난다.

부디 진주시에서 창작하는 분들이 외롭지 않았으면 좋겠다. 몇 년 후엔 진주시가 부러워서 다시 돌아갈까 고민할 수 있길 바란다.

2024. 12. 27.

도망치듯
사랑을 말한다면

어수선한 밤이 지나고 12월 4일 아침이 왔을 때. 침대에서 일어나 온수 포트에 물을 올리고 가만히 기다릴 때. 밤새 납작하게 붙어있던 목에 따뜻한 물을 부었을 때. 생각했다. 무사히 오늘을 맞이할 수 있어서 다행이라고.

내란 우두머리 윤석열의 불법 비상계엄 소식을 눈으로 확인하던 순간은 믿지 못했다. 아마 나뿐만 아니라 대부분의 사람들이 그랬을 것이다. 계엄의 정당성이나 사유를 면밀히 따지기 전에 현실을 감각하느라 우왕좌왕했다. 곧 현실로 받아들여야 함을 깨닫자 주변 사람들로부터 연락이 왔다.

"괜찮습니까?"

내가 운영하는 출판사 인스타그램 계정 최상단 고정 게시물에는, 윤석열을 반대한다는 내용이 기재돼 있다. 윤석열이 대통령에 당선됐을 때부터 걸어뒀다. 어디 그뿐인가. 최소 2쇄, 많게는 5쇄까지 발행된 내 책들에는 온통 윤석열이 왜 대통령이어선 안 되는지 나타나 있다. 나를 아예 모르는 사람이 잠깐만 훑어봐도 나는 윤석열이 말하는 그 '반국가세력' 중 한 사람이다. 그러니 주변 사람들의 걱정을 살 수밖에 없었다.

겁이 안 난 것은 아니다. 계엄이 발동되면 서울에서 시작해 지역까지 계엄군이 점령하는 데 얼마 걸리지 않는다. 지역 계엄군이 게릴라로 들이닥치는 건 시간문제다. 당장 현관문을 누군가 부술 것 같기도 하고, 소환 문자가 올 것 같기도 했다. 그러나 그게 겁나서 내 책과 온라인 흔적과 정체성을 숨기긴 싫었다.

아주 대단한 용기나 기세 같은 건 아니다. 이미 세상에 나온 걸 감추려 해봤자 그 꼴이 참 초라할 것 같기에 그대로 뒀다. 이런 게 무서웠으면 애초에 책도 쓰지 않았다. 기왕 이렇게 된 거, 더 세게 외쳐보자 싶어 급하게 인스타그램에 윤석열은 물러나라고 게시물을 새로 올리기도 했다.

게시물을 올린 지 얼마 지나지 않아 다행히 국회에서 계엄 해제 결의안이 통과됐다. 그러나 안심할 수 없다. 계엄이 작동되던 단 두어 시간 내의 흔적만으로도 다음 계엄 때

처벌할 수 있기 때문이다. 맞다. 나는 이미 늦었다. 어차피 늦었으니 앞으로도 적극적으로 윤석열을 비판할 것이다.

계엄 해제 결의안이 통과된 새벽. 그제야 몇 시간 동안 내가 주변 사람과 어떤 이야기를 나눴는지 천천히 볼 수 있었다. 각종 단체 대화방에서 여러 설득을 전하고 있는 내 모습이 보였다. 어떤 걸 조심해야 하는지, 지금 뭘 하면 좋은지, 앞으로 어떻게 될 것 같은지 등을 설명하고 있었다. 결의나 책임감이라기보단 본능적으로 말하는 모습이 거울처럼 반사됐다. 이런 갑작스럽고 커다란 정치적 사건을 직접 겪은 경험 때문일지도 모르겠다.

오래전 정의당에서 일하던 어느 날, 평범한 업무를 처리하던 중 스마트폰에 뉴스 속보 알림이 떴다. 평소엔 굳이 즉각 확인하지 않는데 그날따라 왠지 봐야 할 것 같았다. 깜깜한 화면을 터치하자 속보 메시지가 선명하게 드러났다.

[속보] 정의당 노회찬 원내대표, 숨진 채 발견

자리에서 벌떡 일어났다. 사무실엔 하필 아무도 없었다. 각자 필요한 일들을 하러 국회 본청으로 간 상황이었다. 어떻게 해야 할지 몰라 부대표실 문을 노크도 없이 열었다. 부대표님들은 아직 뉴스를 못 본 모양이었다. 무슨 일로 그러냐는 질문을 들은 체 만 체하고 내 자리로 돌아와

텔레그램을 열었다. 직속 상사인 비서실장님께 연락했다. 몇 분 지나자 모든 당직자들이 사무실로 집결했다. 속보는 사실이었다.

온몸이 떨려서 뭘 어떻게 해야 할지 모를 때, 비서실장님은 지금 상황을 설명하고 우리가 무얼 대비해야 하는지 하나씩 알려줬다. 그리고선 누군가 정의당 당사 대문을 잠갔다. 잠근 지 5분이 채 됐을까. 기자들이 몰려왔다. 불투명한 대문 유리 너머로 검은 그림자 떼가 넘실거렸다. 각종 언론들이 이곳으로 들어오고 싶어 했다. 소리치는 사람도 있었고 부탁하는 사람도 있었다. 나는 사무실로 숨어 유선전화 코드를 뽑았다. 이후 화장실도 참으며 가만히 기다렸다.

계엄 뉴스를 접한 후 주변 사람들에게 이런저런 설명을 했던 내 메시지들을 보자 실장님이 기억났다. 아마도 나는 그에게서 배운 것들을 따라 한 게 아닐까. 그와 비슷한 수준은 절대로 되지 못하겠지만 어설프게나마 유사하게 행동한 것 같다. 놀란 나보다 더 놀랐을 동료들에게 최대한 도움이 되려 건네는 말들. 알게 모르게 배웠나 보다.

계엄 뉴스를 보다가 울컥할 때가 많다. 12월 3일 밤엔 실로 잠깐 울었다. 조국을 사랑하지도 않는 나인데 왜 자꾸 눈물이 날까 생각했다. 사람 때문이었다. 나는 이 나라를 구성하는 수많은 사람, 하루하루 성실하게 자기 자리를

지키는 사람, 부당한 일을 막으려 앞뒤 안 가리고 국회로
달려간 사람, 그런 사람들과 보내는 지극히 평범한 일상을
깊이 사랑하는 것이라고. 뒤늦게 깨달았다. 그런 보통의
사람들과 보통의 날들을 단 한 번의 선택으로 망치려고 든
윤석열이 너무 괘씸하고 화가 나서 울었다.

　나는 농담 반 진담 반으로 항상 사람들이 싫다고 말했다.
세상이 싫고 한국이 싫고 사람이 싫고 모든 것들이 환멸
난다고 말해왔다. 그러나 이제는 인정할 수밖에 없을 것 같다.
나는 그것들이 싫지 않다. 정말 싫었으면 이토록 구구절절
입을 대고 글을 쓰고 목소리를 높이지 않았다. 회피한 채
말도 얹지 않았을 것이다. 나는 이 세계와 사람들을 진심으로
사랑하고 있다는 것을 지난밤 덕분에 확신했다.

　너무 사랑해서 혐오와 차별과 각종 부당함이 어떻게든
사라지길 바라왔다. 그걸 두고 나는 스스로의 마음을 '사람이
너무 싫어'라는 헐렁한 변명으로 감춰왔다. 자기가 얼마나
사랑하는지도 모르는 채 마음을 부정해 온 시간이 꽤 길었다.
그렇다. 도망치듯 사랑을 말하면서 여기까지 왔다.

　나뿐만 아니라 지금 이 글을 읽고 계신 분들도
마찬가지일 것이다. 사랑을 비웃는 시대임에도 여전히 사랑을
믿는 사람들이 우리 곁에 있다. 그 사실 하나만으로도 나는
지금의 시대를 잘 건너갈 수 있다고 생각한다. 반드시 탄핵이
이뤄져야 하겠지만, 설령 모두의 바람이 이뤄지지 않더라도

우리는 또 다음을 기약할 힘을 각자의 주먹 안에 쥐고 있다.

불과 일주일 전만 해도 모두가 생각했다. 박근혜 이후 두 번째 탄핵은 불가능하다고. 그러나 비상계엄이라는 말도 안 되는 사건이 일어나자마자 불꽃이 타오르고 있다. 주먹 속에 쥐고 있던 힘을 동시에 하나씩 다 풀어낸 것처럼 말이다. 이건 누가 시키지도, 부탁하지도 않은, 우리가 피워낸 힘이다.

더 이상 우리가 사랑하는 서로를 단 한 놈이 망치게 둘 수 없다. 우리는 고꾸라져도 어차피 서로가 다시 일으켜주면 그만이다. 그동안 도망치듯 사랑했다면 이젠 정면으로 걸어갈 것이다. 다시는 도망치지 않는다.

2024. 12. 06.

내일을 여는 사람들

많은 일들이, 많은 사건들이 쏜살같이 지나갔다. 그러나 여전히 매듭 지어진 것은 없다. 화를 냈다가 울컥하다가 조소하다가 다시 화를 내는 등의 과정이 일상을 채웠다. 이건 비단 나뿐만이 아닐 것이다. 모두가 그러했다. 윤석열 단 한 사람 때문에 말이다.

서울로 가는 차편을 구하지 못해 부산에서, 진주에서 윤석열 탄핵 집회에 참여하고 있다. 애인과 함께 참여하면서 농담처럼 말했다. "연애 중에 탄핵 집회를 또 나오게 될 줄이야"라고. 우리가 처음 만난 건 2016년이었다. 생각해 보니 사귄 지 100일이 조금 넘었을 때 우리는 박근혜 탄핵 집회로 손잡고 나갔다. 그때 나는 두 번 다시 이런 데이트를 해볼 날은 오지 않을 거라 생각했으나, 또 현실로 일어나버렸다. 웃기기도 슬프기도 한 사실이다.

그래서 부산 집회에 나갈 때도 딱히 장소를 꼼꼼하게 찾아보거나 길을 미리 검색하지 않았다. 2016년의 '그 거리'로 익숙하게 걸어가면 됐다. 도착한 집회 현장은 역시나 인파들로 가득했고, 우리는 적당한 곳을 찾아 나란히 앉아 구호를 외쳤다.

아마 탄핵 집회 현장에 꾸준히 나가는 분이거나, 뉴스를 계속 찾아보는 분들이라면 눈치챘을지도 모르겠다. 지금 12월초의 집회는 여성 목소리로 가득하다. 대충 묶어서 퉁치는 것이 아니라, 실로 그렇다. 조금 과장해 보자면 여성의 목소리'만' 가득하다. 나와 비슷한 또래의 남성, 혹은 더 젊은 남성은 찾기 어렵다. 부산 서면 집회 현장에 앉아 거리를 살펴보면 그 남성들은 멋들어지게 차려입고 시위 현장을 웃으며 지나간다. 간혹 스마트폰을 들어 촬영하면서 낄낄거리는 경우도 있다.

이런 말을 하면 성별 갈라치기나 그놈의 '젠더갈등'을 유발한다고 지적할 수도 있다. 그러나 단순 사실을 전함으로써 성별이 갈라쳐지거나 갈등이 발생한다면 그것은 특정 한 쪽에 심각한 문제가 있다는 것 아닐까. 남성 유권자들 말이다. 이번 12.3 내란 사태의 진행 과정을 보면서 나는 또

한 번 남성 동료 시민 다수에게 절망을 느꼈다. 아무 관심이
없거나, 오히려 윤석열의 행동을 정당화하거나, 이 내란
사태를 축소하려는 쪽에 남성의 목소리가 가득하다. 오죽하면
'2030남성이 뽑은 윤석열은 2030여성이 탄핵하는 중'이라는
말이 등장할까 싶다.

돌이켜보면 박근혜 탄핵 때도 그랬다. 애인과 함께
간 후, 당시 동성 친구들에게 집회 참여를 권했으나
거절당하기 일쑤였다. 박근혜를 지지해서가 아니었다. 그냥
귀찮아서, 추워서, 바빠서, 이상해 보여서 가기 싫다고 했다.
박근혜를 보위하고자 하는 정치적 신념이 있어서 거부하는
게 아니라(물론 그것도 상당히 문제지만) 그저 본인과 상관없는
일이라고 치부하는 셈이다. 지금도 마찬가지다. 탄핵 집회를
비롯해 각종 투쟁 현장이 유독 여성의 목소리로 채워지는
것은 또다시 귀찮고 춥고 바쁘고 이상해 보이니까 안 나오는
남자들 때문이다.

'나는 그런 남자들과 달리 집회에 나가는 남자' 같은
조악한 칭찬 따위 받고 싶어서 이런 말을 하는 게 아니다.
민주국가의 시민으로서, 민주공화국 일원으로서 당연한 일을
가지고 비교되거나 칭찬받는다면 그건 꽤 모욕적인 일이다.
남성 시민 동료의 평균이 어느 나락까지 가 있는지 이제는
가늠할 수 없다. 자기만의 정치적 신념도 없고 생각할 의지도
없다. 이러니 윤석열이 등장한 대선에서 '여가부 폐지' 단어에

꽂혀 그에게 표를 던져주는 것 아닐까. 정책도 무엇도 보지 않고 그냥 '남자한테 좋아 보이니까' 멍청하게 투표해버린다.

서울은 좀 더 다양할지 모르겠으나, 부산 집회에서 마이크를 잡고 자유발언하는 시민 10명 중 9명이 여성이었다. 왜 여기에 올 수밖에 없었는지, 왜 내가 화가 났는지, 왜 우리가 더 목소리를 내야 하는지 논리정연하게 말한다. 떨려서 말이 잘 안 나온다고 하는 분들치고는 여느 정치인보다 정확한 언어로 전한다. 그런데도 이 현상이 미디어에서 제대로 주목되지 않는다. 만약 상황을 바꿔서, 탄핵 집회 초기부터 현장 목소리가 '젊은 남성'으로 가득 찼다면 어땠을까? 모르긴 몰라도 언론, 방송 등 미디어 곳곳에서 희망을 노래했을 것이다. 이 시대의 청춘들이라며, 나라의 미래가 이렇게 밝다며 칭송했지 않을까. 다큐멘터리 특집도 만들어졌을 것이다.

한 언론사의 아침 방송에서는 앵커가 적극적으로 여성을 지우려 했다. 장관 출신 인터뷰이가 "이번 집회를 보며 젊은 여성들에게서 희망을 봤다"라고 했으나 앵커는 굳이 "젊은이"라는 단어를 쓰며 여성을 지웠다. 이에 인터뷰이가 한 번 더 콕 짚어서 "젊은 여성"이라고 반복해서 말하자 그제야 인정하고 인터뷰를 종료했다. 이것도 마찬가지로 만약 '젊은 남성'이라고 했다면 앵커가 단어를 치환했을까? 오히려 "아아! 역시 젊은 남성들의 패기로!"라며 칭찬하지 않았을까? 이런 현상들을 보면 한국의 뿌리 깊은 여성혐오 인식이 얼마나 잔인한가 싶다.

윤석열이 처참하게 수감되고, 탄핵과 관련한 백서가 만들어진다면 반드시 기록해야 한다. 이 탄핵은 여성 시민이 선봉에 서서 끌어냈기에 성공했다고 말이다. 누군가는 "나도 남잔데 집회에 꼬박꼬박 참석했다"라고 말하며 억울해할지도 모른다. 하지만 집단으로 묶고 분류했을 때 남성 시민 집단이 할 수 있는 말은 많지 않다. 과거에도, 지금도 세상을 바꾸는 건 여자들이라는 주장에 반박할 수 있는 요소가 아무것도 없다는 뜻이다.

그렇다고 '자 이제 젊은 남자는 필요 없으니까 다 무시합시다' 할 수도 없는 노릇이다. 어쨌든 사회를 구성하는 큰 단위고, 일격에 제거할 수도 없으니 함께 살아가야 한다. 갈수록 혐오와 편견으로 똘똘 뭉치고 있는 이 구성원들을 우리가 어떻게 잡도리할 수 있을까. 윤석열이 물러나고 새로운 정권이 들어서면 이것이 해결될까. 뾰족한 대책이 떠오르지 않아 무섭다.

나는 부디 집회 현장에서, 행진 무리 속에서, 온라인 토론장에서 자기 신념을 차분하고 정중한 언어로 말하는 남자들을 많이 만나고 싶다. 남성을 고귀한 존재로 올려 치고 싶은 것이 아니라, 사람 대 사람으로서 교류가 가능한 또래 남자가 매우 드문 세상이 됐기 때문이다. 곧 나설 집회에는 부디 눈에 띌 정도로 많아지길 바란다.

이 글을 최종 정돈하는 목요일 기준으로 어제는, 애인과 함께 오랜만에 크게 외식했다. 그가 오랫동안 준비한 시험에 합격한 기념으로 술도 마셨다. 그리고선 동네 고양이를 구경하고, 핫도그를 사서 집으로 돌아와 시답잖은 농담을 주고받으며 2차 뒤풀이도 했다.

숙취를 동반한 아침에 생각했다. 내가 평생 바라는 것은 대체로 이런 소소한 일상들, 이것들이 잔잔하게 오래 이어지는 것. 그러기 위해선 세상이 갈수록 나은 곳으로 변할 수 있게 우리 모두가 계속 말하고 외치고 글로 써야 한다고 조그맣게 다짐했다.

2024. 12. 13.

산 자에게 도착한 오늘

대체로 오전 7시쯤 일어난다. 사실 새벽에도 계속 여러 번 깨는 날이지만 잠에서 완벽하게 달아나는 건 7시 부근이다. 손을 더듬어 스마트폰을 열고 지난밤 소식들을 찾아본다. 한밤중에 세상이 뒤집혀도 이상하지 않은 날들이니까.

15분 정도 찾아본 후 무사하다는 판단이 들면 주방으로 간다. 아침을 만들고, 커피를 내리고, 따뜻한 물을 끓이고 있으면 애인이 방에서 나온다. TV 앞에서 눈 비비며 밥을 먹고 나면 각자의 일상을 준비한다. 집에서 일하는 나는 늘 조금 더 여유롭다.

애인이 집을 나서면 라디오 뉴스를 틀거나 유튜브를

재생해 실시간으로 세상 돌아가는 소리를 듣는다. 그리고 간단히 집을 정돈한다. 이부자리를 바로 잡고 청소기를 돌리고 설거지 등을 마치면 9시. 이제 서점에서 발주한 책 목록을 살핀 후 전산시스템에 각 주문 도서를 입력하면 평일 일과가 시작된다.

하지만 월요일엔 곧바로 일을 시작하지 못했다. 아무도 없는 집에 뉴스 소리가 가득 찼고, 침실 창문 블라인드를 올리다가 갑자기 눈물이 퍽하고 터졌다. 침대 옆 의자에 앉아 이마를 쥐고 눈물이 멈출 때까지 가만히 있었다. 스마트폰에선 뉴스 앵커가 제주항공 여객기 참사 현장 브리핑을 차분하게 전하고 있었다.

179명의 죽음이 한꺼번에 도착했다. 한 사람이 사망한다는 건 하나의 세계가 이승에서 멀어지는 것. 일백일흔아홉 개의 세계가 이 땅을 떠났다. 이걸 마냥 남 일처럼 받아들이기가 어려웠다.

2024년 12월은 눈알 절반을 물에 담근 채 살아간 것 같다. 원래도 연말에 울적한 편이지만, 2024년은 특히나 심했다. 어느 저녁엔 거실에 애인과 나란히 누워있다가 울면서 고백했다. 사는 게 버겁다고. 세상이 어지러워서 그런 건지, 내 삶을 구성하는 것들이 점차 복잡해져서 그런 건지, 둘 다 그런 건지 갈피를 잡을 수 없었다. 수위를 겨우 유지하던 댐이 와르르 무너진 기분으로 한 해를 닫았다.

새해로 넘어가면 당분간 무기력하게 널브러져 아무것도 하지 말까 싶었다. 그러나 내가 지금 누리고 있는 오늘이 어떤 의미인지 생각했다. 많은 사람이 떠나고, 세상이 뒤숭숭하고, 희망을 말하기가 어려운 날들이 비단 오늘뿐이었을까. 제주항공 참사 전엔 이태원이, 세월호가, 대구 지하철이, 삼풍백화점이, 그 밖의 수많은 참사가 있었다. 12.3 불법계엄 전엔 일일이 다 말하기도 벅찬 민주화운동들이 있었다. 그 역사들을 딛고 오늘을 선물 받은, '산 자'인 내가 할 수 있는 일들이 있지 않을까. 죽은 자들이 산 자들에게 바라는 모습이 과연 모든 걸 포기하고 침잠한 상태일까. 생각의 꼬리가 한없이 길어졌다.

또 한 가지 더 명심해야 할 사실은, 내가 마주한 참사는 '눈에 띄는 참사'였다는 것이다. 세상엔 내가 모르는 죽음이 초를 다투고 일어나고 있다. 노동 현장에서, 쪽방촌에서, 거리에서, 일상 곳곳에서 매일 이웃이 죽고 있다. 사람과 사람 사이 일어난 타살도 있겠지만, 초과 노동과 가난과 복지 붕괴 등으로 인한 사회적 타살도 벌어진다. 내가 시선을 두지 않는 곳에선 어쩌면 매일 참사가 일어난다고 할 수 있다. 그야말로 죽은 자들이 일군 땅 위에 나는 운 좋게 산 자로 남아있다.

이에 나름대로 내린 결론은, 힘들어도 무릎에 힘을 넣어보는 것. 어차피 이 땅에 태어났다면 나 역시 먼 훗날의 산 자들을 위해 하루를 열심히 굴려보는 것. 당장 오늘 아침에 태어났을 생명을 위해서라도 먼저 사는 사람으로서의 역할을 무리하지 않는 선에서 다하는 것. 몇 줄의 문장이라도 더 쓰는 것이라고 정리했다. 누군가 거룩한 척하지 말라고 할지 모르겠지만, 무너진 댐을 차근차근 쌓아 올려 또 다른 물길을 막는 방법은 이것뿐이었다.

아무리 애를 써도 오늘 이전에 일어난 일들은 바꿀 수 없다. 누구도, 무엇으로도 해낼 수 없다. 그러나 다가오는 미래는 바꿀 수 있다. 죽은 사람을 살리지 못해도 산 사람들을 지킬 수는 있는 것이다. 무력하게 포기하는 대신 작은 가능성이라도 찾아나갈 때 세상은 바뀐다고 믿는다.

새해 아침, 비슷하게 하루를 시작했다. 대신 그날은 나도 조금 분주하게 움직였다. 흰 셔츠에 검은 넥타이를 매고 아래위엔 어두운 옷들로 갖춰 입었다. 전날에 이어 다시 합동분향소로 갈 준비를 이어갔다. 합동분향소 설치 기간 동안에는 매일 조문하기로 결심했다. 이 역시 산 자가 할 수 있는 작은 일 중 하나이기에, 매일 그들을 기억하려 애쓰는 사람이 있다는 걸 알릴 수 있는 유일한 방법이기에, 새해 첫 목표로 삼았다.

새해의 합동분향소 헌화대 위에는 핫팩이 놓여있었다. 속포장은 물론 묶음 포장까지 뜯지 않은 새것으로 누군가 놓고 갔다. 먼 길 떠날 때 손이라도 시릴까 싶은 마음. 영혼이

내려와 직접 뜯어 쓸 수는 없어도 당신의 추위를 걱정하는
우리가 있으니 너무 섭섭하지 말라고, 핫팩으로 말하는
듯했다. 죽으면 모든 게 끝이라는 말을 감히 누가 이곳에서
할 수 있을까. 죽은 자의 몫을 다해 성실히 살아가야겠다고
합동분향소를 나오며 생각했다.

2025년은 희망으로 가득 찰 것이라는 말을 쉽게 하고
싶지 않다. 다만, 나는 오늘을 산다. 내일은 어떻게 될지
모르겠지만 우선 오늘만큼은 확실히 받아냈다. 죽은 자가
마련해준 오늘을 소중하게, 부끄럽지 않게 채워나가는
1년으로 만들고 싶다.

2024. 12. 27.

없어서 죽는 계절

열다섯 살 때 다니던 내신종합학원에서 한 선생님이 말했다.
"나는 겨울이 너무 싫어. 없는 사람이 죽는 계절이잖아."
선생님이 왜 그런 이야기를 했는지는 기억나지 않는다. 다만
분명한 것은, 그 말이 정확히 무슨 뜻인지 이해하기까지 꽤
오래 걸렸다는 사실 뿐이다.

　　운이 좋아 부산광역시에서 태어났다. 서울특별시
다음으로 매끈하게 다듬어진 도시에서 자랐고, 타인의 삶에
굳이 신경 쓰지 않아도 용서받는 성별까지 부여받았다. 이에
나 외의 타인에 대해 깊이 생각하지 않았기에 선생님의 말씀이
피부에 와닿지 않았다. 가난에 대해 모르던 것은 아니지만,

가난의 범위가 어디까지인지 몰랐다. 머리가 어느 정도 크고
나서 여러 삶을 보게 됐다. 천장이 없는 삶, 따뜻한 물이
당연하지 않은 삶, 누울 자리가 없는 삶, 다리를 뻗고 쉬는 게
어려운 삶 등. 그제야 어렴풋이 이해할 수 있었다. 누군가에게
겨울은 왜 죽는 계절인지를.

코로나19 팬데믹 때 대중목욕탕 금지 조치에 말이
많았다. 목욕탕을 닫으면 안 된다는 사람들과 그깟 목욕탕이
지금 중요하냐고 말하는 사람들. 고백하자면 나도 후자에
가까웠다. 평소에 목욕탕을 이용하지 않았기에 '꼭 지금
목욕탕을 가야 할까?' 싶었다. 여전히 나는 무지했다.
'집'이라면 당연히 '씻을 수 있는 공간'이 마련돼 있다고 생각한
것이다. 욕실도, 화장실도, 심지어 수도조차 제대로 갖춰지지
않은 집에 살아서 '달목욕'을 끊을 수밖에 없는 사람들을
상상하지 못했다. 내가 경험한 '열악한 집'이란 고작 고시원
정도였으니 편협했다. 다시 선생님의 말씀을 천천히 곱씹었다.
없는 사람이 죽는 계절. 그가 말한 '없음'의 대상은 단순히
돈만 뜻하는 것이 아니라 최종적으로는 '집' 아니었을까.

나에게 집이라는 건 떠올리자마자 마음이 복잡해지는
단어다. 한 번은 어느 동네 식당에서 혼자 들어갔는데, 정장
차림의 직장인들이 한 테이블에 모여있었다. 조용히 주문하고
음식을 기다리는데 직장인들은 집 이야기를 이어갔다. 어느
아파트 가격이 얼마가 올랐다, 누가 어느 아파트를 어떤

대출을 끼고 샀다, 청약 발표가 언제 난다, 집값이 떨어지고 있어서 얼른 이사를 간다, 종부세 생각만 하면 머리 아프다 등 끊임없이 집 이야기를 했다. 내가 식당에 들어가고, 밥을 다 먹고, 화장실에 갔다가, 계산할 때까지도 그들은 집 이야기만 했다.

목욕탕에 갈 수밖에 없는 집들에 대해 깨달았을 그 시기에, 어떤 청년 정책 포럼에 참여해 이야기를 들을 기회가 있었다. 여러 분야에서 활동하는 청년들이 모였는데 체인점을 여러 개 운영하는 한 청년이 부동산 이야기를 꺼냈다. 솔직히 자기는 부동산 붐일 때 대출 엄청 끼고 투자했다고, 그래서 재미를 봤는데 이걸 비난하는 게 이해가 안 간다고 했다. 기회를 봤으면 뛰어들고 돈을 벌어오는 게 왜 잘못이냐고 했다. 그렇게 만든 시세 차익으로 체인점을 운영하고 청년 일자리를 만든 자신에게 자부심도 느끼고 있다고 했다.

문장을 고쳐야겠다. 나에게 집이라는 건 떠올리자마자 마음이 복잡해지는 단어가 아니라 경멸이 밀려오는 단어다. 집이라 부르기도 어려운 방 한 칸이 없어 비바람을 맞고 사는 삶이 버젓이 존재한다. 그럼에도 한국뿐만 아니라 이 행성 시민 대부분은 부동산 시세 차익을 이용해 재산 불리는 걸 '재테크'라 여긴다. 단지 돈이 없다는 이유로 누군가는 거리에 살고, 누군가는 집을 몇 채씩 가지고 있는 게 왜 당연할까. 인간의 존엄을 지키기 위해, 적어도 내 한 몸 온전하게 눕고

식사까지 해결할 수 있는 작은 집을 국가로부터 공급받아야 한다는 주장이 왜 소위 '빨갱이스러운 생각'으로 변질됐을까.

조금 다른 이야기일지 모르지만, 얼마 전 새해를 시작하는 첫 책으로『깻잎 투쟁기』(우춘희, 교양인, 2022)를 읽었다. 이주노동자들이 하루에 깻잎 1만 5천 장을 수확해야 퇴근할 수 있다는 사실에 경악하기도 했으나, 더 경악스러운 것은 그들의 집이었다. 대개의 농장주들은 이주노동자에게 비닐하우스나 판넬로 대충 지어진 집을 제공했다. 우춘희 저자가 방문한 그 집들은 백이면 백 곰팡이가 벽 전체에 퍼져있고 벌레가 밟히는 건 예사였다. 방범도 청결도 무엇도 보장되지 않는 그 집을 제공하면서 적게는 몇십만 원부터 많게는 몇백만 원씩 노동자에게 받아 갔다. 이유는 별다른 것 없었다. '우리보다 못사는 나라에서 온 사람들이니까' 이렇게 해도 된다는 논리였다.

집 같지 않은 집을 제공하면서 당연하다는 듯이 돈을 받아 가는 꼴을 보며 이를 바득바득 갈았다. 그런데 책을 덮고 곰곰이 생각해 보니 해당 농장주들뿐만 아니라 우리 사회를 구성하는 대부분의 임대인이 이런 식 아닌가 싶었다. 집이라 부르기 어려운 환경을 제공해 놓고 마치 대단한 선심 쓰듯이 월세나 전세금을 받아 챙기는 게 우리네 임대인 아닌가. 당연히 이주노동자들의 거주 환경과 비교할 수는 없지만 '못사는 사람들에겐 이 정도도 감지덕지다'라고 구는 행세가

똑 닮아있었다.

이 시대 자본가, 특히 임대인들은 자신의 온전한 노력으로 집을 여러 채 살 수 있었다 생각하겠지만, 장담하건대 그 누구도 자기 실력으로만 부를 축적하지 않았다. 자본주의는 그럴 수 없는 구조다. 대물림 된 부, 기득권에게 따르는 기회, 자본이 자본을 증식시켜주는 사회 제도 등의 혜택을 모조리 빨아들였기에 임대인이라는 위치까지 닿았다. 이런 혜택을 이용해 이뤄낸 것이 고작, 집을 담보로 타인을 착취하는 인생인 셈이다. 부끄러운 줄 알아야 한다. 항상 말하지만 '착한 임대인'은 세상에 없다. 우리가 통상적으로 생각하는 그 '착한'이 적용되는 사람이라면 애초에 임대인 따위 되지 않았다.

내가 바라는 이상적 사회는 대단한 세상이 아니다. 천장이 있고, 욕실이 있고, 온전한 식사를 만들어 먹을 수 있는 그런 기본적인 집을 모두가 당연하다는 듯이 가질 수 있길 바란다. 사람이 사람의 거주 공간을 빌미로 돈을 번다는 건 존엄을 해치는 행위라고 모두가 인식할 수 있길 바란다. 방 한 칸이 없어서 겨울마다 동료 시민 중 여럿이 죽고 있을 때, 부동산 시세를 검색하며 다음 집을 고르는 이가 없길 바란다. 이것들이 만약 빨갱이스러운 생각이라면, 그 '빨갱이들의 세상'은 실로 좋은 것 아닌가. 가장 기초적인 거주권을 평생의 노동 수익으로도 달성할 수 없는 지금이 더 이상한 사회 아닌가.

열다섯 시절 학원 선생님을 다시 만날 수 있다면 같이 이야기해보고 싶다. 없는 사람의 뜻이 이것이 맞았느냐고. 이제 내가 당시의 선생님 나이가 된 것 같은데, 아직도 없는 사람들이 죽고 있다고. 우리는 무엇을 어떻게 해야 이 비극을 멈출 수 있냐고. 질문을 쏟아내고 싶은 마음이다.

마땅한 답을 얻을 수 없다는 것을 잘 알면서도 묻고 싶은 말들이 갈수록 쌓여간다. 오늘은 한파를 조심하라는 안전재난문자가 수시로 도착했다.

2025. 01. 10.

3. 즐겁고 궁핍한 일

살면서 볼 수 있는 보름달의 횟수를 세어본 故류이치 사카모토처럼, 나도 앞으로 내가 만들 수 있는 책의 종수를 세어볼 때가 있다. 나는 앞으로 몇 권의 책을 더 만들 수 있을까. 백 번째 책을 만드는 날도 올 수 있을까. 아무리 해도 질리지 않는 이 일을 오래오래 진심을 다해 해보고 싶다.

사이드미러 정도는
살 수 있는 사람

요즘 돈을 많이 썼다. 몇백만 원을 며칠 사이에 지출했다.
여기까지만 말하면 돈 좀 버는 사람처럼 보일지도 모르겠다.
하지만 안타깝게도 방금 쓴 돈 중 내가 먹거나 입거나
착용하는 것들에 사용된 경우는 없다. 모두 책 인쇄비와
작가님 인세에 썼다.

　　나는 '발코니'라는 작은 출판사를 운영한다. 발코니는
2019년에 문을 열어 지금까지 다행히도 버티는 독립출판사다.
나는 출판사 대표자이자 편집자, 북디자이너, 작가, 마케터,
경리, 대외홍보팀장 등을 혼자 맡고 있다. 여러 직책 중
가장 즐거운 쪽은 아무래도 작가, 가장 자신 없고 고된

쪽은 대표자다. 문제는 후자의 경우를 잘 해내야 내 생계가
유지된다는 점이다.

지난 일주일 동안 4종의 책을 추가로 제작했다. 발코니의
인기 도서들 4종 모두가 재쇄에 들어간 셈이다. 발코니는
출간 작가님께 선인세를 드린다. 쉽게 말해 '책이 팔리면
팔린 만큼에 대한 인세'를 작가님께 드리는 게 아니라 '책을
생산한 만큼에 대한 인세'를 미리 지급하는 방식이다. 그러니
제작비에 선인세까지 하면 지출이 꽤 크다. 출판사마다 세세한
사정은 정확히 알 수 없지만, 이렇게 정산하는 출판사가
많이는 없는 것으로 안다.

선인세 방식에 대해 의아하게 보는 동종 업계 사람들도
있었다. 간혹 발코니 대표자가 원래 돈이 많아서 그런 것
아닐까 하는 의문도 넘겨 들은 적 있다. 다중 채무자 입장에서
차라리 그 의문이 진실이면 좋겠다. 매달 돌아오는 대출금
상환액에 허덕이지만, 그럼에도 선인세를 고집하는 이유는
별다른 것에 있지 않다. 나 스스로가 돈 관리를 너무 못하기
때문에, 혹시나 나중에 작가님들께 인세를 못 드릴까봐
겁나서다. 당장의 지출은 많아도 일단 지급해 드리고 나면
나중의 일은 나 혼자 책임지면 된다. 망해도 나 혼자 망하자는
그런 마음이다.

그래서 뭐 얼마나 썼길래 유난이냐 하신다면 대충 중고차
한 대 값 정도가 쑥 빠졌다. 차가 없어서 정확히는 모르지만,

네이버에 검색해보니 '더 뉴 K3'라는 이름의 자동차 2018년식 정도는 살 수 있는 돈이다. 그것도 주행거리 10만km 미만에 후방 카메라랑 핸들 열선까지 옵션으로 들어가 있다! 세상에. 좀 충격이었다. 나는 그냥 돈이 없어서 차도 없는 사람인 줄 알았는데, 정확하게는 '나에게 쓸 돈은 없어서' 차도 없는 것이었다. 인쇄비와 인세가 다 빠져나간 내 통장엔 작고 소박한 한 달 생존비용만 남아있다. 이 돈으론 K3 사이드미러 한쪽 정도는 살 수 있을 것이다. 심지어 중고가 아닌 새 제품으로 말이다!

물론 큰 비용이 지출된 만큼, 새롭게 제작되는 책들을 열심히 팔면 될 일이다. 출판업은 목돈 넣어서 푼돈 벌어가는 일이라고 선배 출판인들이 그러지 않았나. 내가 선택한 일이니 징징거리고 싶진 않다. 그러나 사람 마음은 참으로 간사하다. 드문드문 '아 나도 큰돈을 만져보고 싶다'라는 욕심이 드는 건 어쩔 수 없다. 대출 상환일이 달력에서 사라지면 좋겠고, 아슬아슬한 신용점수도 넉넉하게 오르면 좋겠고, 월세살이도 끝내면 좋겠다. 이런 희망사항을 농담 반 진담 반으로 읊조리던 내게 애인이 한마디 한 적 있다. "그래서 그거 다 할 수 있는 대신에 책 그만 만들고 글 그만 써야 한다고 하면 그렇게 할래?"라고 물었다. 체념했다. 나는 이렇게 살 팔자구나. 불평하지 말자. 나에겐 K3 사이드미러 살 정도의 능력은 있다.

『하필 책이 좋아서』(김동신 외 2명, 북노마드, 2024)라는 책이 있다. 제목을 보자마자 혼자 끌끌끌 웃었다. 하 정말. 하필 책이 좋아서. 정말 하필이면 책이 좋아서 영원히 이 일에 속박되어 버리다니. 왜 하필 책이어야 하냐고 2019년의 나에게 돌아가 묻고 싶다. 이 세상에 '하필 에르메스가 좋아서'나 '하필 티파니 락뱅글 하프 파베 다이아몬드 세팅이 좋아서' 같은 말이 없는 걸 보면 모르겠냐고 따지고 싶다. 자승자박도 이런 자승자박이 없다. 내가 선택한 운명이니 잘 해내는 수밖에.

일상에서 시간이 남으면 세 가지 일을 한다. 첫째는 트위터♦, 둘째는 책 읽기, 셋째는 검색이다. 발코니 출간 도서 제목을 하루에 50번은 검색하는 것 같다. 멋지고 쿨한 작가님이나 출판사 대표님들처럼 '좋아할 사람들은 알아서 좋아할 것'이라며 여유롭게 대하지 못한다.

대형서점 홈페이지나 독립서점 판매 페이지에 달리는 리뷰 별점 개수까지 세면서 별 하나에 추억과 별 하나에 사랑과 별 하나에 쓸쓸함과 별 하나에 동경과 별 하나에 베스트셀러, 스테디셀러 하면서 가슴을 쓸어내린다. 그래서 요즘 검색창 검색 기록 상단은 '우주 여행자를 위한 한국살이 가이드북', '섹시한 슬라임이 되고 싶어', '발코니 출판사' 등이 고정돼 있다.

웃기게도 K3 중고차 한 대 값을 썼다며 한탄하고, 하필 책이 좋아서라며 자조하고, 이것이 내 팔자구나 하며 체념해도

♦ 나는 트위터를 절대 '엑스(X)'라 부르지 않는 마지막 인류 중 하나로 남겠다.

발코니 책이 좋다고 말하는 리뷰가 새로 업로드되면 그날은
종일 기분이 좋다. 그 응원의 말과 글이 마구 들어오는 날들이
있다. 오늘까지 버틸 수 있었던 이유는 그런 날들 덕분이다.
나뿐만 아니라 책을 만들고 글을 쓰는 사람들 다 똑같지
않을까. 돈 되는 일이 최고라 말하는 자본주의 사회에서
가장 돈 안 되는 일을 하고 있는 이유는, 돈 주고도 못 사는
것들을 얻고 있기 때문일 것이다. 조금 격한 표현으로 '개쩌는
책이다', 'ㅁㅊ 골 때리는 책이다'라며 칭찬해 주시는 분들도
다 소중하다. 이런 말은 최고 부자들도 못 들을걸? 개쩌는
이재용, ㅁㅊ 골 때리는 신동빈. 역시 이상하다.

　　월요일 저녁에 설거지하다가 문득 이런 걱정을 했다.
'연재 중인 「희석된 일주일」 구독자 수가 갑자기 절반으로
줄어들면 어쩌지?'라고. 갑자기 무서워서 손에 쥐고 있던
숟가락들을 놓칠 뻔했지만, 이내 정신 차렸다. 절반이라도
남으면 다행인 것 아니냐고 스스로를 다그쳤다. 세상에
읽을거리가 넘쳐나는 시대에 돈을 지불하며 내 글을 읽어주는
사람이 있다는 것. 이 사실 하나만으로도 적당한 성공은
이뤘다.

　　아마 특별한 기적이 일어나지 않는 이상 나는 일확천금
없이 평생을 잔잔하게 살아갈 것이다. 그렇게 사는 이야기는
「희석된 일주일」에 주 단위로 풀어놓고 있다. 너무 무거운
이야기도, 너무 가벼운 이야기도 아닌 적당한 그런 이야기들.

천 원 지폐 한 장 정도는 아깝지 않을 것들을 매주 잘
포장해서 배달하겠습니다. 일주일마다 「희석된 일주일」에서
뵈어요.

2024. 03. 08.

안녕하세요,
제가 그 책 작가인데요

밤산책방에 자주 간다. 본가에서 걸으면 5분 거리인 데다가
무인 서점이라 내향인에게 딱 맞다. 그리고 무엇보다 발코니
출판사 책이 거의 다 입고된 곳이니, 두근거리는 마음으로
간다. 책방이 있는 지하로 내려갈 때, 인기척이 들리면
기대감에 들뜬다. 혹시나 우리 책을 고른 손님이 계실까 봐.

지난주 주말 오후에도 갔다. 그날은 손님이 많았다. 둘씩,
셋씩 무리 지어 구경하는 손님도 있고 커다란 헤드폰을 낀 채
혼자 구경하는 손님도 있다. 나도 책을 고르며, 아니 고르는
척하며 손님들께서 어떤 책을 흥미롭게 보는지 곁눈질했다.
이건 정말 고난도의 행위다. 상대방이 불쾌하지 않게

관자놀이에 눈이 달린 것처럼 옆으로 파악하되, 절대로 1초 이상 집중하면 안 된다. 그렇게 시장 조사를 하고 있으면 우리 책을 집어 드는 손님이 꼭 한 분은 계신다.

나만 그런지 모르겠지만, 한 번씩 상상했다. 서점에서 책을 하나 골라서 살지 말지 고민하고 있는데 그 책의 작가가 다가와서 인사를 하는 것이다. 일단 기겁하며 놀라겠지만 책 속의 사람이 나와서 인사했으니 그건 살 수밖에 없겠지. 사인도 받고 "어떻게 이 책을 쓰셨나요?" 같은 뻔한 질문도 해볼 수 있지 않을까. 그러나 살면서 그런 일은 한 번도 일어나지 않았다. 작가를 마주칠 리 없다기보다는 아마 자신의 책을 보고 있는 독자를 발견해도 "어머 안녕하세요, 제가 그 책 작갑니다" 하는 저자가 드물기 때문 아닐까.

밤산책방에서 비슷한 일이 일어났다. 내가 쓴 책은 아니지만, 발코니의 책을 유심히 보던 손님이 성큼성큼 결제하러 가시는데도 아무 말을 못 했다. 사실 이상하지 않은가. 작가도 아닌, 그냥 그 책 만든 출판사 대표가 "안녕하십니까, 그 책 제가 만들었습니다. 아 아뇨. 제가 쓴 건 아니고 편집이랑 디자인을... 예... 거기 판권지에 발코니... 네네 책 맨 뒤페이지... 네... 그게 제가 운영하는 출판사거든요..."라고 한다면 정말 최악이다. 서로가 뻘쭘해서 하하하 하고 돌아설 게 뻔하다. 참고로 그 손님은 『상온보관의 마음』(진서하, 2022, 발코니)을 구매하셨다.

여러 권의 책을 쓴 입장에서 솔직히 말하자면 독립서점에서 내가 집필한 책을 구매하는 손님을 언젠가는 직접 보고 싶기도 했다. 아직 한 번도 없다. 혼자 상상은 많이 했다. 만약 마주한다면 뭐라고 말씀을 드릴까… 아니다… 말씀을 안 드리는 게 낫겠지… 아직도 모르겠다. 붙임성은 없고 겁은 많아서 그렇다. 그러니까 이런 생각까지 하는 것이다. 내 책을 집어 든 손님께 가서 "안녕하세요, 제가 그 책 작가입니다. 혹시 사인을 해드려도 될까요?" 하는 순간 손님께서 "네…? 아뇨 괜찮은데… 하시고 싶으면 하세요…" 하실까봐 상상만으로도 괴롭다.

사람이 얼마나 모순적이냐면 나는 정작 이런 마음이면서도 발코니 출간 작가님들께는 항상 말한다. "독자님께 적극적으로 다가가셔도 돼요 작가님! 작가님을 싫어할 사람 없습니다! 다 사인을 원해요!" 그런데 이건 또 진심이다. 우리 작가님들을 싫어할 사람은 없을 것이라는 확신이 있다. 하지만 나는 아니다. 그냥 그런 느낌이 있다. 어쩌라고 싶을 것이다. 나도 나를 모르겠다.

아, 주말 밤산책방에서 재미있는 대화도 들었다. 커플 손님께서 책을 구매하시고는 연정 작가님의 『섹시한 슬라임이 되고 싶어』 앞에 멈췄다. 한 분이 말했다.

"와 자기야 이 책 제목이 섹시한 슬라임이 되고 싶어래!
   너무 귀여워!"
"엥? ○○이 네가 진짜 섹시한 슬라임이잖아!"

　사랑이구나. 사랑이야. 아직 봄이라기엔 날씨가 쌀쌀한데
책방엔 벌써 완연한 봄이 찾아왔구나. 두 분의 사랑이
오래가길 조용히 속으로 빌었다. 좋은 말만 해도 부족한
시간을 굳이 할애하며 상처 주려는 사람들로 가득한 세상인데
오랜만에 타인의 다정한 대화를 들었다.
　이런 경험은 독립서점에서만 할 수 있다. 교보문고,
영풍문고 같은 큰 오프라인 서점에도 발코니의 책들이 있긴
하지만, 대부분 서가에 세로로 꽂혀있다. 대형서점에서 책의
표지를 정면으로 노출시키려면 꽤 많은 광고비를 지불하거나
서점 MD님과 꽤 많은 미팅을 가져야 한다. 그러니 자연스럽게
책의 옆면인 '책등'만 수천 권 노출된 곳에서는, 우리 책을 집어
가는 손님이나 우리 책의 제목을 가지고 다정하게 대화하는
손님을 만날 수 없다. 작은 출판사에게 독립서점은 이토록
소중한 곳이다.
　혹시나 밤산책방이 궁금한 분이 있다면 꼭 한번
방문하시길 추천해 드린다. 부산 광안리 해변 근처(부산 수영구
수영로510번길 42, 지하 1층)에 있으며, 무인 서점으로 24시간
운영된다.

깊은 밤에 잠이 오지 않을 때든, 한낮의 해를 피할 때든 언제든 갈 수 있다. 광안리에 오실 일 있으면 언제든 가벼운 마음으로 둘러보고 가시길 바란다.

2024. 03. 22.

나는 앞으로
몇 권의 책을 만들 수 있을까

독립출판사를 운영하며 가장 신경 쓰는 작업 중 하나는
아무래도 편집이다. 디자인도 중요하고 기획도 중요하고
다 중요하지만, 편집은 책의 색깔을 결정하는 과정이기에
특히나 어렵다. 편집은 '잘하면 티 안 나고 못 하면 티 나는
작업'이라고도 한다. 저자보다 너무 앞서가도, 또 너무
뒤처져도 안 되는 아슬아슬한 외줄타기.

　『섹시한 슬라임이 되고 싶어』는 저자인 연정 작가님과
오래 기획한 책이다. 작가님과 출간 계약을 맺고 계약금을
송금한 날이 2022년 11월 7일이었으니 거의 1년을 건너 책이
완성됐다. 작가님께서 두 번째 책에 싣고자 하는 원고 몇 편을

미리 보내셨고, 나는 당연히 출간 계약을 제안했다. 『내일은 내일의 해가 뜨겠지만 오늘 밤은 어떡하나요』의 마법 같은 흥행 이후라서 부담이 없는 것은 아니었지만, 단 몇 편의 글만 읽어봐도 놓치기 싫었다.

사실 나는 발코니의 출간 작가님들께서 다음 작품, 또 그다음 작품 역시 발코니와 계약하길 희망하실 때마다 감사함과 동시에 무거운 마음도 든다. 이 작은 출판사에 작가님들을 족쇄처럼 묶어두는 게 아닐지 하는 걱정이 가장 크다. 하지만 걱정보다 욕심이 앞서서 결국 출간 계약서를 조용히 내민다. 진서하 작가님이 그랬고, 연정 작가님도 이번에 그랬다. 작가님들께서 첫 책에 이어 다음 책까지 이곳에 맡길 때에야 비로소 나는 '작가님의 첫 책을 내가 허투루 작업하진 않았구나'를 깨닫고 안심한다. 성적표를 몇 년 만에 받는 기분이랄까.

11월에 출간 계약을 맺은 연정 작가님은 이듬해 여름까지 매주 한 편씩 원고를 보내주셨다. 서로의 약속이었다. 작가님은 매주 원고 마감. 원고를 받은 나는 매주 피드백 마감. 아주 길고 긴 티키타카의 결과물이 바로 『섹시한 슬라임이 되고 싶어』다. 이 책은 기획의도나 예상독자를 따로 설정하지 않았다. 오직 '연정'이라는 사람과 그 사람이 뿜어내는 에너지에 모든 걸 걸었다. 가끔은 치밀한 기획보다 직감이 더 정확할 때가 있다. 『섹시한 슬라임이 되고 싶어』도

직감이 잘 맞아떨어졌다. 부산 나락서점에 첫 입고된 사인본 100권은 하루 만에 품절됐다.

출간 계약 후 작가님 원고가 한 편씩 도착하고 있을 때, 문득 그런 생각이 들었다. 이번 신간에는 분명 작가님의 개인사도 깊게 서술되고 있는데 나는 작가님을 얼마나 알고 있는 걸까.

글에는 보통 쓰는 사람의 결이 묻어나는 편이다. 그렇다면 작가님의 결을 세상에 잘 내보여야 할 나는 그 결이 어떻게 삶에 새겨졌는지 얄팍하게라도 알아야 한다고 생각했다. 마침 창원에 방송 녹음을 하러 갈 일이 있었고, 약속 시각보다 일찍 출발했다. 연정 작가님의 어머니께서 창원에서 운영하시는 카페 '유러브'로 갔다. ◆

카페에 들어가자마자 "아이고 안녕하십니까? 제가 바로 발코니 대표입니다 어머니" 할 정도의 너스레 같은 건 내게 절대로... 없다. 지나가다 우연히 들른 손님인 척 커피와 빵을 주문하고 자리에 앉았다. 주문을 받아주신 분이 작가님 어머니인지 고용된 직원분인지는 전혀 헷갈리지 않았다. 누가 봐도 '아 연정 작가님 어머니구나'를 느낄 정도로 두 분은 닮았다. 이목구비가 똑같다는 게 아니라 사람에게서 뿜어져 나오는 분위기가 참 닮은 두 분이었다.

자리에 앉아 카페를 가만히 둘러봤다. 분주하게 일하며 손님을 대하는 어머니, 카페 한 편에 마련된 액세서리 판매대,

◆ 지금 유러브 카페는 다른 분께서 인수 후 운영하고 계신다. 연정 작가님의 어머니는 약 7년 동안 유러브를 홀로 운영하셨다.

손님들께 은근히 자랑하듯 놓여 있는 연정 작가님 책,
어머니와 작가님이 함께 찍은 사진 전시대. 눈길 가는 곳마다
귀여움이 가득했다.

　　이곳에서 작가님이 많은 시간을 머물렀겠구나, 어머니와
저렇게 사진도 찍으시는구나, 아 뭔가 이 네온사인 문구는
작가님이라면 극구 반대하셨을 것 같은데 아닌가? 오히려
작가님께서 권하셨을 수도 있을까 등. 이제야 작가님의 세계에
한 걸음 더 조심스럽게 들어온 느낌이었다.◆◆

　　유러브 탐방 후 이메일함엔 작가님 원고가 새롭게
들어왔고, 어머니에 관한 이야기였다. 책 속에 수록된 「24시
편의점, 물류창고」의 초고였다. 유러브에 조금 길게 머무른
그날 덕분에 나는 이 원고를 더 입체적으로 볼 수 있었다.
단순히 기술적으로 문장을 조율하는 게 아니라, 작가님이나
어머니가 어떤 마음으로 서로를 대했을지 한 번 더 고민한
후에 편집할 수 있었다. 이처럼 책을 편집한다는 건 저자의
세계관을 이해한 후 재설계해서 최고의 인테리어로 세상에
내보이는 일인 것 같다. 그걸 해가 갈수록, 출간 종수가
늘어날수록 느낀다.

　　때로는 너무 작가의 시선만 따라가느라 독자를 소홀히
하는 경우도 있으나, 그런 수준만 아니라면 나는 앞으로도
출간 작가님들의 세계에 지금보다 한 걸음씩만 더 가까이
다가가면서 글 속에 묻어나는 결을 최대한 이해하고 싶다.

◆◆ '오빠'로 시작하는 그 네온사인 문구는
　　훗날 알게 된 사실인데, 인테리어 업체의
　　일방적인 서비스였다고 한다.

한때는 좀 못난 생각이지만, 작가님들과 절대 가까이 지내지 않도록 경계했었다. 작가님들이 싫은 게 아니라 내가 혹시나 나중에라도 '대표'라는 권위로 상대방을 함부로 대할까봐 늘 무서웠다.

빈대 무서워서 초가삼간 다 태우는 사람. 인간관계에 있어서 초가삼간을 100채는 넘게 태운 것 같다. 적당한 선을 지킬 줄 알면서도 조금은 가깝고 열린 사람이 되는 연습을 30대 중반에서야 해내고 있다.

이 연습이 필요하다는 건 책 만드는 일을 시작하면서 깨달았다. 발코니가 없었다면 나는 지금 어떤 모습일지 상상하기 어렵다. "돈이 참 안 돼도 너무 안 된다, 큰일이다, 아이고 다음 달 또 어쩌나" 등을 입버릇처럼 해도 이 일을 놓지 못하는 이유이지 않을까. '책이 사람을 만든다'는 말은 어쩌면 나보다 훨씬 오래 일한 먼 과거의 편집자 선배들이 만든 말일지도 모르겠다. 그 선배들도 책을 만들면서 자신이 더 단단한 사람으로 성장한다는 걸 느끼지 않았을까.

『섹시한 슬라임이 되고 싶어』는 이 글을 마감하는 순간에도 계속 인스타그램에 회자되고 있다. 독특한 제목도 한몫했을 것이다. 작가님께서 출간 계약 전 보내주신 몇 편에 바로 이 표제작이 있었다. 제목과 내용을 보자마자 소리 내 웃었던 기억이 있다. 누군가를 틀에 가두는 말일지도 모르지만, 그래도 이 표현이 가장 적합했다. '참 작가님답다'고. 작가님을 상징하는 문장들로 가득했다.

처음 느낌을 믿기로 했다. 지금 독자님들처럼 나도 아무것도 모르던 상태에서 받았던 기분 좋은 충격을 제목에 실어내고 싶었다. 다행히 작가님도 동의해 주셔서 『섹시한 슬라임이 되고 싶어』라는 제목의 책은 넘실넘실 사람들의 책장으로 흘러가고 있다.

편집 후기라는 거창한 말치고는 너무 사소한 것들을 또 쓴 게 아닌가 걱정이다. 그래도 이 책을 제작한 사람으로서 『섹시한 슬라임이 되고 싶어』에 비밀스럽게 묻어 있는 시간을 간단하게라도 소개하고 싶었다.

살면서 볼 수 있는 보름달의 횟수를 세어본 故류이치 사카모토처럼, 나도 앞으로 내가 만들 수 있는 책의 종수를 세어볼 때가 있다. 나는 앞으로 몇 권의 책을 더 만들 수 있을까. 백 번째 책을 만드는 날도 올까. 아무리 해도 질리지 않는 이 일을 오래오래 진심을 다해 해보고 싶다.

2023. 10. 20.

사라지지 않는 것을
만드는 일

한때는 일주일에 적어도 두어 번, 많으면 닷새 내내 가던
가게들이 있었다. 부산에서 초·중·고, 대학교를 다 나온
만큼 뻔질나게 드나들며 웃거나 울었던 가게 소재지는 모두
부산이다.

　　얼마 전엔 20대 때 가장 자주 거닐던 동네에 찾아갔다.
애인을 처음 만났고, 취업 준비와 아르바이트를 했고, 탈락과
실패에 자주 절망했던 그런 동네였다. 대학가 근처라 밤도
낮 같은 곳. 너무 오랜만에 찾은 동네는 많이 바뀌어 있었다.
못 보던 가게와 새로운 건물을 둘러보고 있으니 이제는 내가
이방인이라는 게 실감 났다.

그래도 10년 가까이 그 자리를 지키는 가게들이 있었다. 그런 가게들을 하나씩 지나가다 보면 예전의 내가 보일 때도 있다. 내가 앉던 자리에 똑같이 앉아서 뭔가를 열심히 공부하는 사람이 있고, 내가 먹던 자리에 앉아서 누군가와 즐겁게 이야기하는 사람이 있다. 그럼 괜히 궁금해진다. 저 사람들은 또 어떤 삶을 살고 있을까. 저 사람도 저곳이 단골이라면, 나와 비슷한 사람들일까. 쓸데없는 생각을 잇다 보면 또다시 내가 이방인이라는 걸 깨닫게 만드는 새 가게가 눈앞에 있다.

사실 나도 스물다섯 살 때쯤 작은 가게를 운영한 적 있다. 다코야키 가게였는데 실제 주인은 친부였고, 나는 거기서 오후부터 다코야키를 굽고 판매하고 관리하는 일종의 매니저였다. 복잡한 가정사가 얽힌 그 가게에 대한 역사는 너무 구질구질하니 지워두고, 어쨌든 나는 그곳에서 일하며 다코야키 150알을 한 번에 구워낼 수 있는 숙련공이 됐다. 내 몫만 꼬박꼬박 챙겨 가자는 마음이었지, 열정도 애정도 없었다. 그렇게 1년 조금 넘게 운영하던 가게를 폐업하기로 했던 날, 자주 찾는 손님들께 폐업 소식을 건조하게 말하자 다들 아쉬워했다. 여기 아니면 또 어디서 사 먹냐며 안타까워하시는 모습들을 보며 괜히 죄송했다. 어쩐지 진심이 아니었던 사람은 나뿐인 것 같아서.

드문드문 찾던 손님들은 어느 날 갑자기 사라진 우리

가게를 보고 어떤 마음이 들었을까. 물어볼 수도 없는 질문이지만, 그에 대한 답은 뜬금없는 곳에서 찾을 수 있었다. 애인과 처음 제대로 된 데이트를 약속하던 날, 그러니까 사귀기 전 서로 알아가는 단계였을 때 그는 익숙한 사거리의 한 카페에서 앞에서 만나자고 했다. 그 카페의 주말 아르바이트생이라는 것이었다.

나는 나도 모르게 불쑥 "저 그 사거리 다코야키 집에서 장사했어요!"라고 했다. 애인은 "아 매번 타이밍이 안 맞아서 못 가다가 딱 가려고 마음먹은 날 폐업해서 아쉬웠는데 가게 주인이 여기 있었네요"라며 깜짝 놀랐다. 왜 갑자기 문을 닫았냐며, 그날 거기서 포장한 다음 광안리 해변에서 먹으려던 계획이 다 틀어졌었다며 한참 웃었다. 이런 대화를 나눴던 그때, 우리가 마주 앉아 웃던 곳은 한 수제 맥줏집이었다. 며칠 전 내가 이방인처럼 느껴지던 그 동네 맨 구석의, 작은 수제 맥줏집이었다.

그 당시가 생각나서 어슬렁어슬렁 걸어 괜히 맥줏집 자리에 가봤다. 유동 인구가 적고 맥주 가격이 대학가치고는 비쌌던 그곳이 과연 아직도 있을까 싶어 가봤는데, 있었다. 상호도 메뉴도 그때 그대로였다. 노후한 간판이 그동안 얼마나 많은 시간이 지났는지 보여주는 듯했다. 가게 바깥에서 조용히 사진을 찍어 보관했다. 언젠가 애인과 함께 부산에 오면 꼭 다시 가겠다고 마음먹었다.

공간이 남아있다는 게 이토록 고마운 일이라는 걸 꽤
오랜만에 깨달은 밤, 문득 발코니도 이런 곳이 될 수 있을지
걱정이 앞섰다.

독립출판사 발코니는 어느덧 7년 차에 접어든다. 앞서
나열한 가게들처럼 오고 가는 손님을 맞을 순 없지만, 이곳의
책을 찾아주는 독자님이 매년 늘고 있다. 발코니의 개업부터
지금까지 지켜봐 주시는 분도 있고, 조금 늦게 알았지만
누구보다 이곳을 아껴주는 분도 있다. 그런 응원에 보답하는
의미에서라도 발코니를 꾸준히, 오래 유지하고 싶은 마음이
크다. 하지만 현실은 언제나 마음과 다른 방향으로 움직여
다음 달의 상황부터 걱정하게 된다.

그럼에도 다행인 것은, 발코니의 책은 오래도록 남을
수 있다는 사실 아닐까. 한 가게가 사라지고 그곳이 새로운
공간으로 덮이면 기억도 사라지는 기분이지만, 책은 반드시
남는다. 아쉽게 발코니가 문을 닫더라도 이곳의 책만큼은
누군가의 책장에 긴 시간 머무를 것이다. 위로를 받았던
페이지, 인스타그램에 올렸을 때 주변에서 다들 좋아했던
문장, 선물로 나눴던 한 권 등이 한순간에 사라지지는 않는다.
이런 생각에 이르니 당장 다음 달이 어떻게 될지 모르더라도,
정말 문을 닫게 되더라도 지금의 한 권, 한 권에 최선을 다하다
사라지는 게 작은 독립출판사의 책임일 것이라고 다짐하게
됐다.

가만히 돌아보면 감사할 일이다. 한 가게의 메뉴 하나가 팔리는 것과 달리, 출판사의 책 한 권이 팔리는 건 손님의 책장에 긴 시간 동안 물리적으로 보관될 기억을 심는 것과 같으니 말이다. 발코니의 책들은 벌써 몇만 명의 책장에 꽂혀 무럭무럭 시간을 먹고 있다.

이방인이 된 것 같던 날 저녁, 실은 한 작가님과 만나 두어 시간 동안 새 책에 대해 편집 방향을 의논했다. 또 누군가의 책장에서 기억을 먹고 자랄 책이 지금 만들어지고 있다. 몇 년이 지나도, 삶의 결이 달라져도 독자님께 똑같은 모습으로 남을 책을 이번에도 잘 만들어 볼 요량이다.

사라지지 않는 무언갈 만들고, 그것을 찾아주는 사람이 있다는 게 행운이라는 사실을 잊지 않겠습니다. 오늘 이 글도 읽어주셔서 고맙습니다.

2023. 08. 18.

외롭고 몽롱한 즐거움

혼자 일한 지 꽤 됐다. 첫 취업이라 할 수 있던 시기가 2016년. 마지막 조직에서 나온 후 독립출판으로 들어온 게 2019년. 조직 생활보다 독립 생활이 더 오래된 셈. 조직 생활을 3년 정도만 해본 탓에 무엇이 더 '좋은 생활'인지 모르겠지만, 적어도 나에겐 독립이 알맞다고, 요즘 특히나 느끼고 있다.

직장의 장점은 아무래도 방파제가 있다는 사실일 것이다. 내가 실수해도 막아줄 사람이 있다. 상사에게 혼은 나더라도 회사의 존폐를 결정하지는 않는다. 총 책임을 나에게 맡기지 않을뿐더러, 하찮은 실수는 직속 선배 외에 아무도 모른다. 아주 큰 실책을 저질렀더라도 조직 시스템 안에서 충분히 만회할 수 있다.

하지만 독립출판사를 차리고 나서는 달랐다. '자유에 따른 책임'과 같은 뻔한 말이 싫긴 하지만, 정말로 자유에 따른 책임이 컸다. 내가 하는 말과 행동이 출판사의 운명을 결정지었다.

한 남성과 인스타그램에서 언쟁이 붙은 적 있다. 발코니 인스타그램 게시물에 남성의 성권력에 대해 언급했는데, 어떤 남자가 대뜸 억울하다는 하소연을 줄줄 뱉은 것이다. 지금 정확히 기억나지 않지만 대충 '요즘은 남자가 약자다'의 취지였다. 어이가 없어 열심히 반박했는데, 다음날 인스타그램에서는 해당 게시물을 일방적으로 삭제하고 발코니 계정을 일시정지시켰다.

그때 처음 체감했다. 내가 어디서 어떻게 하느냐에 따라 출판사의 생존이 좌우된다는 사실 말이다. 다행히 계정은 살아났지만, 언제 또 잠길지도 모른다는 생각에 늘 약간의 불안은 안고 산다. 그럼에도 불구하고 해야 할 말은 하고 살아야 속 편한 게 좀 웃기긴 하다.

여러 사건과 실패를 겪으면서 조금은 단단해졌다고 느낀다. 상황이 사람을 만든다. 머뭇거리면 빼앗기고 무한히 양보하면 기회를 잃었다. 좋은 게 좋은 거라는 식으로 넘어갔다가, 나중에 뒤통수를 맞는 일도 많았다. 지금이라고 해서 완벽한 건 아니지만, 출판사 개업 후 1~2년간은 심각할 정도로 무능했다.

사리 분별 능력이 없었다고 해야 할까. 한 번은
어떤 바이럴 마케팅 회사에서 발코니 브랜드를 열심히
띄워주겠다고 연락해 온 적 있다. 도서를 제공하면 자기
회사에서 고용한 블로거들이 열심히 서평을 남기는 식으로
작업이 가능하다고 했다. 6개월에 100만 원이면 충분하다고
했다. 하지만 그 회사는 출판사 대상 마케팅 실적이 하나도
없었다. 그런 점을 지적하자 돌아오는 답변은 기가
막혔다.

"그래서 저희가 사장님 출판사를 최초 성공 사례로
만들려는 거죠!"

홀랑 속았다. 100만 원을 결제했다. 처음의 패기와 달리
서평도 시원찮고 리뷰 작업도 이상해서 환불을 요청했더니,
계약서 조항 몇 개를 말하며 20만 원만 환불 가능하다고
했다. 그냥 내가 당한 것이었다. 지금 생각하면 어떻게 저런
바보 같은 말에 넘어갔을까 싶지만, 누구도 주목하지 않던
이 출판사에 약간의 호의를 보인다는 이유로 모두가 선해
보였다. 그걸 잘 구분하고 판단할 수 있을 정도의 통찰은 내게
없었다. 100만 원으로 잘 배웠다고 여겼다.

뭐 지금이라고 해서 대단한 전문가가 된 것은 아니다.
단지 처음에 비해 '그나마' 단단해진 것뿐. 누군가를 덜컥
믿었다가 혼자 분해서 가슴을 쓸어내리는 일이 최근에도
많다.

독립 노동이 외롭지 않다고 말하면 거짓말이겠다. 그러나 다수가 뛰어드는 프로젝트에 수차례 참여해 보니 차라리 외로운 게 낫다 싶다. 공동 저자에 참여하거나 출간 작가님과 협업하는 등의 작업을 말하는 게 아니다. 이해관계가 다른 5인 이상이 모여 큰 프로젝트를 기획하고 진행하는 일은 역시 나와 어울리지 않는다고 느낀다.

그리고 보면 '독립'이라는 말과 '외로움'은 떼려야 뗄 수 없는 관계 아닐까. 독립적이면서도 외롭지 않게 일한다는 것에는 어느 정도 어폐가 있다. 이걸 굳이 인정하지 않으려 해서 그동안 나 또한 독립출판은 왜 외로운 작업인지(이어야만 하는지) 의문을 표했던 것 같다. 스스로 선택한 길의 본질을 잊은 채로 말이다.

독립적으로 일한다는 건 몽롱한 목표를 향해 걸어가는 작업이다. 100%의 확신으로 이뤄진 목표란 세상에 존재할 수 없지만, 그래도 조직적으로 나아갈 때는 연대의 힘이 있다. 우리가 하나의 꿈을 향해 걸어간다는 사실을 조직원들이 느낄수록 명확한 목표로 바뀐다.

그러나 독립적으로 일할 땐 이 명확성이 없다. 불확실하고 몽롱한 목표를 세워두고 '망하면... 나도 몰라... 어쩔 수 없지...'라는 마음으로 걸어가야 한다. 이러한 걸음이 쉽지 않기에, 개업 당시 지역의 어느 북페어에서 마주했던 창작자 과반이 지금은 각자의 행복을 찾아 다른 길로 떠났다.

부디 출판보다 더 행복한 길을 찾으셨길 진심으로 바란다.

외로우면서도 몽롱한 일. 지금껏 경험한 독립 생활을 요약한다면 이와 같다. 외로움도, 몽롱함도 썩 마음에 들어서 나는 앞으로도 이 일을 계속하고 싶다. 그러려면 역시나, 지긋지긋한 자본주의 사회에서 이 일을 계속하려면 역시나, 먹고 사는 문제가 해결돼야 할 것이다.

글을 마무리하는데 카카오페이에서 메시지가 왔다.

"안희석 님, 대출금 갚느라 수고하셨어요! 남은 잔액과 신용점수를 확인해 보세요."

그래그래 수고했다. 앞으로도 어떻게든 되지 않을까. 7년 전보다는 많이 나아졌으니, 앞으로의 7년도 꽤 괜찮을지 모른다. 외롭고, 몽롱하게.

2024. 10. 18.

누구에게나 '처음'이 있기에

부산 마우스 북페어에 다녀왔다. 좀 더 정확히 말하자면 나는 이 북페어의 운영진 중 한 사람이자 부스 판매자였기에 단순히 '다녀왔다'라고 하기엔 살짝 어폐가 있을 것이다.♦ 그동안 북페어에 다녀오면 소셜미디어에 후기나 감상을 남겼지만, 이번엔 다른 이야기를 해볼까 한다. '처음'에 대한 기억을 당신과 나누고 싶다.

마우스 북페어의 첫 테마는 '우리들의 첫 책'이었다. 우리는 매일 처음을 만나며 살아간다. 처음 먹어보는 음식, 처음 맡아보는 냄새, 처음 느껴보는 미묘한 감정들, 처음 깨달은 것 등 수도 없이 처음을 헤쳐 나간다. 이런 일상과

♦ 마우스 북페어 운영진으로 참여하는 건 2024년이 마지막이었다. 그후 나는 마우스 북페어 운영진에서 자발적으로 나왔다.

감정을 모아 한 권의 책으로 만드는 사람들이 독립출판
창작자 아닐까.

　이번 마우스 북페어는 내게도 여러모로 처음인 경험으로
가득했다. 그중 한 장면을 꼽아보자면 아무래도 이해린
작가님께 전해드린 마우스 북페어 팀의 손편지일 것이다.
작가님께서 공개를 허락했기에, 이 책에도 간단히 소개할 수
있게 됐다.

　마우스 북페어 첫날이 종료된 후, 해린 작가님께서
블로그에 1일 차 후기를 남기셨다. 요약해 보자면 판매 실적이
아쉬워 작품 방향에 대해 고민하고 계시다는 것. 1일 차가
끝난 후 일찍 업로드된 후기가 없나 해서 이리저리 찾아보던
밤, 작가님의 후기를 가만히 읽고 있으니 내 경험들이 하나둘
눈앞을 스쳐 갔다.

　손님에게 말 한마디 붙이지 못했던 북페어, 이런 것도
책이냐던 손님이 있던 북페어, 겨우 두 권 팔고 울었던 북페어
등을 거쳐 여기까지 왔다. 그 시절 가장 서러웠던 건 단순히
내 책이 '안 팔려서'가 아니었다. 안 팔려도 좋으니 누가
관심이라도 가졌으면 하는 바람이 있었는데, 아무도 내 책을
들여다보지 않아서 속상했다. 그 마음을 누구보다 잘 아는
탓에 다음 날 해린 작가님 부스에 찾아갔고, 작품 설명을
부탁드렸는데 깜짝 놀랐다.

처음 듣는 소재와 콘셉트에 살 수밖에 없는 작품이었다. 공포소설『매미가 울지 않는 여름』(이해린, 독립출판, 2022)이다. 독립출판의 매력이 무엇인지 보여주는 소재와 만듦새여서 고민 없이 구매했다.

책을 구매한 후 자리로 돌아왔는데, 마우스 북페어 팀 운영진 단체 카카오톡방에 메시지가 떴다. 해린 작가님의 블로그 주소와 함께 '우리가 무얼 해볼 수 없겠냐'라는 제안. 그렇게 팀원들이 작가님께 응원 메시지를 쓰자는 의견이 모였다. 모두 바빠서 정신이 없으니 가능한 사람부터 펜을 잡았고, 그중엔 나도 있었다. 작가님께 어떤 편지를 전할지 그리 오래 고민하진 않았다. 그저 내 이야기를 전해드리고 싶었다.

발코니 개업 후 서울 북페어에 처음 참여했을 때를 떠올렸다. 어디인지 말할 수 없지만, 3일 동안 진행된 북페어에서 나는 내 첫 책을 딱 한 권만 팔고 돌아왔다. 맞다. 매우 슬펐고 내가 미웠다. 그때 했던 후회는 여러 가지다. 좀 더 친숙한 소재로 책을 썼어야 했을까? 여성혐오를 언급하지 말았어야 했을까? 남성 권력을 비판하는 게 너무 불편했던 걸까? 내용 문제가 아니라면 표지를 좀 더 예쁘게 만들어야 했을까? 아니야, 역시나 출판사 창업이 아니라 이직을 했어야 하나? 그럼 어디로 취직해야 하지?

서울을 떠나는 기차 안에서 내 마음을 스스로 여러 번

그었다.

　그렇게 다시는 북페어에 가지 말아야지 다짐 후 반년
뒤. 책방연희에서 그 책 주문이 여러 권 들어왔다. 처음엔
열 권이더니, 일주일 뒤엔 스무 권의 주문서가 도착했다.
무슨 일인가 싶어 책방연희 대표님께 여쭤봤더니 덤덤하게
답해주셨다. "책방 근처 독서 모임에서 이 책을 선정하셨다고
해요. 다들 좋아하시던걸요?" 그제야 나는 이해됐다. 모든
책에는 자기만의 시기가 있다고. 사랑을 먼저 받고 미움받을
수도, 미움부터 받은 뒤 사랑받을 수도, 사람을 끌다가도
밀어낼 때가 있다는 게 머리와 마음으로 이해됐다.

　이때의 기억을 작가님께 전하는 편지에 썼다. 다행히도
작가님께서 좋아해 주셨고, 마우스 북페어 팀과 작가님
모두에게 다정한 추억으로 남았다.

　　작가님, 안녕하세요. '희석'입니다. 처음 출판사를 열고
　　출전했던 서울의 한 북페어가 기억납니다. 그때 사흘 동안 딱
　　한 권을 팔았어요. 저는 제 책에 문제가 있는 줄 알았습니다.
　　　그런데 그로부터 반년 뒤, 한 독서 모임에서 그 책을
　　'이달의 도서'로 선정해 주셨어요. 비로소 생각했습니다.
　　모든 책에는 '시기'가 있다고요. 사랑받는 시기, 외면받는
　　시기, 사람을 끌거나 미는 시기가 존재한다는 것을 뒤늦게
　　알았습니다.

서울에서 한 권만 판매된 그 책은 단지 자기만의 시기를
아직 못 만난 것뿐이더라고요. 이제는 저도 이해가 되지만 그땐
참 속상했습니다.

작가님의 마음이 어떠실지는 쉬이 알 수 없지만, 작가님
책의 시기가 반드시, 정말 반드시 찾아올 거라 믿어요. 좋은
작품 감사합니다.

독자이자 창작동료 희석 드림

그날 내가 『매미가 울지 않는 여름』을 찾으러 간 건 어떤
시혜나 위로가 아니었다. 어차피 트위터에서 미리 알기도
했고, 작가님의 활동 자체가 궁금했다. 해린 작가님 외에도
궁금했던 여러 작가님께 북페어 동안 여유가 허락되면
찾아갔다. 물론 대부분 첫 책을 가지고 오신 작가님들이다.

누구에게나 처음은 있다. 이제는 출판 수강생 숫자를
정확히 헤아리기 어려울 정도인 나에게도 처음은 있었다. 그
처음의 길에 정말 작은 관심을 누가 가져준다면, 꽃은 조금 더
일찍 필 수 있다는 걸 경험으로 알고 있다. 내가 뭐라도 되는
건 아니지만 그런 새싹에 물 한 컵 슬쩍 붓고 지나갈 수 있는
사람이 되고 싶다.

문득 2019년 여름에 참여했던 생애 첫 북페어도
기억난다. '프롬 더 메이커즈'였다. 이제야 고백하지만 나는

창작자들이 서로의 부스에서 책을 사는 걸 보고 비뚤어진 생각을 했다. '어지간히도 팔았나봐... 저렇게 돈 쓰는 걸 보면'이라고 말이다. 참 별로다. 내 마음이 좁기도 했고, 돈을 더 벌어야 한다는 욕심 때문이기도 했다. '한 권이라도 더 팔고, 만 원이라도 더 벌어야 손해 보지 않는 장사'라는 생각만 내내 한 탓에 북페어를 즐기지 못했다.

창작자들이 서로의 책을 구경하고 사는 것은 그저 '돈이 남아서 사주는 것'이 아니라, 동료를 만드는 과정임을 그때는 몰랐다. 반짝 창작으로 끝내지 않도록, 앞으로 꾸준히 서로 응원하는 동료를 만든다는 게 어떤 의미인지 몰랐다. 아마 이번 마우스 북페어에도 2019년 여름의 나 같은 창작자가 계셨을 것이다. 하지만 그런 마음이 마냥 나쁜 건 아니라고 꼭 말씀드리고 싶다. 처음이니까. 누구에게나 처음이 있으니까.

몇 년이 지난 프롬 더 메이커즈 부스 배치도 파일을 열어보니 활동을 멈춘 창작자 이름이 많다. 발코니는, 나는 다행히도 운이 좋아 지금까지 남아있다. 아마 그때처럼 여전히 '이번 북페어에서 무조건 흑자'가 목적이었다면 살아남을 수 있었을까? 결말을 아는 상태에서 하는 상상은 무의미하겠지만, 계속 책을 만들지 않았을 가능성이 크다.

독립출판 창작자들이 갈수록 많아지고, 그들이 오래 경쟁자로 남아줬으면 한다. 그래야 나도 오래 버틸 수 있다. 독립출판은 독립이라는 이름에 걸맞은 일이다. 아무리

시끌벅적한 곳에서 작업해도 언제나 '혼자'라는 기분을 지울
수 없고, 꼭 한 번씩 '이게 과연 의미 있는 작업일까'라는
회의도 든다. 그럴 때마다 가까이는 아니더라도 멀리서 '아! 저
사람 여전히 열심히 작업하고 있구나'와 같은 생각이 들게끔
꾸준한 창작자를 발견한다. 그럼 어느새 나도 다시 일어설
힘을 얻는다.

마우스 북페어가 끝난 후 운 좋게 모두 앞에서 한 마디
건넬 기회가 운영진에게 주어졌다. 처음에 내가 하고 싶었던
말은, 출판의 미래에 희망이 보이지 않지만 버텨보자는
응원이었다.

하지만 "희망이"까지 말하는 순간 그 자리에 있는 모두의
눈이 반짝이는 게 보였다. 일확천금도 부귀영화도 안겨주지
않는다는 걸 누구보다 잘 알면서도 책 한 권에 진심을 다하는
사람들. 하필 책에 빠진 사람들. 그래서 나도 모르게 "희망이
있을 겁니다. 잘 버텨봅시다"라고 마무리했다. 어쩌면 그게
나도 모르는, 나의 진심이었을 것이다.

그렇다. 희망은 있다. 누군가의 처음이 계속 이어진다면.
그 처음을 누군가 꾸준히 바라봐 준다면.

2023. 12. 15.

모든 축제는 반드시 끝난다

단 한 권만 팔고 돌아온 북페어를 경험해서일까. 이제 어느 북페어에서든 판매가 저조해도 딱히 초조하지 않다. 내 인생 최저 매출이 한 권이니까, 한 권 이상만 팔아도 최악은 면하는 셈이다. 그런 내게 2024년 서울국제도서전 매출은 믿을 수 없을 정도로 거대했다.

이 책을 읽는 독자님께 솔직하게 말하자면, 2023년에 참여한 전국 모든 북페어 합계 판매량보다 2024년 서울국제도서전 5일 치 판매량이 훨씬 많다. 발코니의 작은 테이블 앞에 처음으로 사람들이 줄을 섰다. 기쁘면서도 당황스럽고, 전혀 실감 나지 않았다. '이 책들을 구매하시려고 지금 줄을 서고 계신다고...?' 싶어서 어안이 벙벙했다. 물론 판매된 책들이 많은 만큼 인쇄도 추가로 해야 했으니 그때 번 돈은 다 제작비에 쓴 탓에 '도대체 출판업에서는 누가 돈을 버는가' 개탄했으나, 새로운 독자님이 대폭 늘어났다는 게 너무 기뻤다.

기분 좋은 충격을 안고 호남과 영남을 왔다 갔다 번갈아 이동했다. 이 출판사도 오시는구나. 아 저 출판사도 여기 오시네. 오 저기도, 거기도. 눈에 익은 곳들이 보였다. 발코니 역시 누군가에겐 그렇게 보였을 것이다. 그러면서 자연스레 '지역'이라는 단어에 주목하게 됐다. 지역에서 열리는 북페어라는 건 과연 어떤 의미일까. 지역의 독자님들은 질릴 수도 있지 않을까. 이 지역의 북페어만이 내세울 수 있는 색깔을 만들어내려면 무얼 추구해야 할까. 서울의 트렌드를 지역으로 가지고 오면서, 행사 구성까지 비슷하다면 그것은 '지역 북페어'라 불러야 할까 '서울의 부대 행사'라 불러야 할까. 질문이 꼬리에 꼬리를 물었다.

왜 '북페어'인가?

독립출판사를 운영하는 입장에서 전국 곳곳에 북페어가 개최되는 건 진심으로 환영할 일이다. 작은 출판사는 독자와 마주하기 꽤 어렵다. 지역 북페어에 참여해야만 해당 지역 독자님과 한 마디라도 더 나눌 수 있고, 새로운 독자님을 만날 수 있다. 그런데 만약 지역의 북페어들이, 모두 비슷한 구성으로만 계속 이어진다면 해당 지역 독자님들은 훗날 어떻게 느끼게 될까. 여기서 말하는 '구성'이란 단순히 참가사 명단뿐만 아니라, 클래스, 강연, 기타 이벤트들을 말한다.

이런 생각을 하는 게 시기상조라 할지도 모르겠다. 그러나 한 2030년쯤 됐을 때 지역의 독자님들은 북페어 팜플렛을 딱 펼치며 생각하시지 않을까. '작년이랑 비슷하네'라고 말이다. 여기서 더 이어진다면 '올해는 바쁘니까 내년에 가야지. 내년에도 열리니까'가 될 수도 있다. 다른 건 다 그대로 두고 라인업만 바꾸던 모 음악페스티벌이 과거의 명성을 모두 잃은 것처럼 말이다. 나중엔 이런 말도 나올지 모른다.

"아 OO북페어? 거기 요즘도 가는 사람이 있어? 또 누구누구누구 오지? 나 거기 책 다 있어."

그러니까 중요한 것은 '이 지역에 이런 북페어를 개최한다'라는 사실에만 만족하면 안 된다. 이건 북페어를 개최하는 곳도, 그 북페어에서 책을 판매하는(나 같은) 출판 창작자도 마찬가지다. 2024년 서울국제도서전이 흥행한 건 정말로 하늘이 도왔다. 이를 기점으로 전국의 북페어가 곳곳에서 만들어지는 중인데, 이 기류가 몇 년이나 안정적으로 이어질까.

올해 지역 곳곳에서 떠오른 질문에 대해 내가 소심하게

내린 일차적인 해답은 '읽는 재미를 확실하게 줄 수 있는 북페어'가 돼야 한다는 것이었다. 새로운 책을 발굴하고 구매하는 것에 그치지 않고, 그 책들을 읽은 후에 '내년엔 이 북페어를 통해서 또 어떤 책을 읽게 될까' 기대하게 만들어야 하는 것. 그런 기대가 존재한다면 북페어 소식이 알려지자마자 달력에 표기하기 바빠질 것이다. 올해를 놓치면 큰일 난다는 심정으로 말이다.

사실 공공연하게 말하지는 않지만 누구나 알고 있다. 매년 우리 지역에 방문하는 '유명 출판사'이지만, 어쩐지 재작년부터 작년, 올해까지 비슷한 책만 계속 가지고 오는 곳들 말이다. 북페어 주최사들도 모르진 않을 것이다. 그럼에도 흥행이 보장됐으니까, 인스타그램이나 트위터 팔로워 수가 많으니까, 그동안의 명성이 있으니까, 북페어 관람객을 끌어모을 수 있을 테니까 등의 기대감 때문에 참가사 명단에서 쉽게 빼지 못한다. 그런 관행에 기댄 북페어의 생명력이 어디까지일지 이제 시험대에 오르고 있다.

부산 '마우스 북페어'는?

'그럼 당신이 운영진으로 참여했던 마우스 북페어는 그 해답을 증명할 수 있는가'라고 묻는다면 당당하게 답할 수 없다. 마우스 북페어 준비에 도움을 더했던 사람일뿐, 행사 자체를 좌우할 수 있는 입장이 아니었기에 내 해답을 적용할 수 없다. 하지만 이제 운영진에서 물러난 외부인인 만큼, 솔직한 자체 성적표를 써보자면 마우스 북페어는 북페어의 본질이 무엇인지 점검하지 못했다.

프롬 더 메이커즈가 부산에서 몇 년간 열리지 않는 동안, 마우스 북페어는 사실상 부산을 대표하는 독립출판 행사로 떠올랐다. 부산에서 열리는 타 북페어의 명성이 없었다는 뜻이 아니다. '독립출판'을 정확히 명시한 북페어 중 최근 부산에서 100팀 이상 규모로 열린 건 마우스 북페어가 유일했고, 이제 2회를 연 것치고는 꽤 많은 곳에서 언급된 것도 사실이다. 마우스 북페어 역시 부산이라는 점을 늘 강조했다.

그러나 마우스 북페어는 '왜 부산인가'에 대한 답을 2회에 걸쳐 진행되는 동안 말하지 않았다. 냉정하게 평가하자면 아름답고 예쁘고 근사한, '서울에서 열릴 법한 독립출판 축제'의 장소가 부산으로 바뀐 것뿐이다. 부산을 전면에 내건 것치고는 부산 활동가에게 가점을 주거나 지역 인프라를 효과적으로 이용하는 등의 모습을 보여주지 못했다.

또한 '왜 마우스인가' 역시 모호하다. 마우스 북페어는 지금까지 '작은 이야기들의 축제'를 메시지로 내세웠다. 부산을 상징하는 여러 동물이 있는데 왜 쥐를 선택했는지, 쥐와 독립출판의 연관성은 무엇인지, 단지 작기 때문에 쥐를 캐릭터 삼은 것인지 등 북페어의 공식 설명이나 세계관 설정이 없다. 이에 참여 창작자도, 관람객도, 심지어 나도 '왜

마우스인가'를 심플한 문장으로 정리하지 못했다. 당장 2회
차까지는 이러한 모호성을 덮어둘 수 있었겠으나, 장기적으로
봤을 땐 북페어의 의미를 잃은 채 무사히 개최하는 것에
급급할 수도 있다.

　　그밖에 북페어, 즉 책 판매 행사장의 기본기인 '평균
매출을 증진하는 방안'을 어떻게 해결할 것인가도 내실
있게 기획하지 않았고, 현장에서 노동한 모든 사람(운영진
및 스태프 등)에 대한 임금이 2회에 걸쳐 0원이라는 뼈아픈
실책 역시 존재한다. 이건 전 운영진으로서의 내부 고발이
아닌 자체 평가다. 또한, 현재 언급된 모든 사안들은 마우스
북페어 외부에서도 확인 가능한, 그야말로 눈에 드러나는
사실들이다. 이것보다 더 심각한 요소들은 언급하지도
않았다.

　　다만, 마우스 북페어의 이러한 문제들을 아무도
해결하려 하지 않은 건 아니다. 각자의 자리에서 최선을 다해
설득하거나 부딪히는 팀원들이 첫회 준비 때부터 존재했다.
그럼에도 마우스 북페어 내 존재하는 '운영 구조의 한계'는
개선책을 반영하기 어렵게 만들었다.

　　나는 이 한계를 적극 체감한 끝에, 내가 먼저 운영진을
그만두겠다고 선언했다. 그만뒀다고 해서 앞선 문제에 대한
내 책임이 없다는 것이 아니다. 나는 현장을 바꾸지 못해
나오된 사람에 불과하다. 한계를 무릅쓰고도 열심히 최선을

다했던 다른 팀원분들께 부디 비난의 화살이 가지 않기를
바란다.

　마우스 북페어는 결국 운영 구조의 한계를 개선하지
않거나, 관람객에게 어떻게 '읽는 재미'를 선사할 것인지
기획하지 못한다면, 긴 시간 유지되기 어려울 것이다.
긴장해야 한다.

끝은 어디일까?

　마우스 북페어 외에도 문제가 여실히 발견되는
북페어들이 있다. 비단 지역 북페어뿐만이 아니다. 수도권에서
개최되어도, 개최 경력이 오래된 곳이어도 심각한 문제를
표출할 때가 많았다. ◆

　문제 요소가 보이는 북페어들은 결국 '북페어의 본질'이
무엇인지 잊고 있었다. 북페어는 누가 뭐래도 '출간물을
중심으로 하는 행사'다. 요즘 특히 많이 보이는 추세 중
하나는, 대형 축제를 열어놓고 그중 한 코너로 북페어를 끼워
넣는다. 책도 하나의 콘텐츠이긴 하지만, 책은 별도의 독립된
행사로 준비해야 한다.

　책이 엄숙하고 고고한 존재라서가 아니다. 책은 다른
장르와 현장에서 융합되기 어렵기 때문이다. 출간물의 물성을
이해하지 못하고 '서울국제도서전 대박 났다며? 우리도
그런 거 행사에 하나 넣어!' 식으로 운영했다가는, 참여사도

◆　각 운영진 내부 사정을 정확히 모르기에 해당
　북페어들의 구체적인 행사명은 이 책에서
　언급하지 않는다.

관람객도 서로 불편한 상황이 만들어진다. 이런 행사장에 직접 참여해본 창작자들은 알 것이다. 행사 시작 후 몇 시간이 지나도록 '그래서 여긴 도대체 뭐 하는 행사인가' 싶은 생각이 든다. 그런 창작자들을 보는 관람객은 다가가기에 부담스러워서 얼른 지나치기 바쁠 수밖에 없다.

또한, 북페어를 '나의 성과'로 만들기 위해 개최하는 곳도 있다. 참여 창작자의 매출이나 관람객의 동선, 행사장 안에서 일어나는 연쇄적인 이벤트를 고려하지 않은 채 일단 무사히 열고 닫으면 끝난다는 식으로 운영하는 곳들이 있다. 창작자의 매출은 북페어가 고심해야 할 가장 큰 사안인데도, 이걸 두고 '돈을 추구하는 것은 예술이 아니다!'라는 답답한 소리를 하기도 한다. 돈을 추구하지 않는 북페어를 열고 싶다면 간단하다. 주최자가 모든 책을 직접 구입해서 '전시'를 열길 바란다.

북페어는 축제이자 시장이다. 두 특성을 동시에 수행하는 곳이라는 이해가 없으면 그저 주최 측의 기분만 좋은, 참가사는 주최 측의 기분을 위한 인테리어 소품으로 두는 북페어가 될 뿐이다. 매출이 일어나야 참가사들이 다음 작품을 만들 원동력을 얻을 수 있고, 다음 작품을 계속 만들어야 그다음 회차 북페어에 또 참여할 수 있다. 나의 성과만을 위한 북페어는 열리지 말아야 한다. 반복해서 말하지만, 그건 북페어가 아니라 개인 전시다.

2024년은 누가 봐도 북페어가 우후죽순으로 열리던 해다. 그래서 더 걱정이다. 진지한 고민 없이 열리는 북페어들도 덩달아 늘어나는 게 과연 창작자에게 득이 될 수 있을까? 우리는 지금 미래의 몇 년 치 축복을 다 끌어당겨 쓰는 중 아닐까?

부디 이런 걱정들이 아주 멍청한 기우로 끝나길 바라지만, 글쎄. 모든 축제에는 다 끝이 있다. 끝을 어디까지 미룰지는 축제 당사자들의 선택에 달렸다.

2024. 10. 25.

베스트를 대하는 마음

누구에게나 그런 시기가 있다. 이제 막 무언갈 시작하는 탓에 능력이 부족할 수밖에 없는 시기. 시간과 경험을 쌓으며 실력을 키우면 되지만, 간혹 그 시점에서 문제가 발생할 때도 있다. 새로운 세상을 접하며 커진 자신감 때문에 자기 실력을 과대평가하는 경우다. 누군가는 이걸 '더닝 크루거 효과'라 부르고 또 누군가는 '선무당이 사람 잡는다'라고 칭한다. 이런 때를 꼭 한 번쯤은 지나가게 돼 있다.

나 역시 수없이 이런 시기를 지나왔다. 가장 최근은 아무래도 발코니 개업 때가 아닐까. 독립출판사 발코니를 처음 열었을 때 인생 최대의 선무당 시절을 겪었다. 당시

순위권에 오른 모든 베스트셀러를 삐딱하게 바라봤다. 저런 책이 베스트라고? 하! 저 책보다 우리 책이 훨씬 의미 있는 이야기를 담고 있는데? 사재기해서 순위 올린 거 아닐까? 역시 출판사가 크니까 마케팅 비용에 투자해서 저런 거겠지?

책 세상에 대해 통달한 듯한 자세로 살았다. 잘 알지도 못하면서 베스트셀러들을 평가하기 바빴다. 이 책은 작가가 원래 유명하고, 이 책은 분명히 마케팅 비용을 억대로 투자했을 것이고, 이 책은 출판사가 커서 잘 되는 것이고, 이 책은 유명 캐릭터 에세이라서 베스트셀러가 된 것이라는 등. 마치 수십 년 동안 편집자로 살았거나 출판사를 운영한 사람과 맞먹는 실력을 갖춘 것처럼 책을 대했다. 마침내 이런 마음은 '어떻게 사람들은 이런 책을 좋아할 수 있는 거지?'라는, 편협한 생각에 이르렀다.

자기 시야가 좁은 줄도 모르고, 겨우 책 두어 권 만들어놓고 세상의 모든 책을 평가한다는 게 어찌나 우스운 일인지 이제는 안다. 무지에서 비롯한 자신감 때문이기도 하지만, 질투심이 더 컸다. 고작 일이백 권도 못 파는 발코니 책에 비해 연일 대중의 사랑을 받는 책이 부럽고 싫었다. 부러움과 질투를 감추려고 삐딱하게만 봤으니 타인의 눈에는 내가 얼마나 별로였을까. 그런 의미에서 발코니의 시작을 함께하면서 지금까지 독자로 남아주신 분께 늘 창피하고 감사하다.

책을 만든다는 것에 대해 알면 알수록 내 생각이 얼마나 잘못된 것인지 깨달았다. 지금은 모르는 게 너무 많다는 걸 매일 확인하고 있다. 편집에는 정답이 없다는 것도, 좋은 책의 기준은 누구도 명확히 제시할 수 없다는 것도, 혐오의 언어를 담지 않은 이상 책의 수준을 함부로 평가할 수 없다는 것도 안다.

특히, 베스트셀러에 대한 생각이 많이 달라졌다. '저 책이 왜?'라며 의문을 표하는 책이 있는 건 어쩔 수 없지만, 그 후의 행동을 다르게 하고 있다. 과거엔 의문 뒤에 비판만 했다면 이제는 이유를 직접 찾는다. 사람들이 좋아하는 이유가 분명하기에 베스트셀러가 된 것이고, 그 이유는 곧 세상 사람들이 지금 가장 원하는 메시지이기 때문이다. 이것은 취향이나 평가의 잣대로 가늠할 게 아니라, 이해를 위해 노력해야 한다고 마음을 달리 먹었다. 직접 서점에 가서 구매하거나, 시간이 조금 흐른 뒤 도서관에서 천천히 읽어본다. 그럼 어렴풋이 실마리가 잡힌다.

독립출판사를 운영하면서 대형 베스트셀러 책을 탐독하는 모습이 나쁘게 보일까봐 걱정한 적도 있다. 개성을 중시하는 독립출판사가 흥행을 좇는 게 모순 같았다. 그러나 결국 독립출판사도 많은 독자의 사랑을 받아야 존립 가능한 곳. 시대가 원하는 메시지를 독립출판사만의 방식으로 풀려면, 그 메시지를 직접 길어 올려 확인해야 할 것이다.

베스트셀러를 무조건 부정하는 건, 앞으로 발코니를 찾을지도 모를 미지의 독자를 부정하는 것과 같다는 마음으로 찾아 읽는다.

물론 발코니에서 모든 베스트셀러와 비슷한 색깔의 책을 만들 일은 없다. 다만, 베스트셀러가 호평받는 이유에 발코니의 색깔을 묻혀 새로운 책으로 만들 수는 있다. 책을 만드는 사람마다 다르겠지만, 개인적으로 책은 독자와 만났을 때 비로소 완성된다고 생각한다. 많은 독자를 만나고, 더 넓은 세계로 가는 책을 만들되 발코니만의 색깔은 지워지지 않게 유지하는 게 아마도 앞으로의 숙제일 것이다.

어쨌든 앞으로도 베스트셀러가 된 책들은 꼭 한 번은, 전부는 아니더라도 일부는 읽어볼 예정이다. 발코니가 지금보다 더 성장할 수 있게 열심히 연료를 넣어줘야지.

2024. 05. 17.

추신

그럼에도 한 가지 예외가 있다면 돈벌이에 대한 베스트셀러는 굳이 찾아 읽지 않는다. 오늘날 부자가 되려면 자본의 대물림이 있거나 타인을 합법적으로 착취해야 가능한 일. 그러니 책보다 혁명이 더 가까운 답일 것이다. 투쟁!

예술에는
얼마의 돈이 필요한가

약 한 달 동안 전업 작가의 삶을 살았다. 당연히 누가 후원해 주거나 복권에 당첨된 것은 아니다. 내가 썼던 책이 잘 팔린 덕분에 약간의 여유가 생겼다. 다른 일들을 추가적으로 하지 않고, 새 책 쓰기에만 몰입할 수 있었다. 『우주 여행자를 위한 한국살이 가이드북』이 갑자기 날개 돋친 듯 판매된 것이 원인이다. 일주일에 약 300권. 작은 출판사치고는 급하게 물량이 빠져나갔다. 이 책 덕분에 얼마간 전업 작가'처럼' 살았다.

　스스로를 예술가라 칭하기엔 언제나 민망하지만, 통상적인 경우를 말해야 하기에 예술가 단어를 빌리자면,

연초는 예술가들에게 너무나 힘든 시기다. 예술에 필요한 국가(혹은 재단) 지원 사업이 2월은 돼야 접수가 시작된다. 그럼 서류 심사와 면접 심사와 각종 증빙을 거치면 3월부터 슬슬 실비가 입금된다. 이것도 자유롭게 쓰지는 못하지만 그래도 통장에 숫자 여러 개가 찍힌 걸 보면 절망스럽진 않다.

문제는 그 달콤한 지원사업의 열매마저도 '합격'을 해내야 맛볼 수 있다. 예술에 대한 지원사업 심사 구조는 참으로 예술적이지 않은 게 함정이다. 노골적으로 말하자면 '진짜 예술적인 프로젝트'보다는 '기관 입맛에 딱 맞는 예술적 감각'을 보여줘야 합격한다. 답답하지만 어쩔 수 없다. 이거라도 잡아채야 다른 일들을 함께 도모할 수 있는 여유가 생긴다. 울며 겨자 먹기. 예술가들이 먹은 겨자를 한 통에 다 담아낸다면 그 용기는 지구보다 클 것이다.

그럼 지원사업이 전혀 없는, 대략 10월부터 3월까지의 대여섯 달 동안 예술가들은 무얼 하느냐. 둘 중 하나다. 자력으로 소규모 일거리를 계속 만들어내거나, 조용히 지출을 줄이고 숨도 죽이는 방법이다. 아 물론 비빌 언덕이 있거나 끝내주는 대물림으로 유복한 예술을 펼치는 이들은 굳이 이 글에서 언급하지 않았다. 부럽기만 한 그분들은 연말 행사를 자체적으로 열거나 멀리 오래 여행을 떠나는 편이었다.

아마 『우주 여행자를 위한 한국살이 가이드북』이 이렇게 잘 팔리지 않았다면 내가 했을 일들은 정해져 있었다.

소규모 클래스 여러 개 만들기, 북디자인 외주처 찾아다니기, 크라우드펀딩 프로젝트 열기 등 최소 월 150만 원의 수익이 나는 일을 벌여야 했다. 각 일들의 목적이 비단 수익 창출에만 있는 것은 아니다. 독자님과의 소통, 출판사 브랜드 확장, 디자이너로서의 경력 쌓기 등 여러 의미가 있지만, 그래도. 그래도 일단은 먹고 사는 것이 원초적 목적임은 어쩔 수 없다. 매달 돌아오는 대출상환일과 월세납입일은 예술적 낭만을 허락하지 않는다.

연말연시의 고비를 어떻게 넘기느냐가 한 해의 관건인데, 전업 작가의 삶을 체험할 때는 감사하게도 무탈히 지냈다. 당시 내 일상은 꽤 단순하다. 아침에 일어나서 밥을 차리고, 밥을 먹고 나면 글을 쓰고, 점심엔 도시락을 싼다. 도시락을 들고 도서관에서 공부 중인 애인에게 가서 같이 먹고 또 글을 쓴다. 저녁에 운동하고 다시 글을 쓴다. 정말 하루 종일 쓴다. 책을 포장해서 보내야 하거나 세금계산서 같은 걸 처리해야 할 때, 빨래나 청소 등 가사 노동 때가 아니면 매일 쓰고 또 쓴다.

이쯤 되니 '창작의 고통'이라는 말은 조금 두루뭉술하게 전달된 게 아닌가 싶다. 대개의 창작자들은 단순히 '창작 때문에만' 힘들지는 않았을 것이다. 창작하기 위해 생활비를 따로 벌어야 하고, 살림살이를 정돈해야 하고, 예술과 무관한 일들을 하느라 종일 기력이 빠져서 정작 아무것도 창작하지 못해서, 고통스러웠을 것이다. 추가적인 노동 없이 오직 집필

노동만 할 수 있던 때의 나는 너무 안락해서 아무리 쓰고 또
써도 고통스럽지 않다. 그런 의미에서 '대문호'로 불리며 종일
집필 노동만 하는 작가들이 1년에 작품 한 편도 못 쓰는 건
일종의 직무 유기다(죄송합니다).

　　문득 그런 생각이 들었다. '그럼 이런 복지를 달성하려면
도대체 예술가에겐 얼마의 돈이 필요한가'라고 말이다.
대형서점으로 일주일에 300권씩 책이 출고돼야 하고, 그 책을
내가 직접 써서 인세가 따로 들지 않아야 하며, 디자인까지
스스로 수행해서 추가 비용이 없어야 하는 환경이 갖춰져야
집필 노동만 하며 '한 달'을 살 수 있는 게 독립출판 예술의
현실이다. 새삼 독립출판 창작자들이 대단하게 느껴졌다.
다들 도대체 어떻게 창작하는 건지, 아니 그 전에 나 또한 무슨
정신과 체력으로 그 책들을 만들어낸 건지 돌아보게 됐다.

　　예술에는 돈과 시간이 필수다. 돈과 시간을 벌기 위해
다른 일을 하다 보면 이미 에너지가 소진된 상태다. 이에
예술에 집중하기 위한 여력을 따로 마련해야 하고, 그러다
보면 점점 지쳐서 창작을 포기하게 되기도 한다. 이 사실을
나는 영향력 큰 예술가들이 공개적으로 자주 말해줬으면
한다. 현실적인 이야기는 안 하고 자꾸만 자신의 창작
루틴이라며 살림살이는 쏙 뺀 낭만만 미디어에 퍼트리니까
'예술은 고고한 생활에서 만들어지는 것'이라는 오해가
양산되는 것 아닌가. 본인이 그 고고한 생활을 하기 위해

얼마나 자본을 갖췄는지, 시간을 벌 수 있도록 살림살이는
누가 다 맡아주는지 추잡할 정도로 솔직하게 말해주면
좋겠다.

자, 그렇다면 적당한 환경 덕분에 온통 글 쓰는 데만
집중할 수 있었던 내가 이제 두려운 것은 하나다. 그동안의
책과 다르게 전업 작가'처럼' 살며 쓴 글은 과연 독자의 마음에
얼마만큼의 깊이로 닿을 것인가 걱정된다. 『우주 여행자를
위한 한국살이 가이드북』은 겨우 시간을 쪼개어 썼던 글의
모음이다. 이와 달리 이번 책은 여유가 허락된 상태에서 쓴다.
두 책 중 무엇이 더 의미 있는 반응을 끌어낼지 겁나면서도
궁금하다. 예술에 돈과 시간이 필요하다고 주장하던 인간에게
진짜 돈과 시간이 주어졌을 때, 무엇을 만들어낼 것인지 나
스스로가 감독관처럼 지금 지켜보고 있다.

이 글을 매듭짓는 금요일 아침이면 편집 마무리에
접어들고 있을 것이다. 원고는 곧 독자의 시험대에 오른다.
이제는 돌이킬 수 없다.

2024. 02. 09.

추신

이렇게 완성한 책은 『우리는 절망에 익숙해서』였고,
이 책은 감사하게도 현재 중쇄를 거쳤다.

동네 작가 미니 북토크

스타 작가는 신간을 출간하면 북토크를 연다. 아니, 책이
나오는 날 출간기념회를 연다. 그것도 아니면 강연회를 연다.
여기서 말하는 스타 작가의 기준은 사람마다 다르겠다.
내게 스타 작가란 1쇄에 5천 부 이상을 찍는, 판매가 보장된
작가들이다. 그렇다면 나는 무엇이냐. 모르겠다. 굳이 이름을
붙인다면 동네 작가 정도가 아닐까. 어쨌든 스타 작가는
확실하게 아니다.

　　동네 작가에게는 북토크 기회가 흔치 않다. 그래서 책과
관련한 이야기를 어디 마땅히 풀어놓을 곳이 없다. 책 한 권을
쓴 사람이라면 누구나, 책에 담지 못한 이야기를 산더미처럼

품고 있는 편이니 답답할 때도 있다. 나도 마찬가지다. 그러나 등잔 밑이 어둡다고 했던가? 일주일 동안 내 글을 기다리는 「희석된 일주일」 구독자님이 있는데 답답할 이유가 없었다. 그래서 오늘은 이메일로 셀프 북토크를 해보기로 했다.

Q. 안녕하세요, 자기소개 부탁드립니다.

A. 네 저는 신간 『우리는 절망에 익숙해서』를 쓴 '희석'입니다. 독립출판사 발코니를 운영하고 있고요, 출판사 대표이자 편집자이자 디자이너이자 작가로 활동하고 있습니다. 매주 금요일 「희석된 일주일」이라는 구독 서비스를 통해 글을 보내드리고 있습니다.

Q. 굳이 본명 안희석이라고 하지 않고 '희석'만 쓰는 이유가 있나요?

A. 아시다시피 한국에서는 대체적으로 출생과 동시에 부계의 성을 받습니다. 요즘은 모계의 성을 받는 경우도 있기는 하지만, 큰 비율은 아닙니다. 저도 '안'이라는 부계의 성을 받았는데 그 성이 싫어서 행정 서류가 아닌 이상 성을 떼어내고 있어요.

Q. 『우리는 절망에 익숙해서』는 어떤 책입니까?

A. 제가 출판 강연할 때 수강생분들께 항상 강조하는 말이 있습니다. 책을 낼 때는 그 책을 설명할 수 있는 한 줄의 문장이 꼭 필요하다고요. 사람이 참 모순적인 게, 그토록 강조해 놓고 정작 제 책 앞에서는 '어떤 책'인지 늘 설명하기 어렵습니다. 그럼에도 꼭 한 줄로 설명해 보자면, 이렇게 말할 수 있겠네요. 이번 책은 '시민권을 잃은 사람처럼 방치된 '우리'에 관한 이야기'입니다.

Q. 시민권을 잃은 사람 같다는 게 어떤 뜻인가요?

A. 저는 행정적으로 대한민국 시민이 맞기는 한데 정말로 시민으로 취급되는 의아할 때가 많았습니다. 정부나 정당, 즉 한국을 운영하는 주요 정치 집단이 시민을 위해 일하지는 않는 것 같았거든요. 권력과 재력을 갖춘 이들끼리 다투다가 여유가 생기면 자기 울타리 바깥에 관심 기울이는 꼴을 평생 지켜봤습니다. 이에 꼭 그들의 울타리에서 벗어난, 시민권을 잃은 기분이 들더라고요.

Q. 그럼 '우리'라는 건 어떤 사람들을 뜻합니까?

A. 저처럼 시민권을 박탈당한 것 같은, 혹은 저와 비슷한
1990년대생들, 그밖에 제 의견에 동조하는 여러 시민
동료를 묶은 포괄적 범주입니다. 저는 책이라는
매체가 꼭 모든 사람에게 동의를 구해야 마땅하다고
생각하지는 않습니다.

　　어떤 사람은 『우리는 절망에 익숙해서』를
읽고 나서 "난 아닌데? 이건 틀린 말인데? 작가가
헛소리하는데?"라고 하실 수도 있습니다. 이제는 꼭
그런 분들까지 열심히 설득하고 싶지는 않습니다. 제
설득이 통할 리도 만무하고요.

　　그저 제 의견에 100%는 아니더라도 어느 정도는
고개를 끄덕이며 공감하는 분들과 함께 읽고 싶어서
'우리'라는 범주를 강조했습니다.

Q. 구체적으로 어떤 내용이 등장합니까?

A. 책은 1996년부터 출발합니다. 그때부터 제가
오늘날까지 살아오면서 마주했던 한국의 여러 모습을
풀어냈습니다. 외환위기와 금융위기로 청소년기를
채웠던 시절 이야기, 강남역 여성혐오 살인사건을
묻지마 살인으로 덮어두던 정치권 이야기, 탄핵
이후 촛불 정부가 들어섰지만 그 후에 과연 무엇이

달라졌는지 묻는 이야기, 윤석열이라는 역사상 실책에
대한 이야기 등을 실었습니다.

Q. 페미니즘 이야기도 나오던데요?

A. 맞습니다. 하지만 남성 화자가 '페미니즘은 어떻고
저떻다'라고 말하는 것을 개인적으로 의아하게
생각하는 편이라, 정확하게는 '한국 남자들의
여성혐오'에 대해 썼습니다. 앞서 언급했던 강남역
여성혐오 사건도 여성혐오를 부정하는 한국 남자들에
의해 '묻지마'로 종결된 사건입니다. 해당 사건 외에도
페미니즘의 '페'자만 나오면 부들대던 옛 동성 친구들,
쌍도남이라는 단어에 발끈하던 남성 예술가 등 여러
사례를 넣었습니다.

Q. 사례에 등장한 당사자들이 이 책을 읽고 나서
   항의하지 않을까요?

A. 그 사람들이 이 책을 읽을까요? 이 책이 아니더라도
책이라는 것을 읽을지 잘 모르겠습니다. 혹시나
기적적으로 『우리는 절망에 익숙해서』를 읽고 저에게
항의한다면 기쁘게 들어주고 싶습니다. 저는 제 책을
향한 원색적인 비난이나 감정 섞인 비하 발언들을
잘 모은 후, 오프라인 북토크에서 독자님과 함께

읽거든요. 콘텐츠가 쌓이는 거라 오히려 즐겁습니다.

물론 이런 여유로운 마음을 가질 수 있는 건 제가
'남성 작가'이기 때문입니다. 여성 작가의 책에서 같은
내용이 노골적으로 등장했다면, 저자 신변이 위험해질
수도 있습니다. 이 점을 항상 잊지 않으려 합니다.

Q. 정치 이야기가 나온다고 했는데, 그럼 국민의힘과
더불어민주당 중 어느 쪽을 지지하는 편입니까?
A. 둘 다 지지하지 않습니다. 이유는『우리는 절망에
익숙해서』에 나옵니다.

Q. 정치라는 말만 들어도 머리가 아픈 분들은 이 책을
싫어하지 않을까요?
A. 그건 아니라 생각합니다.『우리는 절망에 익숙해서』는
국민의힘과 더불어민주당 중 누가 더 나쁘고
착한가, 어떤 정치인이 더 최악인가를 논하지
않습니다. 지나간 시간을 돌이켜 보면서 한국이
어떤 나라였는지, 우리가 사는 세상이 얼마나 기득권
중심이었는지 제 개인 경험을 통해 말하는 책입니다.
정치에 관심이 없거나 정치가 싫은 분도 어느 정도
공감하며 읽을 수 있을 것입니다.

Q. 현재 인터뷰 일자 기준, 책이 세상에 나온 지 일주일
　 정도 됐는데 반응이 어떻습니까?

A. 판매가 어느 정도 되는 거 같기는 한데, 신기하게도
　 교보문고 광화문과 강남 지점에서 많이 나가고
　 있습니다. 묘한 기분입니다.

　　　독자님 반응은 아직은 모르겠습니다. 전작『우주
　 여행자를 위한 한국살이 가이드북』은 굉장히 가벼웠던
　 반면,『우리는 절망에 익숙해서』는 가볍지는 않아서
　 독자님 반응이 좀 늦을 것 같습니다.

　　　언론 반응은 꽤 빨리 나왔습니다. 최근
　 〈경남신문〉 책 섹션에『우리는 절망에 익숙해서』가
　 톱 기사로 보도됐습니다. 기자님께서 책의 포인트를
　 잘 짚어 주셔서 감사했습니다. 이렇게 책이 언론에
　 보도될 때면 '아 내가 완전히 빗나간 소리를 하진
　 않았구나' 싶어서 다행스럽게 생각합니다.

Q. 책을 쓰면서 가장 걱정했던 점이 있나요?

A. 어이없게도 제작비입니다. 종잇값과 인쇄제본
　 비용이 많이 올라서 너무 장황하지 않게 쓰려고
　 노력했습니다. 문장 호흡을 짧게, 그림이나 도표는
　 제거, 중복되는 것 같은 챕터는 하나로 합본 등 제작비
　 절감에 힘썼습니다. 아무래도 집필 후 디자인과

편집까지 직접 하는 만큼 전체적인 판을 머릿속에
그리며 작업했습니다.

Q. 작가님의 글을 평소에 즐겨 읽는 독자님께
   추천하시나요?
A. 추천한다기보다는 한 번쯤 읽어보시길 부탁드리고
   싶습니다(그게 같은 말 아니냐고 하신다면 네... 맞아요).
   13,800원이라는 금액이 아무렇지 않게 쓸 수 있는
   돈은 아닙니다. 그러니 구매가 부담스러우시면
   인근 공공도서관 '희망도서'로 신청한 후 읽을
   수도 있습니다. 아, 윤석열 정부가 독서 예산을
   삭감해버려서 도서관 희망도서 예산이 온전할지는
   모르겠네요. 가급적 빨리 신청하시는 편이 좋지
   않을까 합니다.

Q. 그밖에 더 남길 말이 있습니까?
A. 아주아주 많지만, 너무 길어지면 읽는 입장에서도
   지루할 것입니다. 더 깊은 이야기는 언젠가 오프라인
   북토크 기회를 얻으면 그때 작정하고 해보겠습니다.
   긴 이야기 읽어 주신 독자님께 감사드립니다.

<u>2024. 03. 29.</u>

추신

이후 실제로 경기도 수원의 독립서점 '오평'에서
오프라인 북토크를 열었다. 오평 대표님의 초청으로
이루어진 자리였고, 여러 즐거운 말과 표정이 오갔다.

발코니 세계

어린 시절의 나는 친구를 집에 초대한 적 없다. 다 같이 해야 하는 숙제, 생일파티 등 일종의 공식적인 자리가 아닌 이상 우리 집에 친구가 놀러 온 경우는 없었다. "우리 집 가서 놀래?"라는 그 흔한 한마디를 하지 못해서 내가 가지고 있는 장난감이나, 아끼는 물건이나, 해리포터 전집이 예쁘게 꽂혀있는 장면 등을 가까운 친구에게 보여줄 수 없었다.

"오늘 너희 집 가서 놀아도 돼?"라는 말에 거절도 여러 번. 거절에 거절이 거듭되면 아이들은 결국 포기하게 된다. 우리 집은 누구도 쉽게 드나들 수 없는 성역 같은 게 돼 버렸고, 자연스럽게 속을 알 수 없는 친구 중 하나가 됐다. 속상하기도 했으나 어쩔 수 없었다. 내가 소중히 여기는 친구들이 우리 집의 불쾌한 존재, 아버지라는 인간을 만나게 하기 싫었다.

친부는 항상 집에 있었다. 성실함과 거리가 먼 사람이었다. 법의 경계를 잘 피해 사기 혹은 횡령을 하거나, 자신을 전적으로 믿어주는 사람을 배신해 돈을 벌었다. 그것들을 '사업'이라는 변명으로 당당하게 이어왔다. 고정적인 출퇴근이 없고 일거리나 놀거리가 생기면 나가는 사람이었다. 집에서는 술을 마시거나 낮잠을 자거나 또 술을 마셨다. 나중엔 그 사업이 완벽하게 망해서 집을 팔아야 하기도 했다. 어쨌든 그런 사람을 친구들에게 보여줄 수 없었다.

초대를 하지 않는 사람은 초대받는 것도 어려워한다. 유년 시절을 저렇게 보낸 탓일까. 대학교에 입학해서도 비슷했다. 다들 한 번쯤은 가서 놀아본다는 동기의 자취방에 나는 정말 필요한 경우를 빼고는 가지 않았다. 물건을 같이 옮겨준다거나, 조별 과제 때 필요한 책을 빌리는 등이 전부였다. 친구나 선배의 자취방에서 10분 이상 머물지 않았다. 타인의 자취방, 혹은 타인의 집은 너무나 어색해서. 바닥이 온통 뾰족한 가시로 가득 차서 언제나 도망치듯 피했다.

지금은 연을 끊은 옛 동성 친구들 중 한 명은 항상 자기가 혼자 사는 집으로 나를 초대했다. 장사를 하는 친구였는데, 장사가 끝나면 본인은 밖에서 시간을 보내기 싫다며 무조건 자기 집으로 가야 한다고 했다. 나는 누군가의 집에 오래 머무르는 게 거북하다고 해도 막무가내였다. 결국 그 친구의 집에 강제로 초대될 때마다 딱히 기쁘지 않은 기분으로 시간을 보냈다. 돌이켜보면 참 어리석었다. 그것을 참는 게 우정인 줄 알았다. 이젠 그러지 않는다.

평생 누군가의 초대를 받거나, 누군가를 초대할 일이 없다고 생각했는데 별안간 인생이 달라졌다. 꼭 물리적인 공간, 실체가 있는 집으로만 초대할 수 있는 것은 아니다. 이제 나에겐 발코니라는 작은 공간이 있다. 매일, 모르는 사람들을 이곳으로 초대하고 있다. 소파와 침대와 TV 등이 있는 집은 아니지만, 작가님과 내가, 혹은 나 홀로 잘 꾸민 한 권의 책에 타인을 초대하고 있다.

때로는 바깥으로 나가서 가로 120cm, 세로 60cm의 북페어 판매 테이블에 발코니 세계를 만들어 사람들을 초대한다. 오는 분들을 환대하고, 떠나는 분들의 안녕을 빈다. 긴 세월 누구의 초대도 하지 않았던 날들이 발코니를 시작한 후 단 몇 년 동안 다 채워졌다. 보잘것없는 내 삶을 소설로 써본다면 유년 시절의 초대 이야기는 아마 복선이 됐겠지.

그동안 이 출판사로 사람들을 초대하고 있다는 생각은 하지 못했다. 그러다 얼마 전 서울국제도서전 중에 갑작스럽게 떠올랐다. 닷새간 15만 명이라는 어마어마한 인파 중 발코니에 다녀간 사람들이 있다는 것 자체가 신기했다.

문학동네, 민음사 등 유명한 출판사가 아니라 존재 자체도 몰랐던 곳에 방문하는 분들이 있다는 게, 작은 출판사인데도 지난 몇 년간 꾸준히 지켜봐 오신 분들이 있다는 게 항상 새삼스럽고 감사하다. 이젠 나도 초대하고 싶은 사람들, 환대하고 싶은 사람들로 가득하다.

책은 한 사람의 세계와 같다. 짤막한 한 줄이 아니라, 적어도 수십 페이지에 이르는 긴 이야기를 꾸리려면 그 사람의 세계가 녹아들 수밖에 없다. 결국, 내 집보다 더 내밀한 곳으로 타인을 초대하는 셈이다. 나도, 당신도, 모두가 각자의 초대장을 받고 각자의 세계로 들어가고 있다. 지금 이 책처럼 말이다.

글을 마감할 때쯤이면 나는 전주로 떠날 채비를 마쳤을 것이다. 국제도서전의 피로가 아직 완벽히 풀린 것은 아니지만 전주 지역의 독자님을 초대하러 떠난다. 일요일까지 이어지는 전주책쾌에 다시, 발코니의 공간을 열어둘 예정이다. 방문하는 분의 반가운 얼굴과 떠나는 분의 즐거운 뒷모습을 보면서 가상의 방명록을 차곡차곡 채울 수 있을 것이다.

아직 집도, 차도, 사회가 인정해주는 자산 무엇도 없지만 적어도 내겐 책이라는 공간, 발코니라는 공간만큼은 있다. 이것으로 충분하다.

저와 작가님들이 함께 만든 초대장을 받아주신 독자님, 늘 감사드립니다. 쉬고 울고 웃고 마음껏 이야기하다가 가서요.

고맙습니다.

2024. 07. 05.

추신

이 글을 쓴 해에 나는 전주책쾌에 처음 참여했다.

전주책쾌의 첫 손님은 다름 아닌, 오래전 내 책을 가지고 사인을 받으러 오신 독자님이었다. 그 한 분만으로도 나는 전주해서 해낼 수 있는 모든 걸 이뤘다고 생각했다.

마감 처방전

'희석된 일주일'이라는 연재명을 선택할 때 살짝 고민하기도
했다. 일주일에 한 편을 도저히 못 쓰는 경우가 찾아오면
어쩌나 싶었다. 그것도 한 달 만에 '아 구독자 여러분
죄송합니다. 이게 생각보다 어려운 일이네요. 잠시만 쉬고
올게요'라고 헛소리할까 봐 얼마간 긴장했다. 다행히도 그런
일은 일어나지 않았다.

　　가슴에 손을 얹고, 진실되게 고백하자면 「희석된 일주일」
연재가 힘든 적은 한 번도 없었다. 매주 할 말이, 쓸 글이
생긴다는 게 나도 신기하긴 하지만, 이건 모두 꾸준하게
구독해 주시는 분들 덕분이다. 한 달에 얼마간의 돈을

지불하고 글을 기다리는 사람들이 한두 명도 아닌 몇십 명이라는 사실에 새삼 놀랄 때가 있다.

그렇다고 매주 술술 글이 써진 것은 당연히 아니다. 가끔은 '와 이번 주 도대체 무슨 글을 써야 하지?'라는 생각에 점심밥을 먹다가도 먹먹했던 적이 있다(소화능력이 괜찮은 몸뚱이라서 체하진 않았다). 걱정과는 달리 아무리 늦어도 목요일 저녁 전엔 글이 다 마감됐다. 어떻게든 해내서 이메일 예약을 걸고 나면 생각한다. '다음 주는 반드시 월요일에 다 마감해버리겠다'라고. 역시나 허세에 불과할 때가 대부분이다.

목요일 점심까지 글이 떠오르지 않을 땐 극약처방을 내린다. 작가마다 다르겠지만, 나에겐 세 가지 무기가 있다.

첫 번째는 산책. 일단 나간다. 음악이나 팟캐스트를 틀지 않고 휘적휘적 걷는다. 집 근처 공원을 뱅뱅 돌거나 마트까지 걸어가서 간단하게 장을 본다. 그럼 자연스럽게 무얼 써볼지 조금씩 떠오르고, 그걸 집에 돌아와서 정돈하면 2천 자 정도가 완성돼 있다.

두 번째는 매주 도착하는 「시사IN」 읽기다. 꼭 사회적 이슈나 정치적 사건을 주제 삼지 않더라도, 세상 돌아가는 꼬라지(요즘은 꼬라지가 맞다)를 보고 나면 여러 생각이 떠오른다. 내 글쓰기의 원동력은 주로 '분노'이기에 뉴스만큼 잘 타오르는 불쏘시개가 또 없다. 정치/사회 섹션을 지나 문화 섹션까지 읽고 나면 하고 싶은 말들이 떠오른다. 그 말들을 몇 줄의 문장으로 써보면 대략의 주제가 정해진다. 다른 날보다 조금 더 뾰족했던 글은 「시사IN」을 읽은 날이다.

마지막 세 번째. 그 어떠한 짓을 해도 소용없을 때 쓰는 방법이다. 책장 앞에 서서 시집만 모아놓은 곳으로 손을 뻗는다. 그중 아무거나 집어서 아무 페이지나 펼친다. 무작정 시를 읽고 또 읽은 다음, 첫 페이지로 돌아간다. 다시 천천히 읽는다. 그럼 어느새 거짓말처럼 내가 잊고 있던 문장과 단어와 각종 마음들이 떠오른다.

시라는 것은 참으로 어렵고 쉽고 묘하고 복잡하고 단순하다가 어이없고 짜증 나고 고마운 존재다. 시를 잘 안다고 말할 수 없고, 사실 시를 잘 아는 사람이 세상에 존재하기나 할까 싶지만, 어쨌든 나는 시를 좋아한다. 시 읽기에 있어 초보 중의 초보라 문보영 시인님 같은 분의 작품은 '에...? 무슨 말인지 모르겠습니다 시인님... 저는 멍청입니다...' 상태로 읽지만, 그나마 내 마음에 맞게 읽는 시들은 몇 편 존재한다. 그 시집들을 주로 펼친다.

여러 시집이 있지만 아무래도 가장 많이 읽은 건 최승자 시인의 『이 시대의 사랑』(최승자, 문학과지성사, 1999) 아닐까. 처음 읽었을 때의 충격이 아직도 생생해서, 이 시집은 펼칠 때마다 마음이 서늘하다. 표현이 빈약해서 걱정인데 굳이 말해보자면 사포를 씹는 기분이었다. 씹으면 씹을수록 입안을 다 갉아버리지만, 다 씹고 나면 모든 게 맨들맨들 깎여 부드러운 상태가 되어버린다고 해야 할까. 어쨌든『이 시대의 사랑』을 펼치는 것은 늘 새롭다.

　그럼 애초에 글이 안 써질 때 곧바로 시집을 펼쳐보면 되지 않을까?!?! 라는 생각으로 시도해봤지만, 희한하게도 통하지 않았다. 결국 내가 얻을 수 있는 모든 방법을 동원해도 적당한 언어를 찾지 못할 때가 돼서야 시는 길을 열어주는 것 같았다. 이렇게 말하니 퍽이나 괜찮은 글을 쓰는 사람인 양 거들먹거리는 것처럼 보일지 모르지만... 경험상 그랬다.

　단어의 정확한 뜻을 알려주는 것이 국어사전이라면, 표현하기 어려운 감정을 언어로 붙잡아주는 것이 시집이라고 나는 생각한다. 어떻게 보면 나에겐 감정 사전과 같다. 이게 지금 당신의 기분이라고, 당신의 마음을 몇 줄의 시로 써보면 이러하다고 알려주고 있다.

　총 세 가지 방법을 다 써도 아무것도 써지지 않는 날은 찾아오지 않았다. 그러나 안심할 수는 없다. 언젠가는 키보드 위에 손만 올려놓고 몇 시간 동안 멍하니 있을 수도 있다. 그래서 책이나 영화나 각종 콘텐츠를 꾸준히 챙겨보고, 익숙한 길을 살짝 돌아서 가는 등 일상에 여러 가지 변주를 주는 편이다. 그래도 '못 쓰는 상황'에 대한 불안은 늘 잔잔하게 가지고 있다.

　글쓰기로 밥벌이를 나름 오래 하다 보니, 어떻게 하면 글을 '잘' 쓸 수 있느냐고 여쭤보는 분들이 많다. 죄송하게도

나조차 내가 '잘' 쓴다고 생각하지 않아서 딱히 방법을
알려드리기 어렵다. 하지만 "저도 몰라용"이라고 하면 너무
무책임하니까 몇 가지 말씀해드리기는 한다. 필사하기,
말하듯이 써보기, 문장을 짧게 서술해보기 등을 짚어드리는
편이다. 물론 이런 방법들은 단기적으로 효과를 보는,
고카페인에너지드링크 같은 방법이다. 쉽게 사라지지 않도록
실력을 키우는 최우선 방법은 역시나 '많이 읽기'라고 믿는다.
이건 부끄러운 경험 덕분에 알고 있다.

　　학부생 시절 신문사 입사를 준비할 때 스터디모임을
자주 가졌다. 언론사에서 주로 낼 법한 논술 주제를 정해놓고
각자 즉석 글쓰기를 하는 편이었는데, 이 스터디에서 매번
색다른 글을 제출하는 분이 있었다. 합평 시간엔 나를 포함한
스터디원 모두가 "색다르긴 한데…"라는 말로 시작해 우려
섞인 합평을 주로 전했다. 정형화된 합격 스타일에서 많이
벗어났기 때문이다. 그런데 얼마 후 치러진 모 지역일간지
입사 시험에서 그분만 유일하게 합격했다. 다들 충격받았다.

　　그분은 하루에 책을 두세 권씩 읽는 분이었다. 다독에
집착해서가 아니라 정말로 책이 재미있어서, 세상 모든 재미
중 읽는 재미가 가장 크다던 분이었다. 이토록 많이 읽는
사람이었으니 그 '정형화된 합격 스타일'에서 벗어난 글을
쓰더라도 논리가 탄탄했다. 1년만 지나도 몇백 권의 데이터가
머릿속에 쌓이는 분이었는데, 거기에 대고 우리가 표하던

우려와 걱정은 얼마나 우스웠나. 지금 돌이켜봐도 귀가 화끈거린다.

결국 많이 읽는 사람은 '잘' 쓸 수밖에 없다는 걸 그분 덕분에 배웠다. 먹고 사는 것이 바쁘다는 핑계로, 글을 써서 밥벌이하는 사람임에도 불구하고 읽기를 게으르게 할 때가 잦다. 그럴 때마다 그분의 묵직했던 글을 생각한다. 그럼 어느새 밀린 방학 숙제 처리하듯 허겁지겁 책을 읽어댄다.

요즘은 일부러 전자책 구독 서비스를 6개월씩 구독해버린다. 이러면 돈이 아까워서 스마트폰을 들여다볼 때 책 한 줄이라도 더 읽게 되니 말이다. 부끄러운 경험이 없었다면 아무것도 안 읽은 채 쓰기만 내내 해대는 기계가 되었을지도 모를 일이다.

일주일에 한 편. 처음 맺었던 약속을 지키기 위해 이번 주는 어떤 글을 마감할까. 행복한 고민을 겪게 해주시는 모든 독자님께 깊이 감사드린다.

2024. 11. 15.

여전히 하찮은 사람에 대해

아침에 일어나서 저녁까지 회사 사람들과 있는 게
적응이 잘 안돼 힘드네요 ㅠㅠ 온 지 며칠 안 됐는데도
집이 그립습니다... 작가님만의 회사 생활 꿀팁이 있는지
궁금합니다. 말을 잘하는 방법이나 스몰 토크 잘하는
방법도 있는지 궁금해요.

어느 평일, 「희석된 일주일」로 고민이 도착했다. 어떤 답을
드려야 할지 오래 생각하다 겨우 다음 페이지와 같이 긴 글로
답장을 썼다.

'회사 생활'이라는 건 묘하다. 그 생활을 할 수 있길 꿈꿀 때는 매우 간절했으나, 막상 시작하면 온몸과 마음이 다 아프다. 그러다 다시 쉬게 되면 또 간절하고, 시작하면 또 아프고, 간절하고, 아프고의 반복이다. 정말로 한 달에 누가 뒤탈 없이 깨끗한 500만 원만 입금해 준다면 동네 고양이들 밥만 챙겨주며 살고 싶다.

발코니를 열기 전에는 회사 생활을 했다. 비록 보통의 직장과는 성격이 다른 곳들이었지만, 출퇴근 시간이 정해져 있고 직급이 나뉜 조직 문화였다. 비정규직 직장들은 너무나 다채로워서 나중에 '세상에 이런 비정규직이' 시리즈로 만들 수도 있을 것이다. 오늘은 나의 처음이자 마지막 정규직이었던 정의당 연설문 비서 시절을 살짝 이야기하려 한다.

아침에 일어나서 저녁까지 회사 사람들과 부대껴야 한다는 것. 괴롭지 않을 수 없다. 정의당은 그래도 정치적 지향점이 다들 비슷하고(당연함) 이에 따라 삶의 가치를 어디에 두는지도 비슷한 사람들만 모인 곳이었다. 그럼에도 힘들지 않을 수는 없었다.

가장 힘든 건 내가 살던 지역과 다른 곳에서 갑자기 일해야 한다는 것이었다. 평생을 부산에 살았던 나는 정의당 입사와 함께 갑작스럽게 서울로 거처를 옮겼다. 인턴십이나 연수원 등을 거치는 게 아니라 국회 현장에 바로 투입된 셈이다. 서울 지리는 당연히 몰랐고 국회도 솔직하게 말해서 입사 면접 때 처음 실제로 봤다. 모든 게 새로운 것들이어서 한동안 머리가 많이 아팠다.

　매일 나를 저울 위에 올려놓고 살았던 것 같다. 신입사원이라면 당연히, 응당 실력이 뒤떨어지는 게 맞다. 기초적인 일부터 배우면서 차근차근 능력을 키우면 될 일이다. 그러나 여의도 정치판은 그게 용납되지 않았다. 나에게 직접 '넌 언제든 현장에서 잘 해내야 해'라고 다그치는 사람은 없었지만, 전체적인 분위기가 옥죄는 기분이었다. 부담은 커지고 실력은 없으니, 모든 게 엉망이었다. 저울 위에 올려진 나를 저녁때마다 스스로 박하게 평가했다.

　두어 시간 회의하고 나면 나 혼자 맥락을 못 읽어 이상한 결과물을 내놓고, 30분이면 완성할 기자회견문 하나를 하루 종일 붙잡기 일쑤였다. 그럴 때면 선배나 상사가 별 타박 없이 본인들이 직접 일을 처리해 윗선 보고 라인에 올렸다. 죄송합니다, 감사합니다, 수고 많으셨습니다, 고생하셨습니다 따위의 글자를 손에 붙이고 살았다. 이런 일들을 아침부터 저녁까지 하고 나면 하루 전체를 잊고 싶었다. 매일 술을 빈속에 때려 놓고 빨리 기절하는 게 가장 좋은 방법이었다.

　결국 일찍 그만뒀다. 그전까지만 해도 아주 오랜 준비 후 꿈의 직장에 입사한 사람들이 금방 퇴사하는 걸 보면서 '와 아깝지 않을까, 나는 그래도 버티려 할 것 같은데'라며 편협하게 생각했다. 경험해 보니 그 마음을 잘 알 수 있었다.

커리어도 노력의 시간도 다 필요 없고 일단은 내가 사는 게 중요해서 그만둔 것이었다. 퇴사하고 나서는 고질병이었던 오른쪽 갈비뼈 쪽 근육통이 말끔히 사라졌다.

제대로 된 회사 생활 경험이 풍부하지 않으니, 나는 뭔가 당장 도움 될 만한 꿀팁은 알지 못한다. 다만, 지난날의 나처럼 지금 매사 초조한 사람이 있다면 '한 사람의 몫을 반드시 해내지 않아도 된다'는 당부를 전하고 싶다. 내가 초조해하며 일을 했던 것도 결국 스스로의 몫을 증명해야 한다는 압박감 때문이었다. 이제 일을 시작해 본 사람에게 1인분의 몫을 당장 요구하는 건 누가 봐도 염치없는 짓인데, 그 염치없는 짓을 내가 나에게 가했기 때문에 끝까지 조직에 남아있을 수 없었다. 새롭게 일을 시작하는 사람들 누구나 '당장 현장에서 제 몫을 발휘할 줄 아는 사람을 뽑고 싶었다면 월급을 더 줬어야지!' 하는 마음으로 뻔뻔하게 버틸 수 있으면 좋겠다.

스몰 토크는 더 자신이 없다(이쯤 되면 너는 이 글을 왜 썼느냐는 비난이 나올 수도 있겠다). 우선 나는 스몰 토크를 모른다. 나에겐 모든 대화가 헤비 토크다. 날씨를 이야기하면 기후위기가 나와야 하고, 유명 예능 프로그램을 이야기하면 자본 계급의 호사스러운 생활을 우리가 왜 꼭 봐야 할지에 대한 말이 나온다. 나는 소위 '노잼 인간'이다. 토크라는 게 어떻게 스몰하게 이뤄지는지 잘 모른다. 적재적소의 가벼움이 자판기처럼 튀어나오지 않는다. 그렇다 보니 스몰 토크가 오가는 상황에서 내가 가장 많이 하는 말은 "아아 네" 아니면 "오 네" 정도가 끝이다.

회사 생활할 때도 그랬다. 오죽했으면 당시 내가 모시던 대표님께서 "희석이 넌 원래 말이 그렇게 없니?"라고 했었다. 역시나 그때도 대답은 "오 네…"였다. 하지만 대표님은 그럴 수도 있다고 했다. 그냥 자기랑 있어서 할 말을 못 하는 건가 싶어 물어봤다고 하셨다. 그때 좀 깨달은 것 같다. 굳이 내가 스몰 토크를 시도하지 않아도 이해해주는 사람이 있다는 것.

물론 이건 내가 남자여서, 여자에게 사회가 요구하는 '말랑말랑한 분위기 만들기'를 수행하지 않아도 돼서 이해받는 것일 수도 있다. 그래도 미약하게나마 확신할 수 있는 건 어느 관계에서나 스몰 토크가 능사는 아니라는 점이다. 나처럼 모든 대화가 해비 토크인 사람들은 그 무게에 맞춰 움직여 주는 사람들을 언젠가는 만나게 된다.

나보다 세상 경험이 더 많은 독자님도 아마 공감하실 텐데, 인간관계는 세월이 지나도 쉽지 않다. 나는 솔직히 서른을 넘기면 사람이 되게 능글맞아질 줄 알았다. 어느 자리에 가도 손 척척 내밀며 악수도 하고, 사람과 사람 사이 거리를 능수능란하게 조절하는 미래를 꿈꿨다. 어림도 없는 망상이었다. 인간관계는 어떻게 된 것인지 해를 거듭할수록 색다른 모습으로 난도가 상승한다. 얼마 전엔 너무 짜증 나는 사람이 있어서 트위터에 좍 다 쓰고 업로드는 하지 않았다.

그대로 복사해서 메모장에 옮겼다. 메모장마저 혹시나 누군가에 들킬 거 같아 몇 분 뒤에 삭제했다. 여전히 하찮다.

이 글을 퇴고하기 전날에는 업무 미팅 관련해서 누군가와 처음 통화해야 했다. 중장년 남성과의 첫 통화였기에 매우 긴장했다. 메모장에 대사를 쓰고 몇 번 연습하고 전화를 걸었다. 목소리에 힘주고 '나는 굉장히 당당하고 프로페셔널하다'를 연기하며 통화를 마친 후, 기력이 살짝 빠졌다. 아마 마흔이 되어서도, 예순이 되어서도 비슷하지 않을까. 대부분의 사람도 어느 정도 나약한 상태지만 그걸 감추려고 열심히 노력하면서 살 뿐이라 생각한다.

말이 너무 길었다. 어쨌든, 너무 모든 걸 잘하려고 노력하다가 스스로를 부러뜨리지 마시길 진심으로 바랍니다. 이미 그런 고민을 하고 계신다는 것 자체가 잘하고 있다는 뜻 아닐까요? 지금보다 조금만 더 뻔뻔하고 당당하게 지내셨으면 좋겠어요. 저는 그걸 못해서 낙오했지만, 구독자님은 잘 해내실 겁니다! 언젠가 선배가 되면, 그때도 제 글을 읽고 계신다면 말씀 주세요. 지금은 어떤지요.

한 분께 전하는 글 같지만, 기실 많은 분들과 나누고픈 이야기였습니다.

2024. 07. 26.

넉넉한 마음과
넉넉하지 않은 세계

모두에게 넉넉한 마음을 내어주고 싶지만, 세상이 넉넉하지 않다. 이것은 내가 요즘 들어 자주 하는 생각. 물론 내 마음 자체가 좁아 그렇게 여길 수도 있겠다. 그러나 가까운 시일까지의 나는 착각일지 몰라도 넉넉한 마음을, 혹은 기회를 먼저 내어주는 편이었다.

요지경 같은 세상이라 그런지 사람들도 요지경으로 변하는 것 같다. 가는 말이 고와야 오는 말도 곱다는 말이 과연 오늘날에도 적용될까. 고운 말을 던져도 혐오의 말이 돌아오는 세상이다. 이런 식으로 세상살이를 겪다간 언젠가는 나도 아주 작은 친절마저 마른 수건에서 물 짜듯 겨우 꺼낼까

봐 걱정이다.

출판사의 덩치가 커지면서 타인과 함께하는 일이 예년보다 많아졌다. 사람 사는 일이 어찌 모든 걸 혼자 할 수 있겠느냐마는, 그간 기껏해야 출간 작가님들과 연락하며 작업하는 것뿐이었고, 그것도 일 대 일의 대화로 이뤄졌기에 뭔가 시끌시끌한 분위기 속에서 일을 이끌어가야 하는 경우는 없었다. 이에 여러 사람이 머리를 맞대거나 의견을 나눠야 하거나 조율해야 하는 일이 잦을수록 확신했다. 아, 넉넉한 마음이 언제나 정답은 아니구나.

편협한 경험을 몇 개 꺼내어 보자면 이렇다. 마감일을 정하고 원고를 다 쓰면 내가 책을 제작해드리는 서비스를 판매했는데, 이 마감일을 몇 차례나 어기는 이가 있었다. 처음엔 넉넉한 마음으로 하루, 이틀, 사흘을 미뤄주었는데, 점차 요구가 심해졌다. 자신의 원고를 전면 수정해야겠다면서 이미 조판이 끝난 마당에 새로 쓴 원고를 발송했다. 그런 식은 불가능하다고, 다른 참여 작가님들은 조판된 용지에 교정부호를 사용해 수정했다고 알려드린 뒤였다. 하지만 '내 상황이 어쩔 수 없다'라는 핑계로 무리한 요구를 지속했고, 나는 단호히 거절했다. 결국 내가 먼저 모든 금액을 환불해드릴 테니 그만하자고 했다.

이때 생각했다. 나는 왜 원칙을 지키지 않고 배려부터 하려 했을까. 처음부터 단호했다면 이 사람이 이런 식으로 나왔을까. 지나간 후회를 해봤자 소용없다는 걸 알면서도 자꾸만 곱씹게 됐다.

또 다른 때엔, 나를 무료 서비스 창구로 사용하려는 이도 있었다. 하루짜리 수업이든, 긴 시간의 장기 수업이든 과정이 끝날 때 나는 항상 말씀드린다. 이렇게 만난 것도 인연이니까 앞으로 출판 관련해 궁금한 점이 있다면 이메일을 꼭 주시라고. 내 수업을 들으러 발걸음해 주셨다는 것 자체가 고마워 건넨 이 마음이, 나를 도구로 써도 좋다는 의미로 해석될 줄은 미처 몰랐다.

아침 8시가 되기도 전에 스무 개 가까이 되는 카카오톡 메시지가 연달아 도착했다. 대충 내용을 요약해 보자면, 출판을 도와달라는 것이었다. 본인과 본인 어머니의 서사가 주제였다. 직접 그린 그림도 여러 장이었고 어머니께서 육필로 쓴 원고 사진도 있었다. 가만히 보다가 내 상식선에선 이해가 가지 않아 여쭤봤다. "제가 이해를 잘 못해서 그런데 어떤 걸 도와달라고 하시는 건가요?" 순식간에 말풍선 옆의 '1'이 사라지더니 책을 만들어달라고 했다. 당연히 무료로.

수업 현장에서 이뤄지는 작업이 아니라, 별도로 요청하는 거라면 비용이 든다고 말씀드렸다. 나도 엄연히 출판 노동자인 만큼 내 노동력을 쓰려면 유료로 진행하는 것이 맞다고 했다. 조금 당황하신 것 같았다. 마치 '당연히' 내가 공짜로 '도와줄 것이라' 생각하신 눈치였다. 좋게 말씀을 드렸지만 아픈 건 어쩔 수 없었다. 점심을 먹으며 다짐했다. 넉넉한 마음을 함부로 내어줄 때가 아니구나 이제는.

좋다, 나쁘다의 기준은 사람마다 다르겠으나 어쨌든 남을 불편하게 하지 않는 사람을 '좋은 사람'이라 규정한다면, 좋은 사람은 그리 많지 않은 것 같다. 넉넉한 마음을 먼저 건네받았을 때 '아 나도 상대방을 귀히 여겨야지'라고 생각하지 않고, '어디까지 수용해주나 보자'라는 태도로 임하는 사람이 갈수록 늘어나는 기분이다.

한때는 무례하지는 않아도 너무 사무적으로 대하는 사람을 보며 '꼭 저렇게까지 선을 그어야 할까' 했는데, 그 사람들도 사실 처음부터 건조하진 않았을 것이다. 아 그렇군요, 네 그럼요, 괜찮아요, 더 해봐요, 도와드릴게요, 우리 잘해봐요 등의 말을 수시로 먼저 꺼냈을 텐데. 그 후에 돌아오는 것들은 온도 차가 컸을 것이다. 그래서인지 요즘은 유난히 건조하고 사무적인 사람을 보면 그가 전에 어떤 일들을 겪었을지 조심스럽게 상상한다.

얼마 전 엄마와 오랜만에 저녁을 먹다 비슷한 이야기를 들었다. 요양보호센터에서 일하는 엄마가 어느 날, 센터에 입장하자마자 너무 춥다고 말하는 어르신에게 커피를 대접했다고 한다. 이렇게 추운 날씨에는 따뜻한 커피 한 잔이 딱 좋다며 먼저 권해드렸다. 어르신은 고맙다고 말하며 한 모금씩 홀짝홀짝 들이켰다. 그리고 다음 날, 그 어르신은

센터에 도착하자마자 엄마를 불렀다. 왜 오늘은 커피를
준비하지 않았느냐고 화를 냈다.

일한 지 얼마 안 되는 엄마에게 선배 선생님들이 항상
그랬다고 한다. "어르신께 너무 마음을 주지 마세요"라고,
"그러면 본인만 상처받는다"라고. 그날 이후 엄마는
요양보호사가 해야 할 것들만 할 뿐, 그 이상의 친절은 베풀지
않으려 노력하고 있다.

소위 '호구가 되지 말자'라는 저렴한 이야기를 하려던
건 아니다. 아마도 이 글을 읽는 사람 중 매번 먼저 넉넉한
마음을 내어보았다가 호되게 다친 사람이 있을 것 같아서
'세상이 이상한 것이지 당신이 이상한 것은 아니다'라는 말을
넌지시 전하고 싶었다. 어쩌면 나에게 하고 싶었던 말일지도
모르겠다.

2023. 12. 01.

어른의 쓸모

주말에 이메일이 한 통 왔다. 업무 메일이면 접어뒀다가
월요일에 읽었겠지만, 제목부터 이미 구미가 당겼다. 발코니
견학을 요청하는 이메일이었다. 견학? 이곳을? 누가? 온갖
물음표가 머릿속에 가득했다. 결국 참지 못하고 이메일을
열었다. 발신자는 인근 대학교 교지편집부 국장님이었다.
　　교지편집부는 말 그대로 대학 기관에서 정기적으로
발행하는 '교지'를 제작한다. 편집부 담당 교직원이 있긴
하지만, 콘텐츠를 취재하고 편집하고 발행하는 총괄 과정은
소속 재학생들이 맡는다. 나에게 이메일을 보낸 분 역시
편집국장이자 대학 재학생이다. 그러니까 나와 최소 10년,

많으면 15년 이상 차이 나는 대학생들께서 발코니 견학을
요청한 셈이다. 이메일 내용을 읽는 순간 얼굴에 미소를
머금지 않을 수 없었다. 견학. 얼마나 오랜만에 들어본
단어인지.

교지를 편집한다는 건 책을 편집한다는 뜻이니, 출판
실무를 직접 관찰하시고 싶은 것 같았다. 정중하고 기분
좋은 문장을 천천히 읽은 후 나 역시 빠르게 답장을 드렸다.
아쉽지만 견학은 힘들다고 전했다. 발코니 사무실은
따로 존재하지 않는다. 거주하고 있는 집의 방 한 칸을
작업실로 만들어 쓰고 있기 때문이다. 그러니 교지편집부
편집부원님들의 견학 요청을 받아들인다는 건... 사실상
집들이에 가깝다. 서로가 민망하고 당황스러울 것 같아
사정을 설명해 드렸다.

교지편집부에선 발코니가 그래도, 동료 직원 서너 명과
함께 운영하는 그런 기업으로 보였던 것 같다. 어쩐지 기분이
좋았다. 가로로 세 걸음, 세로로 두 걸음 정도 되는 방에서
만든 작업물이 '사무실이 있는 출판사'에서 제작된 것처럼
보였으니 말이다. 견학은 어려운 대신 내가 직접 교지편집부에
방문해서 출판 관련해 궁금한 것들을 커피챗처럼 가볍게
나누자고 제안했다. 감사하게도 내 사정을 이해해 주셨고,
우리는 약속을 잡았다.

요청과 제안을 다시 읽고 있으니 자연스레 내가 처음

글을 배우던 대학생 때도 생각났다. 요즘은 줄어드는 추세지만, 그래도 많은 종합대학교들이 교지편집부와 학내언론사를 두고 있다. 나는 학내언론사에서 활동했고 그때도 우리 학교 교지편집부 부원들과 가끔 공동 기획을 해보기도 했다. 당시의 나는 안전핀이 제거된 수류탄 같았다. 언제든 터질 준비가 돼 있었고, 내 문장으로 세상을 바꿔낼 수 있을 줄만 알았다. 기자가 되고 싶었고 소위 '기레기'가 되지 않을 수 있다는 오만함으로 가득했다. 천둥벌거숭이가 따로 없었다. 그로부터 딱 10년이 지났다. 세상은커녕 주변도 바꿔내지 못했다.

그런 꿈이 있었다. 30대 중반이 되었을 때의 나는 20대 청년들 앞에서 조금은 당당하고 싶었다. 자기 이익만 좇아 달리던 기성세대들과 달리 여러분이 사는 세상을 바꾸는 데 일조했다고 자신할 수 있길 바랐다.

대학생일 때 특강이라는 명목으로 찾아오는 연사들은 하나같이 마음에 들지 않았다. 언론사 기자, 등단 작가, 영화감독 등이 방문해 삶의 지혜라며 가르치는 것들을 들으면서 내내 불쾌했다. 당시 '헬조선'이라 불리는 한국에 우리 20대를 남겨두고 당신들만 그렇게 성공하면 끝나는 거냐면서 강의 후기에 남기기도 했다. 그런 내가 이제 그들의 나이가 됐고, 역시나 마찬가지의 인간으로 남아버렸다. 세상은

10년 전보다 더 엉망이고 더 차별적인 곳으로 변해버렸다. 나는 어떤 노력을 했나 돌아보면 낙제점이다.

"먹고 사는 것이 바빠 다른 생각할 여유가 없었다"라는 변명은 하고 싶지 않다. 세상에는 단지 생계를 이유로 외면해선 안 되는 것들이 많다. 다른 사람들은 어떤지 모르겠으나 나는 솔직하게 말해 잠시 회피했던 때가 여럿 있었다. 당장 취업부터 해야 하니까, 당장 해고되지 않아야 하니까, 당장 대출금부터 갚아야 하니까 등의 합리화로 외면했던 적이 하루이틀이 아니다.

이런 부채감과 부끄러움 때문에 대학생, 혹은 청년이 직접 주최하는 강의나 미팅은 조건을 꼼꼼하게 챙기지 않고 나가는 편이다. 무급이어도 크게 상관하지 않는다. 그래서 교지편집부의 견학 요청도 거절만 할 수는 없었다. 도움이 될지는 모르겠지만, 그래도 먼저 경험한 사람으로서 여러 가지 정보를 알려드리고 싶었다. 그렇다고 해서 내가 어떤 누군가보다 '나은 사람'은 전혀 아니다. 비겁함에 가깝다. 자신의 지난 부끄러움을 만회하기 위해 뒤늦게 무언갈 하는 어른. 그 이상도 이하도 아닌 상태다.

나는 학생 때 어떤 글을 남겼을까. 오랜만에 학내언론사 활동 시절에 쓴 칼럼을 찾아봤다. 한 칼럼에 나는 이렇게 말하고 있었다.

지난 10월 30일, 우리 대학교 69돌을 맞이해 열린
개교기념식에서 권오창 총장은 "경쟁력 있는 대학이 되기 위해
강도 높은 개혁을 지속적으로 이어나가야 할 때"라고 당부했다.
그 개혁의 구체적인 그림은 알 수 없다. 하지만 분명한 건,
지금까지 대학당국이 행했던 '개혁'은 학생들의 의견이
수반되지 않은 일방적인 것이었다.

지금 같은 일방적 개혁의 강도를 더욱 높인다면 2020년의
후배들은 2015년의 우리를 마냥 부러워할 것이다. '저때는
그래도 반대하는 학생들이 모여 기자회견이라도 했지' 혹은
'학보에 기사라도 나갔지' 하며 과거로 돌아가고 싶어 할
것이다.

동아대학보, 제1124호(2015. 12. 07.), 데스크 칼럼

대학 기관이 재학생 의견을 무시하고 여러 가지 개편을
강행하던 시기에 썼던 칼럼이었다. 저 칼럼을 마지막으로
나는 편집국장직을 내려놓고 취업 전선에 뛰어들었다. 저 때도
다음 세대에 대한 부채감이 있었던 걸까. 몇 줄의 문장이 지금
사실화되고 있어 안타깝고 씁쓸하다. 어찌 되었든 과거는
과거고 현재는 현재다. 지난 시간을 후회하기보다는 현재
나의 쓸모를 어디에 활용할 수 있을지 고민이 필요하다.

글을 최종 수정하고 마감하는 밤. 교지편집부와의 약속 전날. 부디 내일의 나는 쓸모 있는 어른으로 교지편집부에 기억되길 바란다.

2024. 09. 13.

추신

교지편집부와의 미팅은 다행히 순조롭게 진행됐고, 내가 쓸모 있는 사람이 되었는지는 모르겠다. 미팅을 끝내고 돌아가려는데 국장님께서 잠시만 기다려 달라고 했다. 먼 길 방문해 주서서 감사하다는 말과 함께 선물 상자를 하나 건네주셨다.

풀어보니 교지편집부와 발코니 이름이 각인된 만년필이었다. 나는 중요한 서류에 서명할 때마다 반드시 이 만년필을 사용한다.

우주 절망 냠냠

이 글은 2024년 8월 4일 일요일, 서울시 마포구 소재 '가가77페이지' 독립서점에서 진행된 개인 북토크 내용을 요약했다. 모든 말을 글로 옮길 수는 없었고, 지면 한계상 3분의 1 수준으로 축약했다. 참고로 북토크 진행은 연정 작가님께서 맡아주셨다.

혹시나 이 책을 통해 내 글을 처음 읽는 독자님께, 그동안 내가 어떤 책을 어떤 마음으로 썼는지 가장 잘 알려드릴 수 있는 글이지 않을까 한다. 부디 잘 닿길 바라며, 책 등재를 허락해주신 연정 작가님께 깊이 감사드린다.

연정 작가님, 혹시 오늘 뉴스 보셨나요? 오늘 읽은 뉴스 중
가장 기쁘거나 가장 화가 나는 기사가 있었나요?

희석 너무 안 좋은 뉴스만 가득한 세상이라, 기쁜 뉴스를
하나 가지고 왔어요. 일어난 지는 오래됐지만
「시사IN」 최신 호 커버스토리입니다. 동성커플에 대한
피부양자 자격을 대법원에서 최종 인정한 뉴스예요.
그동안 여러 난관이 있었는데, 결국 승인됐습니다. 이
한 걸음을 통해 모두에게 평등한 결혼제도가 한국에도
곧 이어지길 기대합니다.

연정 기쁜 소식으로 출발할 수 있어서 다행이네요. 그럼
책 이야기를 시작해보겠습니다. 가장 먼저『우주
여행자를 위한 한국살이 가이드북』인데요, 서술
방식이 재미있습니다. 지구 안내자가 외계인에게
전하는 가이드북 콘셉트는 초반부터 기획이 된
건가요?

희석 네 맞아요. 아예 처음부터 가이드북 형태로 만들자고
결심했습니다. 우리가 여행을 떠날 때 인터넷 정보는
'시의성' 면에서 좋지만, 좀 더 전문적이고 현지에 딱
맞는 정보는 결국 여행 가이드북을 통해 얻잖아요?

그 점에서 착안했습니다. 이 한국에 도착해야 할
외계인에게 정말 '무난하게' 살 수 있는 방법을
전해주고 싶었어요.

연정 책 속에 가장 많이 등장하고 강조되는 단어가 '보통의
한국인'입니다. 한국에서 아이돌 되기, 부자 되기,
대통령 되기가 아니라 왜 '보통의 한국인 되기'를
기준으로 삼으셨나요?

희석 말씀하신 아이돌, 부자, 대통령 등이 될 수 있는
필수 조건이 '한국인'이어야 한다는 점 때문입니다.
한국에서는요, 아이돌이든 부자든 대통령이든 '전통
한국인'이 아니면 될 수 없어요. 시민 정서가 그걸
용납하지 않습니다.
　　요즘은 아이돌 그룹 멤버 중에 외국인 멤버도
있다고 하지만, 결국 그 그룹의 총괄 리더는
한국인이에요. 부자도 마찬가지입니다. 예를
들어, 한국에서 가장 많은 부를 쌓은 자본가가
'중국인'이라면 사람들이 가만히 있을까요?
한국인은 한국인 외에 무조건 색안경을 끼고 보기
때문에 '보통의 한국인'이 전제조건이 돼야 한다고
판단했습니다.

연정 그 후 나온 책이『우리는 절망에 익숙해서』입니다.
이 책은 어떻게 기획하게 되셨는지 궁금해요. 저는
이 책을 통해 작가님께서 왜 악플이 달리고 분노를
느끼면서도 계속 목소리를 냈는지 알 수 있었거든요.

희석 한 번 잡아줄 필요가 있었어요.『우주 여행자를 위한
한국살이 가이드북』이 블랙코미디를 지향하고 해탈한
듯한 말투로 풀어냈다면, 조금 진지하게 한국 사회
문제를 말하고 싶었습니다. 제가 나고 자란 시간대를
중심으로 한국에 어떤 일들이 일어났고, 어떤 문제가
있었으며, 그로 인해 지금은 어떠한가를 정리해보고
싶었어요.

연정 이 책에는 작가님의 과거 이야기가 나옵니다. 정치나
성평등에 대해 잘 알지 못했던 과거의 모습을 정말
솔직하게 고백하셨는데요. 사실 저도 그런 부분이
많지만, 책으로 남긴다는 건 굉장히 꺼려지는
일이거든요. 이 과정에 어려움은 없으셨나요?

희석 사실 저는 저의 첫 책『부전승 인생』에서 제 부끄러운
모든 모습을 고백하고 시작했기에, 이런 것에
대한 어려움은 더 이상 없습니다. 부끄러우니까,

창피하니까 오히려 더 노골적으로 기록하고 알리려 해요. 세상에 완벽하게 태어난 사람은 없다고 생각합니다. 자신에게 부족한 점을 인정하고 알릴수록 지금 발전된 모습이 더 빛나지 않을까 해요.

연정   작가님을 옆에서 보고 있으면 거대한 괴물을 향해 확성기를 들고 끊임없이 비판을 외치는 사람처럼 보여요. 괴물이 안 보는 것 같으면 더 크게, 가지고 있던 쓰레기라도 던지면서요. 갑옷 하나 입지 않고 이런 이야기를 하는 일이, 두렵진 않으신가요?

희석   너무 무서워요. 저는 겁이 진짜 많거든요. 그런데 아이러니하게도 겁이 많으니까 더 세게, 더 크게 외치는 것 같습니다. 그리고 다음 세대에 대한 두려움도 있어요. 저희도 각종 위기를 겪는 세대지만, 저희보다 더 늦게 태어난, 그러니까 앞으로 온갖 위기를 정면으로 맞이할 미래 세대에게 창피한 사람으로 기억되고 싶지 않아요. 아주 먼 훗날에 그 세대가 저를 평가할 때 "그래도 이 사람, 크게 바꾼 건 없어도 목소리라도 냈네"라고 기억해 준다면 더할 나위 없이 기쁠 것 같습니다. 이런 점들 때문에 무서워도 크게 외치고 있어요.

연정 올해는 발코니 출판사에서 희석 작가님의 활동이 가장
활발한 것 같습니다. 최근작『권력냠냠』에 대해서도
이야기 나눠볼게요. 현시점 신간인 만큼, 작가님께서
간략하게 소개와 함께 기획의도를 말씀해주실 수
있을까요?

희석 이 책은 국회법에 대해 말하는 책이에요. 이 책은
제가 전 직장인 정의당에서 일할 때를 생각하며
기획했습니다. 그때 당에서 국회법 공부 모임이
있었어요. 아무것도 모르는 입장이니까 그 모임에
참여해서 배우는데, 가장 많이 들었던 말이 "이런이런
법이 있는데 이건 관행상 지키지는 않고~"라는
설명이었습니다. 이것도, 저것도, 온통 관행상 다른
방식으로 움직이는 것들이 많더라고요.
　　　너무 이상해서 당시 선배에게 "근데 이렇게 안
지킬 거면 이 법을 왜 만든 거예요?"라고 물으니
그 선배도 "그러게? 나도 몰라!"라는 농담 반 진담
반의 답을 들은 적 있습니다. 그 기억을 바탕으로 이
이상한 국회법을 책으로 만들어서 사람들에게 '여러분
이거 진짜 말도 안 되지 않아요?'라는 질문을 던지고
싶었어요.

연정   물론 최대한 많은 사람들이 읽는 게 제일 좋겠지요?
그래도 이 책이 꼭 누구에게 닿았으면 좋겠다, 싶은
독자층이 있나요?

희석   마음 같아선 300권 개별 포장해서 국회의원들에게
모두 돌리고 싶었습니다. 그런데 이렇게 하면 비용도
비용이거니와, 제가 보낸다고 해서 의원님들이 과연
읽을까 하는 의문이 들었어요. 국회에 가보면 택배가
곧바로 의원실에 도착하지 않습니다. 특정 장소에
호실별로 쫙 분류돼 있고, 그걸 막내급 비서들이
가지고 가서 보좌관이나 비서관 검토를 거친 후
의원에게 전달돼요. 혹시나 테러 가능성이 있는
물품일 수도 있으니까요.
　　　하지만 이 보좌관이나 비서관은 결국 '우리
의원님 심기를 건드리지 않는 것'을 중히 여기는
사람들입니다. 그들이 『권력냠냠』을 굳이 높디 높으신
의원님께 전달해서 불편하게 만들까요? 절대 그러지
않을 거예요. '일부' '깨어있는' 국회의원이 아닌 이상
불가능하지요. 그래서 비용 낭비에 자원 낭비라
생각해서 그만뒀습니다.

연정 그렇군요. 참… 꼭 읽어야 할 사람들인데 아쉽네요.
작가님, 벌써 9권의 책을 쓰셨습니다. 복잡한 문제도
시원하게 숭덩숭덩 썰어서 내보이는 명쾌함. 숨을
마음 따위는 보이지 않는 당당함. 그러면서도 혹시나
글이 누군가를 다치게 할까 조심하는 섬세함이
느껴집니다. 매일 글을 쓰시는지, 뉴스나 기사는 언제
읽으시는지 같은 하루 루틴이 궁금합니다.

희석 매일 글을 쓰고 있습니다. 그중 가장 큰 이유는
「희석된 일주일」 연재겠지요. 저는 이 연재 서비스가
있어서 어디 가서도 저를 '작가'라고 칭할 때 덜
민망하다고 생각합니다. 덕분에 진짜로 매일 글을
쓰며 일하고 있으니까요.
　　　뉴스나 기사는 크게 두 가지로 읽어요. 첫 번째는
북토크 시작 때 말씀드린 「시사IN」을 정기구독합니다.
「시사IN」의 장점은 뉴스의 맥락을 전체적으로
짚어준다는 점 아닐까 해요. 우리가 매일 쏟아지는
뉴스 중 몇 가지만 놓쳐도 '그래서 이건 왜 지금 이
지경까지 온 거지?'라는 의문이 들 때가 있습니다.
「시사IN」이 그 지점을 아주 친절하게 설명해줘요.
　　　두 번째는 네이버 뉴스판에 들어가서 각 언론사별
'신문 보기' 탭을 이용합니다. 종이신문에 배치된 뉴스

순서대로 기사를 볼 수 있는 곳이에요. 종이신문이 보기 어려운 세상이잖아요. 너무 바쁘니까. 종이를 펼치는 대신 인터넷에서 비슷한 환경을 구현할 수 있으니 너무 좋더라고요.

　　이렇게 크게 두 가지 활용하고, 「시사IN」의 유튜브 채널도 팟캐스트처럼 듣는 편입니다. 여러 정치 유튜브처럼 무조건 자극적이게! 허위사실남발! 갈등유발! 같은 게 아니라, 깊은 정보를 좀 차분하게 알 수 있어서 좋거든요.

연정　이렇게 희석 작가님의 이야기가 1년 동안 식지 않고 이어졌습니다. 다음 이야기가 너무나 궁금해지는데요. 어디까지 계획이 되어있으신가요?

희석　한국 사회, 그리고 국회... 까지 했으니 이제 대통령이 남았겠죠? 하하. 대통령에 대한 이야기는 오래전부터 하고 싶었어요. 비단 윤석열 대통령뿐만 아니라 문재인 전 대통령, 그리고 박근혜, 이명박 등 한국 사회의 전현직 대통령이라는 존재에 대해 꼭 말하고 싶었거든요. 대신 이걸 우화로 그려볼지, 아예 가상의 세계에서 다뤄볼지 고민 중입니다. 소설을 목표로 하고 있긴 합니다.

추가로 요 며칠 전까지는 생각 없었는데 갑자기 생겨난 출간 계획이 있어요. 바로 원가족으로 인해 고통받는 분들, 아니면 고통받았던 분들과 나눌 수 있는 이야기를 책으로 쓰고 싶습니다. 지난 7월 31일에 제 친부가 사망했어요. 가정폭력에 외도에 갖은 잘못을 저지르다가 가족을 버리고 간 사람이었습니다. 그 사람이 갑자기 빚만 가득 남긴 채 사망하는 일련의 과정을 겪으면서 쉽지 않았어요.

이 이야기들을 저만 가지고 사는 것보다는, 저의 사례를 바탕으로 '아 이런 식으로 대응하면 되는구나' 혹은 '아 이런 일을 나만 겪는 게 아니구나' 하며 공감할 수 있는 책을 만들고 싶습니다. 언제가 될지 모르지만 너무 늦지 않게 써보겠습니다.

오늘 자리해주신 여러분 덕분에 저는 제가 하고 싶은 일을 하며 먹고 사는 중입니다. 이 감사한 마음을 잊지 않도록 늘 노력하겠습니다. 고맙습니다.

2024. 08. 04.

도망치며 사랑을 말하는 장면들은 여기까지입니다.

읽어주서서 고맙습니다.

도망치듯 사랑을 말한다면

초판 1쇄 인쇄	2025년 3월 17일
초판 1쇄 발행	2025년 4월 1일

지은이	희석
편집·디자인	희석
표지 일러스트	Winslow Homer

펴낸곳	발코니
전자우편	heehee@balconybook.com
인스타그램	@balcony_book
	@wanderer_spunky
제작처	DSP(www.dsphome.com)

ISBN	979-11-92159-19-5